그림자 없는 남자

대실 해밋 전집 5

그림자 없는 남자
The Thin Man

대실 해밋 지음
구세희 옮김

황금가지

이 책을 릴리언에게 바친다.

1

 크리스마스 선물을 사러 간 노라를 기다리며 52번가에 있는 밀주집에 있을 때였다. 일행 세 명과 함께 있던 나이 어린 여자가 일어서 바에 있던 내게 다가왔다. 자그마한 체구의 그녀는 하늘색 운동복 차림의 몸매나 금발의 얼굴 모두 눈을 즐겁게 해 주었다.
 "혹시 닉 찰스 씨?" 그녀가 물었다.
 "그렇습니다만." 내가 대답했다.
 그녀가 한 손을 내밀었다.
 "도로시 와이넌트예요. 기억 안 나시겠지만 저희 아빠 클라이드 와이넌트는 아시죠? 혹시……."

"알지. 이제 기억이 나는구나. 그땐 열한 살? 열두 살 정도밖에 안 됐었는데?"

내가 대답했다.

"맞아요. 8년 전이었잖아요. 저기, 그때 당신이 해 준 이야기 기억나요? 그거 정말이었어요?"

"뭔진 몰라도 아마 아닐걸. 아버진 잘 지내시지?"

그녀가 웃음을 터뜨렸다.

"사실 제가 물어보려건 게 그거예요. 두 분 헤어지고 나서 아빠 소식을 전혀 못 들었거든요. 가끔 하는 일로 신문에 나는 것 말고는. 당신도 통 못 만나나요?"

내 잔이 비어 있었다. 그녀에게 무얼 마시겠느냐 묻자 그녀는 스카치 소다라고 대답했다. 나는 그걸로 두 잔 주문했다.

"그래. 샌프란시스코에 살고 있었거든."

"저 아빠를 만나고 싶어요. 엄마가 알면 난리를 치겠지만 그래도 한번 보고 싶어요."

그녀가 느릿느릿 말했다.

"그럼 만나면 되잖아?"

"예전에 살던 리버사이드 드라이브에 안 살더라고요. 전화번호부에도 이름이 올라 있지 않고요."

"그분 변호사한테 연락해 보지 그래?" 내가 말했다.

"누군데요?" 그녀의 얼굴이 밝아졌다.

"맥 어쩌고 하는 사람이었는데……. 매컬리, 아 맞다. 허버트 매컬리. 사무실은 싱어 건물에 있었지."

"5센트만 빌려 줄래요?"

내게 동전을 받은 그녀가 전화를 걸러 나갔다. 조금 뒤 그녀가 싱글싱글 웃으며 돌아왔다.

"찾았어요. 지금 5번가에 있대요."

"아버지가?"

"변호사 말이에요. 아버지는 어딜 가셨대요. 당장 가 봐야겠어요."

그녀가 술잔을 들어 올렸다.

"얼마만의 가족 상봉인지. 저기 혹시……?"

그때였다. 아스타가 펄쩍 뛰어오르더니 앞발로 내 배를 툭 쳤다. 그 뒤로 노라가 목줄을 붙들고 나타났다.

"얘 오늘 아주 신나는 오후를 보냈다니까요. 로드 앤드 테일러에서는 장난감이 가득 쌓인 탁자를 엎고, 색스 백화점에서는 웬 뚱뚱한 여자 다리를 핥아서 잔뜩 겁을 주고, 세 번인가, 만나는 경찰마다 머리까지 쓰다듬어 줬으니."

"여긴 내 아내고, 여긴 도로시 와이넌트. 이 아가씨가 요만할 때 아버지 일을 봐드린 적이 있었어. 좋은 분이었지. 좀 괴짜긴 했지만."

내가 두 사람을 소개시켰다.

"전 이분한테 반했었죠. 진짜 탐정이잖아요. 졸졸 따라다니면서 사건 이야기 해 달라고 끈질기게 졸랐었어요. 말도 안 되는 거짓말을 엄청나게 해 줬는데 전 순진하게 듣는 족족 믿었다니까요."

도로시가 말했다.

"피곤해 보이네, 노라." 내가 아내에게 말했다.

"맞아요. 앉아야겠어요."

도로시는 일행에게 돌아가겠다고 했다. 그녀가 노라와 악수를 했다. 그리고 칵테일 한잔하러 집으로 놀러 오라고, 자기는 지금 코틀랜드에 살고, 이제 엄마는 재혼을 해 성이 조젠슨으로 바뀌었다고도 했다. 우리도 당연히 그러겠노라고, 그녀도 놀러 오라고, 지금 노르망디에 묵고 있고 한두 주 정도 더 뉴욕에 머물 거라고 말했다. 도로시는 마지막으로 아스타의 머리를 쓰다듬고 바를 떠났다.

우리는 바에서 일어나 테이블로 갔다.

"예쁘네요." 노라가 말했다.

"저런 스타일을 좋아한다면."

"당신도 이상형 같은 게 있어요?"

노라가 씩 웃으며 물었다.

"당신밖에 없지. 말발 좋고 호리호리한 갈색 머리 여자."

"어젯밤에 퀸네 집에서 슬그머니 함께 사라졌던 그 빨간 머리 여자는요?"

"말도 안 되는 소리. 프랑스 판화를 보여 주겠다고 했을 뿐이야."

2

다음 날 허버트 매컬리가 전화를 걸어 왔다.

"여보세요? 도로시 와이넌트한테 듣기 전까지 자네가 여기 와 있는 줄도 몰랐군. 점심이나 함께 할까?"

"음. 지금 몇 시지?"

"11시 반. 이런, 내가 깨운 건가?"

"그래. 하지만 괜찮네. 점심 먹으러 이리로 오겠나? 숙취가 있어서 괜스레 쏘다니고 싶지 않아서 말이지. ……좋아. 1시 어때?"

나는 머리를 하러 나가려던 노라와 한 잔을 마시고, 샤워를 한 뒤 또 한 잔을 마셨다. 그러고 나니 전화벨이 울릴 때쯤에는 기분이 조금 나아진 것 같았다.

"여보세요. 혹시 매컬리 씨 오셨나요?"

여자 목소리였다.

"아직인데요."

"번거롭게 해드려 죄송합니다. 도착하시는 대로 사무실로 전화 좀 달라고 전해 주시겠어요? 중요한 일이라서요."

나는 알겠다고 대답했다.

그로부터 10분 후 매컬리가 도착했다. 그는 마흔한 살인 나와 동갑으로 몸집이 좋고 곱슬머리에 양 볼이 발그레하고 잘생겨서 실제보다 어려 보였다. 듣기로는 실력도 꽤 좋은 변호사라고 했다. 뉴욕에 살 때 몇 번 그와 함께 일한 적이 있었고 우리는 항상 잘 어울렸다.

악수를 하고 서로의 등을 두들기고 나자 그가 내게 어떻게 지냈느냐 물었다. 나는 잘 지냈다고 말하고 그에게도 같은 질문을 했다. 그 역시 잘 지냈다고 대답했다. 나는 그에게 사무실에서 전화가 왔었다고 말했다.

전화를 끊고 돌아오는 그의 인상은 찌푸려져 있었다.

"와이넌트가 돌아왔다는군. 날 만나고 싶대." 그가 말했다.

나는 방금 따른 술잔 두 개를 들고 돌아섰다.

"오, 그래? 그러면 점심은 다음에 해도……"

"아니, 아닐세. 기다리라지, 뭐."

그가 말하고 잔을 받아 들었다.

"그 사람, 아직도 그렇게 괴짠가?"

"농담할 정도가 아닐세. 29년에 거의 1년 가까이 요양원에 있었다는 소식은 들었나?"

그가 진지하게 말했다.

"아니."

그가 고개를 끄덕였다. 그러고는 자리에 앉아 의자 옆 탁자에 잔을 올려놓고 나를 향해 몸을 기울였다.

"그건 그렇고……. 미미가 이번에는 무슨 꿍꿍이지, 찰스?"

"미미? 아, 와이넌트의 부인, 아니 전처? 모르지. 왜, 무슨 꿍꿍이가 있어야 하는 건가?"

내가 되물었다.

"보통은 늘 그러니까. 그리고 자네라면 알고 있을 줄 알았지."

그가 느릿느릿 말했다.

밝힐 건 밝혀야 할 것 같았다.

"매컬리. 1927년 이래로 난 6년 넘게 탐정 노릇을 하지 않았네."

그가 무슨 소리 하는 거냐 묻는 표정으로 날 쳐다보았다.

"내 솔직히 말하지. 결혼하고 1년인가 지나서 장인이 돌아가시면서 아내에게 제재소와 협궤 철도, 그리고 다른 몇 가지를 남기셨지. 그래서 사업을 돌보기 위해 사무소를 그만뒀네. 어쨌거나 미미 와이넌트, 미미 조젠슨, 아니 이름이 뭐든 간에 그녀를 위해 일할 일은 없을 거야. 그녀는 날 마음에 들어 한 적이 없고 나 역시 별로거든."

"오, 자네가 그 일을 하리라 생각한 건……."

그는 애매한 몸짓을 하며 잠시 말을 멈추더니 잔을 다시 집어 들었다. 술을 한 모금 마신 그가 잔을 입에서 떼었다.

"그냥 혹시 그런 건 아닌가 생각했었네. 사흘 전, 그러니까 화요일에 미미가 와이넌트를 찾겠다면서 전화를 했었거든. 그러고 나서 어제는 도로시가 전화를 해서 자네가 내게 전화하랬다고……. 그래서 당연히 자네가 아직 탐정 노릇을 하고 있는 줄 알고 이게 무슨 일인가 궁금했네."

"그들은 아무 말 안 했고?"

"하기야 했지. 옛정을 생각해서 한번 보고 싶다고 하더군. 그런데 그게 무슨 뜻인지 누가 알겠나."

"누가 변호사 아니랄까 봐 의심이 많다니까. 정말로 보고 싶었을 수도 있잖나. 돈도 좀 필요하고. 그런데 이 호들갑은 다 뭐지? 그가 숨어 있기라도 한 건가?"

　매컬리가 어깨를 으쓱거렸다.

"나도 모르긴 매한가질세. 10월 이후로 본 적이 없으니까. 여긴 얼마나 있을 건가?"

　그가 다시 한 모금 들이켰다.

"새해를 여기서 맞으려고."

　나는 그렇게 대답하고 전화로 가 룸서비스 메뉴를 가져다 달라고 부탁했다.

3

그날 밤 노라와 나는 리틀 시어터에서 열린 「허니문」(Honeymoon, 희극으로 1932년 12월 23일 초연을 시작으로 총 73회가 공연됨 — 옮긴이) 초연을 관람하고, 프리먼인지, 필딩인지, 이름도 모르는 사람이 주최하는 파티에 갔다. 그래서 다음 날 아침 노라가 불렀을 때는 몸도 기분도 축 가라앉아 있었다. 그녀가 내게 신문과 커피 한 잔을 건넸다.

"읽어 봐요."

나는 인내심 있게 한두 문단을 읽고 나서 신문을 내려놓고 커피를 한 모금 마셨다.

"재미있는 건 좋은데, 지금 당장은 누가 위스키 한 잔만 준다면 지금까지 신문에 난 오브라이언(존 패트릭 오브라이언, 전임 시장이 부도덕한 행위로 사임하자 1932년 특별 선거에서 시장으로 당선됨 — 옮긴이)과의 인터뷰 전부와 인디언 그림까지 모두 내줄 텐데……."

"그거 말고요, 바보 씨. 저거."

그녀가 손가락으로 신문 한구석을 가리켰다.

발명가의 비서 아파트에서 살해된 채 발견

총상을 입은 줄리아 울프의 시신이 발견되어

경찰이 그녀의 고용주인 클라이드 와이넌트를 찾고 있다

유명한 발명가 클라이드 밀러 와이넌트의 비서 32세 줄리아 울프의 시신이 어제 오후 늦게 그녀의 자택인 이스트 54번가 411번지의 아파트에서 발견되었다. 시신을 발견한 사람은 와이넌트의 전 부인 미미 조젠슨으로 전남편의 현주소를 알아내러 그곳에 갔던 것으로 밝혀졌다.

유럽에서 6년을 보내고 지난 월요일 돌아온 조젠슨 부인은 살해된 여자 집의 초인종을 누르다 약한 신음 소리를 듣고 엘리베이터 보이 머빈 홀리에게 알렸으며, 그는 다시 아파트 관리인 월터 미니를 불렀다. 그들이 아파트 안으로 들어갔을 때 울프 양은 가슴에 32구경 총알 네 발을 맞은 채 침실 바닥에 쓰러져 있었으며, 의식을 되찾지 못한 채 경찰과 구급차가 도착하기 전 숨을 거두었다.

와이넌트의 변호사 허버트 매컬리는 10월 이후 와이넌트를 본 적이 없다고 경찰에 진술하였다. 그는 어제 와이넌트가 전화를 걸어 와 만날 약속을 하였으나 약속 장소에 나타나지 않았으며, 현재 의뢰인의 행방은 알지 못한다고 하였다. 매컬리의 말에 따르면 울프 양은 지난 8년간 와이넌트의 비서로 일해왔다. 그는 또한 그녀의 가족이나 개인 사정에 대해서는 아는 바가 없고 살인 사건에 대해서도 더 이상 알려 줄 수 있는 바가 없다고 하였다.

    검시관에 따르면 총상은 자해라 볼 수 없으며……

나머지는 그런 사건이 있을 때마다 경찰이 내놓는 흔하디흔한 말이었다.

"그가 죽였다고 생각해요?"

내가 다시 신문을 내려놓자 노라가 물었다.

"누구? 와이넌트? 혹시 그랬다 해도 놀랄 일은 아니지. 돌아도 단단히 돈 사람이거든."

"당신 그 여자는 알았어요?"

"그랬지. 정신 나게 커피에 술 한 방울 타 주면 어때?"

"어떤 사람이었어요, 그 여자?"

"나쁘진 않았지. 생긴 것도 괜찮았고, 사리분별 뚜렷하고, 담력도 있고. 그런 사람이랑 살려면 꼭 필요한 조건이랄까."

"둘이 같이 살았었다고요?"

"그래. 일단 한 잔 달라니까. 내가 알던 당시엔 그랬지."

"뭣부터 좀 먹지 그래요? 그를 사랑했던 거예요, 아니면 돈 때문에?"

"나야 모르지. 아침 먹기엔 너무 이른 시간 아닌가?"

노라가 밖으로 나가려 문을 열자 개가 달려 들어오더니 앞발을 침대에 올리고 얼굴을 내 얼굴에 비벼 댔다. 나는 개의 머리를 쓰다듬으며 예전에 와이넌트가 내게 한 말을 떠올리려 했다. 여자와 개에 관한 농담이었는데……. 여자, 스패니얼, 호두, 나무로 이어지는 그 이야기 말고……. 통 기억은 나지 않지만 왠지 그걸 기억해 내는 게 중요하게 느껴졌다.

노라가 술잔 두 개를 들고 돌아왔다.

"그는 어떤 사람이에요?"

"키가 크고, 180센티미터가 넘으니까. 그리고 지금까지 본 사람 중에 가장 말랐을걸. 지금 한 쉰 정도 되었을 거야. 내가 알던 당시에도 거의 백발이었는데 항상 머릴 좀 잘라야 할 것처럼 덥수룩했고, 얼룩덜룩한 콧수염을 길렀었어. 늘 손톱을 깨물고 말이야."

나는 개를 밀어내고 잔을 향해 손을 뻗었다.

"대단히 멋진 사람 같네요. 그랑은 무슨 일을 했는데요?"

"밑에서 일하던 사람이 그에게 무슨 아이디언지 발명품인지를 빼앗겼다고 고소를 했거든. 그 사람 이름은 로즈워터였지, 아마. 죄를 자백하지 않으면 쏴 죽이겠다, 집을 폭파하겠다, 아이들을 납치하겠다, 아내의 목을 그어 버리겠다, 갖은 협박을 했었어. 끝까지 잡히지 않았지. 우리 때문에 겁을 먹고 도망가 버린 건지……. 어쨌든 협박도 그치고 아무 일도 벌어지지 않았어."

노라가 술 마시기를 멈췄다.

"와이넌트가 정말 아이디언지 발명품인지를 훔친 거예요?"

"쯧, 쯧, 쯧. 오늘은 크리스마스이브라고. 인간에 대해 조금 긍정적으로 생각할 수 없어?"

4

그날 오후 나는 아스타를 데리고 산책을 나갔다. 개가 스코티시 테리어와 아이리시 테리어 잡종이 아니라 슈나우저라는 걸 두 사람의 행인에게 설명하고, 짐스 술집에 들러 술을 두 잔 마시고, 래리 크라울리를 우연히 만나 함께 돌아오니 노라가 퀸 부부, 마고 이네스, 이름 모를 사내 한 명, 그리고 도로시 와이넌트에게 칵테일을 따라주고 있었다.

도로시가 잠시 단둘이 이야기를 나누고 싶다기에 우리는 잔을 들고 침실로 들어갔다.

그녀는 단도직입적이었다.

"우리 아버지가 그녀를 죽였다고 생각해요, 닉?"

"아니, 내가 왜 그래야 하지?" 내가 물었다.

"저, 경찰에서……. 그 여자가 정부였잖아요. 아니에요?"

나는 고개를 끄덕였다.

"내가 알던 땐 그랬지."

그녀는 잔만 노려보았다.

"우리 아버지에요. 그런데 난 아버지를 좋아한 적이 없어요. 엄마도 좋아한 적 없어요." 그녀가 날 올려다보았다. "난 길버트도 싫어해요."

길버트는 그녀의 남동생이었다.

"그런 걸로 괜한 걱정할 필요 없어. 자기 가족과 사이가 좋지 않은 사람은 많으니까."

"당신은 좋아해요?"

"내 가족?"

"내 가족이요! 내가 아직도 열두 살인 것처럼 굴지 마요."

"그런 게 아니야. 술기운이 올라서 그런가."

"흠, 그래요?"

나는 고개를 흔들었다.

"옛날의 넌 나쁘지 않았다. 단지 버릇 나쁜 아이였을 뿐이야. 난 단지 너희 가족 나머지 사람들과 잘 지내지 못한 거고."

"우리 가족은 뭐가 문제인 걸까요?"

그녀가 물었다. 따지고 들려는 게 아니라 진지하게 답을 알고 싶어 하는 눈치였다.

"여러 가지가 있겠지. 네……."

그때 해리슨 퀸이 문을 열었다.

"나와서 탁구나 좀 치지, 닉?"

"조금만 이따가."

"예쁜이도 데리고 나오라고."

그가 도로시를 향해 추파를 던지더니 밖으로 나갔다.

"조젠슨은 모르죠?" 도로시가 내게 물었다.

"넬스 조젠슨이라는 사람은 아는데……."

"원래 지지리 복이 없는 사람들이 있잖아요. 그중 하나가 우리 엄마죠. 정신병자랑 이혼하고는 제비랑 결혼하다니."

그녀의 눈이 촉촉이 젖기 시작했다. 그녀는 울음 섞인 숨을 힘겹게 들이마셨다.

"나 어떻게 해야 해요, 닉?"

그녀의 목소리는 겁에 질린 아이 같았다.

나는 그녀의 어깨에 팔을 두르고 위로랍시고 쉬 쉬 소리를 냈다. 그녀는 내 옷깃을 움켜쥐고 흐느껴 울었다. 그때 침대 옆에 놓인 전화벨이 울리기 시작했다. 옆방에서는 라디오로 「라이즈 앤드 샤인」(내시오 허브 브라운과 리처드 위팅의 노래 ― 옮긴이)이 들려왔다. 내 잔은 비어 있었다.

"가족을 떠나."

"그 가족의 일부인 나까지 버리는 건 불가능해요."

그녀가 흐느꼈다.

"이거, 무슨 말을 하는 건지 잘 모르겠는데."

"놀리지 마세요." 그녀가 속삭였다.

그때 전화를 받으러 들어온 노라가 미심쩍은 눈초리로 나를 쳐다보았다. 나는 도로시의 머리 위로 곤란하다는 표정을 지어 보였다.

노라가 전화에 대고 "여보세요."라고 하자 도로시가 깜짝 놀라 한 발짝 뒤로 물러서더니 얼굴을 붉혔다.

"죄…… 죄송해요. 그러려던 건……."

노라가 이해한다는 표정으로 그녀에게 미소 지었다.

"괜한 소리." 내가 말했다.

도로시는 손수건을 꺼내 눈물을 닦았다.

"네……. 계신지 보고 올게요. 실례지만 누구시죠?"

노라가 전화에 대고 물었다. 그러더니 전화기 송화구를 손으로 막고 내게 말했다.

"노먼이라는 사람이래요. 전화 받을래요?"

난 모르겠다고 하면서 수화기를 건네받았다.

"여보세요?"

"찰스 씨? 찰스 씨. 예전에 트랜스 아메리칸 탐정 사무소에서 일하신 걸로 알고 있습니다만……."

남자의 목소리는 어딘가 신경질적이었다.

"누구시죠?" 내가 물었다.

"저는 앨버트 노먼이라고 합니다. 제 이름은 모르시겠지만 제안할 것이 있어서요. 들으시면 분명……"

"무슨 제안이요?"

"전화로는 곤란합니다, 찰스 씨. 30분만 시간을 내주신다면……"

"미안하지만 지금은 좀 바빠서……"

"하지만 찰스 씨, 이건……"

그 순간 전화기 반대편에서 커다란 소음이 들렸다. 총소리가 아니면 무언가 떨어지는 것 같았다.

"여보세요?"

두어 번 물었지만 아무 소리가 들려오지 않자 나는 전화를 끊었다.

노라는 도로시를 거울 앞에 앉혀 놓고 파우더와 립스틱으로 그녀를 달래고 있었다.

"그냥 보험 들으라는 사람이었어."

나는 아무렇지도 않은 척 대답하고 술을 가지러 거실로 나갔다.

아까보다 손님이 늘어나 나는 그들과 잠시 이야기를 나누었다. 해리슨 퀸이 마고 이네스와 함께 소파에 앉아 있다가 벌떡 일어났다.

"자, 이제 탁구 칠 시간인가?"

아스타가 펄쩍 뛰어 올라 아니나 다를까 앞발로 내 배를 걷어찼다. 나는 라디오를 끄고 칵테일 잔을 새로 채웠다.

"혁명이 시작되면 우리는 가장 먼저 담벼락에 나란히 세워질 거야."

이를 모를 사내가 불쑥 말했다. 마치 그것이 좋은 생각이라고 여기는 것 같았다.

퀸이 자기 잔을 채우러 다가왔다. 그는 침실 문을 힐긋 쳐다보았다.

"그 자그만 금발은 어디서 찾았나?"

"예전에 무릎에 앉혀 놀아 주곤 했었지."

"어느 쪽 무릎인데? 만져 봐도 되나?"

그가 능글맞게 물었다.

노라와 도로시가 침실에서 나왔다. 나는 라디오에 석간신문이 놓여 있는 것을 보고 그것을 집어 들었다.

한때 사기꾼의 정부였던 줄리아 울프

아트 넌하임 시신 확인

와이넌트의 행방은 여전히 오리무중

"같이 저녁 먹자고 했어요. 착하게 굴어요. 그 아이, 정말 많이 속상해 하는 것 같아요."

내 옆에 와 선 노라가 낮은 목소리로 말했다. 아이라니. 노라도 스물여섯밖에 안 됐는데.

"분부대로 하지요."

대답과 함께 몸을 돌리자 퀸이 무슨 재미난 말을 했는지 도로시가 깔깔 웃고 있었다.

"하지만 이번 일로 우리 모두 괜히 골치 아픈 일에 끼었다간 나중엔 다쳐도 '호' 해 달란 소린 하지 마."

"안 그럴게요. 착한 바보 노인네 씨. 그 신문 여기서 읽을 생각일랑 말아요."

그녀는 신문을 빼앗아 가더니 보이지 않게 라디오 뒤에 구겨 넣었다.

5

그날 밤 노라는 잠을 이루지 못했다. 그녀는 내가 곯아떨어질 때까지 샬리아핀(오페라 가수 표도르 이바노비치 샬리아핀 — 옮긴이)의 회고록을 읽고 있다가 날 깨웠다.

"자요?"

난 그렇다고 대답했다.

그녀가 담배 두 대에 불을 붙여 한 대를 내게 건넸다.

"재미로라도 가끔 탐정 일을 하고 싶다는 생각 안 해요? 있잖아요, 특별한 사건이 터질 때마다……"

"여보. 난 와이넌트가 그녀를 죽였고, 경찰이 내 도움 없이도 너끈히 그를 잡을 수 있을 거라 생각해. 어쨌든 내가 낄 일은 아니야."

"그런 말이 아니에요. 그게……"

"게다가 시간도 없잖아. 당신 재산이 축나지 않게 감시하는 것만으로도 바쁘다고. 돈이야말로 내가 당신과 결혼한 이유인데 말이야."

그 말과 함께 나는 그녀에게 입을 맞췄다.

"한잔하면 잠이 올 것 같아?"

"아니, 됐어요."

"내가 한잔하면 될 것 같기도 한데."

스카치 소다를 한 잔 가지고 침대로 돌아오자 노라는 눈을 찌푸리고 허공을 바라보고 있었다.

"도로시가 귀엽긴 해. 그래도 제정신은 아니라니까. 그렇지 않다면 그자의 딸이라고 할 수가 없지. 그 입에서 나오는 말 중 진심이 얼마나 되는지, 그 말 중 실제로 일어난 일은 또 얼마나 되는지 누가 알겠어. 나도 그 애가 좋긴 하지만 당신 괜히 감정에 휩싸여서……'

"솔직히 난 그 애가 마음에 드는지 잘 모르겠어요. 당돌한 건 분명하지만 그 애가 한 말 중 4분의 1만이라도 진짜라면 그 앤 정말 힘든 처지라고요."

노라가 신중하게 말했다.

"내가 도울 수 있는 일은 하나도 없어."

"그 애는 그렇게 생각지 않던데요."

"그건 당신도 마찬가진 거 같은데. 그리고 당신은 무슨 생각을 하든 상대가 당신의 말을 따르게 만들 수 있고."

노라가 한숨을 쉬었다.

"당신 술기운이 없으면 좋겠어요. 진지하게 이야기 좀 하게."

그녀는 그 말과 함께 몸을 기울여 내 술을 한 모금 마셨다.

"크리스마스 선물 지금 주면 나도 당신 것 줄게요."

나는 고개를 절레절레 흔들었다.

"아침 식사 때."

"하지만 이미 크리스마슨 걸요."

"식사 때."

"뭘 샀는지는 몰라도 분명 내 마음에 안 들 거예요!"

"그래도 반품할 수 없을걸? 수족관 주인이 절대로 안 해 준다고 했거든. 이미 다른 놈들 꼬리를 잘라 먹어서……."

"정말 그 애를 도울 길이 없는 건지 한번 알아보는 것도 안 돼요? 당신을 너무나도 믿고 있다고요, 닉."

"그리스 사람이 원래 믿음직스럽거든."

"제발요."

"괜히 쓸데없는 일에 끼어드는 거라고, 당신."

"참, 전부터 물어보려고 했었는데, 전 부인이 알고 있었어요? 그 줄리아 어쩌고 하는 여자가 정부였다는 걸?"

"모르지. 원래 마음에 들어 하진 않았어."

"그 전 부인이라는 사람, 어때요?"

"모르지. 여자야."

"예뻐요?"

"전엔 아주 예뻤지."

"나이 많아요?"

"마흔? 마흔둘? 그만 해, 노라. 이 일엔 끼는 게 아니라니까. 찰스 성씨들은 찰스 가문 일에, 와이넌트 성씨들은 와이넌트 일에나 신경 쓰게 하자고."

그녀가 입을 비쭉 내밀었다.

"나도 한잔하는 게 낫겠어요."

나는 일어서서 그녀의 술을 따랐다. 술을 가지고 다시 침실로 들어오는데 전화벨이 울리기 시작했다. 탁자 위에 풀어 놓은 손목시계를 보았다. 거의 5시가 다 된 시각이었다.

노라가 수화기에 대고 말하고 있었다.

"여보세요……. 네, 전데요."

그녀가 곁눈으로 나를 흘깃 쳐다보았다. 나는 고개를 흔들었다.

"예……. 그럼요……. 예, 예."

그녀가 수화기를 내려놓더니 나를 향해 씩 웃었다.

"당신 참 대단해. 무슨 일이야?"

"도로시가 올라온대요. 취한 것 같아요."

"그거 참 잘 됐군. 미안하지만 난 자야겠어."

나는 가운을 집어 들었다.

그녀는 침대 아래로 몸을 굽혀 슬리퍼를 찾고 있었다.

"그렇게 노인네처럼 굴지 말아요. 잠은 언제든지 잘 수 있잖아요."

슬리퍼를 찾았는지 그녀가 몸을 일으켜 발을 집어넣었다.

"그런데 그 애가 말한 것처럼 그렇게 엄마를 무서워해요?"

"제정신이 조금이라도 있다면 그러는 게 당연해. 미미는 무서운 여자거든."

노라가 눈을 찡그리며 나를 올려다보았다.

"뭘 숨기고 있는 거예요?"

"이런 젠장. 다 털어놓지 않아도 되기만을 빌었는데. 사실 도로시는 내 딸이야. 난 내가 무슨 짓을 하고 있는지 몰랐다고. 베니스에서, 봄이었는데 난 너무나 어렸고 그날따라 밤하늘의 달이……"

"참 재미있군요. 배 안 고파요?"

"당신도 먹을 거면. 뭐 먹을래?"

"다진 쇠고기 샌드위치, 양파 많이 넣어서요. 그리고 커피도요."

 밤샘 영업을 하는 식당에 전화를 하는 동안 도로시가 도착했다. 거실로 들어가자 그녀가 비틀거리며 자리에서 일어섰다.

 "정말…… 정말 미안해요, 닉. 당신과 노라를 계속해서 귀찮게 해서……. 하지만 이 꼴론 도저히 집에 갈 수가 없어요. 안 돼요. 겁나요. 그러면 무슨 일이 벌어질지 몰라요. 제발 보내지 마요."

 그녀는 정말 심하게 취한 상태였다. 아스타가 그녀의 발 주변에서 쿵쿵거렸다.

 "쉬, 쉬……. 여기 있어도 괜찮아. 앉지. 조금 있으면 커피가 올 거야. 어디서 이렇게 마신 건가?"

 내가 물었다.

 그녀가 자리에 앉더니 바보처럼 머리를 절레절레 흔들었다.

 "몰라요. 여기서 나간 뒤로 안 간 데가 없어요. 집만 빼곤 다 가봤어요. 이 꼴로 갈 순 없으니까. 나 뭐 가져왔게요?"

 그녀가 다시 일어서더니 코트 주머니에서 낡아빠진 자동권총 하나를 꺼냈다.

 "이거 봐요."

 그녀가 나를 향해 권총을 흔들었다. 아스타는 꼬리를 마구 흔들며 신난다는 듯 권총을 향해 펄쩍펄쩍 뛰었다.

 노라의 숨소리가 커졌다. 나는 등골에 한기가 흐르는 것을 느꼈다. 나는 개를 옆으로 슬쩍 민 뒤 도로시에게서 권총을 뺏었다.

"이게 도대체 무슨 짓이야? 앉아!"

나는 권총을 내 가운 주머니에 넣고 도로시를 밀어 의자에 앉혔다.

"화내지 마요, 닉. 그거 가져도 돼요. 괜히 성가시게 굴 생각은 없어요."

그녀가 투덜거렸다.

"어디서 났지?" 내가 물었다.

"10번가에 있는 밀주집에서요. 내 팔찌를 줬어요. 에메랄드랑 다이아몬드 박힌 거."

"그러고 나서 크랩 게임이라도 해서 다시 딴 건가? 팔찌는 차고 있잖아!"

내가 쏘아붙였다.

그녀가 멍하니 자기 팔목을 내려다보았다.

"준 줄 알았는데……."

나는 노라를 보며 머리를 흔들었다.

"오, 너무 괴롭히지 말아요, 닉. 애는……."

노라가 말했다.

"닉은 날 괴롭히는 게 아니에요, 노라. 정말로 아니에요. 닉은…… 닉은 세상에서 내가 의지할 수 있는 유일한 사람이란 말이에요."

도로시가 속삭였다.

나는 노라가 자기 술에 손을 대지 않은 것을 떠올리고 침실로 들어가 그것을 왈칵 들이켰다. 거실로 돌아가자 노라는 도로시가 앉은 의자 팔걸이에 걸터앉아 한 손으로 그녀를 감싸고 있었다. 도로시는 이제 코를 훌쩍이고 있었다.

"닉은 화난 게 아니야. 널 좋아하는걸."

노라가 말했다. 그러고는 날 올려보았다.

"화난 거 아니죠? 그렇죠, 닉?"

"아니, 그냥 속상한 것뿐이야. 총 어디서 났지, 도로시?"

나는 소파에 앉았다.

"어떤 남자한테……. 말했잖아요."

"어떤 남자?"

"말했잖아요. 밀주집에 있던……"

"총 값으로 팔찌를 줬고?"

"그런 줄로만 알았어요. 그런데…… 아직도 팔찌를 그대로 차고 있네요."

"나도 봤다고." 내가 쏘아붙였다.

"그럼, 아직 차고 있지."

노라가 도로시의 어깨를 톡톡 두드리며 말했다.

"커피랑 음식 가지고 오면 가지 말라고 돈이라도 쥐어 줘야겠어. 밤새 정신 나간 여자 두 명을 혼자 상대할 생각은 없으……."

노라가 나를 향해 인상을 찌푸리더니 도로시에게 얼굴을 돌렸다.

"신경 쓰지 마. 저이는 오늘 밤 내내 저랬으니까."

"날 술주정뱅이에 바보 같은 여자애라고 생각하나 봐요."

도로시가 조용히 말했다.

노라가 그녀의 어깨를 조금 더 두드렸다.

"그런데 총은 왜?" 내가 물었다.

도로시가 몸을 일으켜 세우더니 술 취한 커다란 눈으로 나를 쳐다보았다.

"그 사람 때문에요. 그가 또 귀찮게 굴까 봐. 술이 취해서 겁이 났어요. 그래서 그랬어요. 술이 취해서. 그래서 여기로 왔어요."

"아버지 말하는 거니?"

노라는 애써 침착한 척하며 물었다.

도로시가 고개를 흔들었다.

"클라이드 와이넌트만이 내 아버지예요. 지금 얘긴 새 아빠 말이었어요."

그녀가 노라의 가슴에 머리를 기댔다.

"오."

노라의 입에서 나온 그 말은 이제 상황을 완전히 이해했다는 투였다.

"오, 불쌍한 것."

그 말과 함께 노라가 의미심장한 눈초리로 나를 쳐다보았다.

"다들 한 잔씩 하자고." 내가 말했다.

"난 됐어요. 그리고 도로시도 마시면 안 될 것 같아요."

노라가 또 한 번 내게 눈살을 찌푸리며 말했다.

"아니, 마셔도 돼. 그럼 잠이 더 잘 올 거니까."

나는 그녀에게 위스키를 잔뜩 부어 주고는 끝까지 마시는지 지켜보았다. 전략은 성공적이었다. 주문한 커피와 샌드위치가 도착했을 때쯤 이미 그녀는 푹 잠들어 있었다.

"이제 만족해요?" 노라가 물었다.

"그래, 만족해. 먹기 전에 얘부터 침대에 눕혀야 하나?"

나는 그녀를 안아 침실로 데려간 뒤 노라가 옷을 벗기는 것을 도왔다. 자그마한 몸매가 아름다웠다.

우리는 샌드위치를 먹기 시작했다. 나는 주머니에서 권총을 꺼내 살펴보았다. 꽤 오랫동안 여기저기 구른 것처럼 보였다. 총알은 두 발 들어 있었다. 하나는 약실에, 다른 하나는 탄창에.

"그건 어떻게 할 거예요?" 노라가 물었다.

"이게 줄리아 울프를 죽인 총이 맞는지 확인할 때까지는 아무것도 안 할 생각이야. 32구경이군."

"하지만 저 애 말로는……."

"밀주집에서, 어떤 남자한테, 팔찌를 주고 샀다고 했지. 나도 들었어."

노라가 들고 있던 샌드위치 너머로 나를 향해 몸을 기울였다. 그녀의 눈이 반짝반짝 빛나 거의 검정색으로 보였다.

"새아버지한테 훔쳐 온 거라고 생각해요?"

"그래."

내가 대답했다. 하지만 진심인 척 꾸미는 것이 너무 티가 났다.

"이 나쁜 그리스 사람. 하지만 어쩌면 그럴지도 모르죠. 당신은 모르는 거잖아요. 그 애 말도 믿지 않죠?"

노라가 말했다.

"잘 들어, 여보. 내일 나가자마자 탐정 소설을 잔뜩 사 줄 테니 오늘 밤엔 그 예쁜 머리 고생시키지 말라고. 그 애가 한 말이라고는 집에 돌아가면 조젠슨이 무슨 감언이설로 꼬드길지 겁이 난다, 너무 술이 취해서 그 말에 넘어갈지도 모른다는 것뿐이었어."

"하지만 엄마가 있는데!"

"이런 가족도 가족이라고. 당신은……."

그때 자신에게는 너무 긴 노라의 잠옷을 입은 도로시가 불안한 자세로 문간에 서 있는 모습이 눈에 들어왔다. 그녀가 밝은 빛에 눈을 깜빡이며 입을 열었다.

"저…… 잠깐 같이 있으면 안 돼요? 혼자 있는 게 겁나요."
"그래."
그녀가 다가오더니 소파 위 내 옆에 몸을 동그랗게 말고 모로 누웠다. 노라는 그녀에게 덮어 줄 것을 가지러 갔다.

6

다음 날 이른 오후 조젠슨 부부가 도착했을 때 우리 셋은 아침 식사를 하고 있었다. 전화를 받은 건 노라였다. 전화를 끊은 노라는 흥분한 기색을 감추려 애쓰는 것 같았다.
"네 어머니셔. 아래층에 계시단다. 올라오시라고 했어."
노라가 도로시에게 말했다.
"이런, 전화하지 말 걸 그랬어요." 도로시가 말했다.
"우린 차라리 로비에 사는 게 낫겠군." 내가 투덜거렸다.
"진심으로 하는 소리가 아니야."
노라가 또 도로시의 어깨를 두드리며 말했다.
초인종이 울렸다. 내가 문을 열어 나갔다.
8년이라는 세월이 흘렀지만 미미의 아름다움은 여전했다. 단지 전보다 더 성숙하고 조금 더 화려해진 것뿐이었다. 그녀는 도로시보다 몸집이 크고 더 진한 금발이었다. 그녀가 활짝 웃으며 두 손을 내게 내밀었다.

"메리 크리스마스! 이렇게 오랜만에 보니까 너무 좋군요. 여긴 남편이에요. 크리스천, 이쪽은 찰스 씨."

"반가워요, 미미."

나는 이렇게 대답하고 조젠슨과 악수했다. 키가 크고 꼿꼿하며 호리호리한 그는 아마 아내보다 다섯 살은 어릴 것이었다. 미끈하게 잘 차려입은 옷차림에 머리와 콧수염은 무척 단정했다.

그가 허리를 굽혀 인사했다.

"처음 뵙겠습니다. 찰스 씨."

그의 말투는 독일 억양이 강했고, 손은 단단하고 살집이 없었다.

우리는 안으로 들어갔다.

소개가 끝나자 미미가 갑자기 들이닥친 것에 대해 노라에게 사과했다.

"하지만 남편분을 꼭 만나고 싶었거든요. 그리고 이 말 안 듣는 아이를 시간 맞춰 어딜 데려가려면 끌고 가는 길밖에 없어서."

그녀가 미소 짓는 얼굴을 도로시에게 돌렸다.

"얘, 얼른 옷 입으렴."

"길버트도 안 가잖아요."

도로시는 토스트가 가득 든 입으로 투덜거렸다. 아무리 크리스마스라도 엘리스 고모네 가서 한나절을 낭비할 이유가 없다는 투였다.

미미는 아스타가 참 예쁘다고 하더니 자기 전남편이 어디에 있을지 혹시 아느냐고 내게 물었다.

"아니요."

그녀는 계속해서 개를 쓰다듬었다.

"미쳤어요. 정말 미쳤어. 하필이면 이런 때 사라져 버리다니. 경찰에서 그가 사건과 관련이 있다고 생각했던 것도 당연하죠."

"지금은 어떻게 생각한답니까?"

미미가 날 올려다보았다.

"신문 안 봤어요?"

"네."

"모렐리라는 갱단원 짓이래요. 연인 사이였다나."

"잡혔습니까?"

"아직요. 하지만 그 사람 짓이에요. 클라이드를 찾을 수 있으면 좋겠어요. 매컬리는 통 도와줄 생각을 안 한다니까. 그가 어디 있는지 모른다고 하는데 그건 말도 안 되지. 변호사에다가, 몽땅 위임을 받았는데. 확실히 클라이드랑 연락을 하고 있다니까요. 매컬리가 믿을 만한 사람이라고 생각해요?"

"그는 와이넌트의 변호사잖습니까. 당신이 믿을 이유는 없지요."

내가 말했다.

"딱 내가 생각한 대로군요. 앉아 봐요. 물어볼 게 너무나 많으니까."

그녀가 소파에서 엉덩이를 조금 움직였다.

"먼저 한잔하는 건 어때요?"

"에그노그만 빼면 뭐든 괜찮아요. 그것만 마시면 신물이 올라온다니까."

그녀가 말했다.

술을 꺼내 오자 노라와 조젠슨은 서로 프랑스어로 이야기하고 있고, 도로시는 아직도 먹는 체하고 있었으며, 미미는 다시 개랑 놀고 있었다. 나는 모두에게 술을 돌린 뒤 미미 옆에 앉았다.

"아내분이 정말 예쁘네요." 미미가 말했다.

"저도 그렇게 생각합니다."

"솔직히 말해요, 닉. 클라이드가 정말 미쳤다고 생각해요? 내 말은, 무슨 조치를 취해야 할 만큼 미친 건가요?"

"내가 어떻게 알겠어요?"

"애들 걱정이 돼서 말이죠. 이제 난 그와 상관없지만…….이혼 당시에 재정적인 건 이미 정리가 됐다고요. 하지만 애들은 권리가 있잖아요. 우린 이제 완전히 빈털터린데 애들 걱정이 돼서 죽겠어요. 그가 정말 미쳤다면 모든 걸 내던져 버리고 애들한테 한 푼도 안 남길지 모르잖아요. 내가 어떻게 해야 할까요?"

"정신 병원에 집어넣을 생각인가요?"

"아니, 아니요. 일단 좀 만나고 싶어요. 당신이라면 찾을 수 있잖아요."

그녀가 내 팔에 손을 얹었다.

나는 고개를 저었다.

"도와주지 않을 거예요, 닉? 우리 친구였잖아요."

그녀의 커다란 파란 눈이 부드럽게 애원했다.

식탁에 앉아 있던 도로시가 의심이 가득한 눈으로 우릴 쳐다보았다.

"제발, 미미. 뉴욕엔 사립 탐정이 1000명도 넘는다고요. 그중 하나를 골라요. 난 이제 더 이상 이 일 안 한다니까."

내가 말했다.

"알아요. 하지만······. 도로시, 어젯밤에 취했던가요?"

"취했던 건 내 쪽이었겠죠. 도로시는 괜찮아 보이던데."

"예쁘게 자란 것 같지 않아요?"

"예전부터 예쁘다고 생각했습니다."

그녀는 잠시 무언가 생각하더니 입을 열었다.

"그 앤 아직 아이예요, 닉."

"그게 무슨 소립니까?"

그녀가 씩 웃었다.

"옷 좀 입지 그러니, 도로시?"

도로시는 다시 부루퉁하게 왜 엘리스 고모네 가서 오후를 낭비해야 하는지 모르겠다고 투덜거렸다.

조젠슨이 아내에게 몸을 돌렸다.

"고맙게도 찰스 부인께서 우리더러 조금 이따가……"

"그래요. 더 있다 가시지 그래요? 손님이 몇 명 올 건데. 대단한 건 아니지만……."

그녀는 말 대신 술잔을 살짝 흔들었다.

"그러고 싶군요. 하지만 고모 댁에……."

미미가 느릿느릿 대답했다.

"전화로 미안하다고 해요." 조젠슨이 말했다.

"내가 할게요." 도로시가 냉큼 말했다.

미미가 고개를 끄덕였다.

"상냥하게 굴어야 한다."

도로시가 침실로 들어갔다. 이제 모두가 조금 더 밝아진 것 같았다. 노라가 나와 눈을 마주치더니 기쁘다는 듯 윙크했다. 마침 미미가 보고 있어서 나도 좋아하는 척하는 수밖에 없었다.

"당신은 우리가 가 줬으면 했죠?" 미미가 물었다.

"물론 아닙니다."

"거짓말하는 것 같은데. 당신, 불쌍한 줄리아를 마음에 들어 하지 않았었나요?"

"당신 입에서 '불쌍한 줄리아'라는 말이 나오니 참 듣기 좋군요. 그래, 좋아했었죠."

미미가 다시 한 번 내 팔에 손을 얹었다.

"그 여잔 클라이드와 나의 결혼을 깨뜨렸어요. 당연히 미워했죠. 하지만 그건 오래 전 일이에요. 금요일에 만나러 갔을 때는 아무런 감정도 없었어요. 그리고 닉, 난 그녀가 죽는 걸 지켜봤다고요. 그렇게 죽어선 안 되는 거였어요. 정말 끔찍했어요. 예전에 내 감정이 어땠든, 이제는 불쌍하단 생각밖에 안 들어요. '불쌍한 줄리아'라는 말 진심이었어요."

"당신이 무슨 생각을 하고 있는지 모르겠어요. 당신들 모두 무슨 생각인지 모르겠다고."

내가 말했다.

"우리 모두라니, 혹시 도로시가……."

그때 도로시가 침실에서 나왔다.

"해결했어요."

그녀가 엄마 입에 쪽 하고 입을 맞추더니 옆에 앉았다.

"화내는 것 같지는 않던?"

립스틱이 지워지지 않았는지 휴대용 거울을 꺼내어 보며 미미가 물었다.

"아니, 완전히 해결했다니까요. 자, 한 잔 얻으려면 어떻게 해야 하죠?"

"저기 얼음이랑 병이 있는 탁자로 가서 붓기만 하면 된다."

내가 말했다.

"너 너무 많이 마시는 거 아니니?"

미미가 못마땅하다는 듯 물었다.

"닉보단 덜 마시는 걸요."

도로시가 대답하더니 탁자로 향했다.

미미가 고개를 흔들었다.

"애들이 이렇다니까! 당신 줄리아 울프 꽤 좋아했었죠?"

"닉! 한 잔 줄까요?" 도로시가 큰 소리로 불렀다.

"고맙다." 그런 다음 미미에게 고개를 돌렸다. "그래, 어느 정도까지는 마음에 들어 했죠."

"당신 정말 어물쩍 피해 가는 데 선수라니까. 그럼 예를 들어서, 전에 나 좋아했던 것만큼 좋아했어요?"

미미가 다시 물었다.

"우리가 함께 시간 죽였던 그 두어 번의 오후 말입니까?"

그녀가 웃음을 터뜨렸다. 이번엔 진짜 웃음이었다.

"그 정도면 답이 되네요." 그녀가 잔을 들고 돌아오는 도로시에게 고개를 돌렸다. "너 그 색깔 가운 하나 사야겠다, 얘.

파란색이 정말 잘 어울려."

나는 도로시에게서 잔을 받아든 뒤 옷을 입어야겠다고 말했다.

7

욕실에서 나오자 노라와 도로시가 침실에 있었다. 노라는 머리를 빗고 있었고, 도로시는 침대 한편에 앉아 스타킹을 신고 있었다.

노라가 거울을 통해 내게 입맞춤을 보냈다. 매우 행복해 보였다.

"닉을 정말 많이 좋아하나 봐요, 노라?"

도로시가 물었다.

"바보 같은 그리스 노인네지만 이제 익숙하니까."

"찰스라는 이름은 그리스 쪽이 아닌데요."

"사실은 찰스가 아니라 차랄람비데스지. 아버지가 미국으로 이민 왔을 때 입국 심사원이 이름이 너무 길어 쓰기 귀찮다고 찰스로 줄여 버렸다지. 우리 아버진 입국만 시켜 준다면 찰스든 뭐든 괜찮다 했고."

내가 설명했다.

도로시가 멍하니 나를 쳐다보았다.

"당신은 언제가 진담이고 언제가 농담인지 통 모르겠다니까요." 그녀가 다시 스타킹을 신기 시작하다가 문득 멈췄다. "엄마가 당신한테 무슨 짓을 한 거예요?"

"아무것도. 내 속을 좀 떠보려 했나 보지. 어젯밤에 네가 무슨 짓을 했고 무슨 말을 했는지 알고 싶어 하더군."

"그럴 줄 알았어요. 그래서 뭐라고 했어요?"

"무슨 말을 할 수 있었겠니? 넌 아무 짓도, 아무 말도 안 했는데."

도로시가 이마를 살짝 찌푸렸다. 그 애가 다시 입을 열었을 땐 완전히 다른 화제였다.

"당신이랑 엄마 사이에 사연이 있었을 줄은 전혀 몰랐어요. 물론 나야 그 당시 아이였고, 눈치를 챘더라도 그게 무슨 뜻인지 몰랐겠지만. 서로 이름 부르는 사이인 줄도 몰랐네요."

노라가 싱긋 웃으며 거울에서 몸을 돌렸다. 그리고 도로시를 향해 빗을 흔들었다.

"자, 이제야 슬슬 재미있는 이야기가 나오는데요. 계속해 봐, 도로시."

"그래요. 당시엔 정말 몰랐다고요."

도로시가 진지하게 말했다.

"지금은 뭘 아는데?"

내가 셔츠에 꽂힌 핀을 뽑으며 물었다.
"아무것도요. 하지만 짐작할 순 있죠."
그녀가 대답했다. 얼굴이 점점 붉어졌다. 그녀는 스타킹 위로 몸을 푹 숙였다.
"마음대로 짐작해. 엉큼하다니까. 하지만 애써 창피한 척은 하지 마라. 속이 엉큼한 건 숨길 수 없는 거니까."
도로시가 머리를 들더니 웃음을 터뜨렸다. 하지만 이내 표정이 진지해졌다.
"내가 엄마를 많이 닮은 것 같아요?"
"놀랄 일도 아니지."
"정말 그렇게 생각해요?"
"아니라고 대답하길 바라지? 아니야."
"내가 이런 사람이란 산다니까. 정말이지 어떻게 할 수가 없는 사람이야."
노라가 쾌활하게 말했다.
나는 옷을 다 입은 뒤 거실로 나갔다. 미미가 조젠슨의 무릎에 앉아 있었다. 그녀가 자리에서 일어났다.
"크리스마스 선물로 뭐 받았어요?"
"노라가 시계를 줬지요."
나는 시계를 보여 주었다.
그녀는 예쁘다고 말해 주었다. 시계는 정말 예뻤다.

"당신은 뭘 줬고?"

"목걸이."

"실례하겠습니다."

이 말과 함께 조젠슨이 자리에서 일어나더니 술을 따랐다.

그때 초인종이 울렸다. 퀸 부부와 마고 이네스였다. 나는 그들을 조젠슨 부부에게 소개시켰다. 곧 노라와 도로시가 옷을 다 입고 침실에서 나오자 퀸은 도로시 옆에 가서 착 달라붙었다. 래리 크라울리가 드니즈라는 이름의 여자를 데리고 왔고 몇 분 뒤 에지 부부도 도착했다. 나는 백개먼 게임으로 마고에게 32달러를 땄다. 물론 외상이었다. 드니즈라는 여자가 좀 쉬어야겠다며 침실로 들어갔다. 6시가 조금 넘자 엘리스 퀸은 다른 약속이 있다면서 마고의 도움을 받아 남편을 도로시에게서 겨우 떼어냈다. 에지 부부도 곧 떠났다. 미미는 코트를 입고 남편과 딸에게도 옷을 입으라고 했다.

"너무 갑작스럽긴 한데 내일 밤 저녁 식사하러 오겠어요?"

그녀가 묻자 노라가 대답했다.

"물론이죠."

악수를 하고 예의를 차리며 한참 인사를 한 뒤 마침내 그들이 집으로 돌아갔다.

노라가 문을 닫고 거기에 기대어 섰다.

"세상에, 정말 잘생긴 남자네요."

8

울프, 와이넌트, 조젠슨이 얽히고설킨 이 사건에서 지금까지 내가 아는 것이라고는 아무것도 없었다. 그런데 다음 날 새벽 4시 집으로 돌아오는 길에 루벤 커피숍에 들러 노라가 신문을 펼쳤고, 가십 칼럼에 다음과 같은 글이 한 줄 적혀 있었다.

"트랜스 아메리칸 탐정 사무소의 전(前) 스타 닉 찰스, 줄리아 울프 살인 사건을 해결하러 오다."

그리고 그로부터 여섯 시간 후, 노라가 흔들어 깨워 눈을 떠 보니 총을 든 한 사나가 침실 문간에 서 있었다.

그는 중간키에 통통하고 피부색이 어두운 비교적 젊은 남자로, 턱이 넓적하고 눈 사이가 좁았다. 검정색 중산모에 꼭 맞는 검정색 코트, 짙은 색 양복과 검은색 신발 차림이었는데, 마치 모두 15분 전에 산 것 같았다. 뭉툭한 검정색 38구경 자동 권총은 어디도 가리키지 않은 채 그의 손에 들려 있었다.

"들어오라고 할 수밖에 없었어요, 닉. 꼭 당신을……"

노라였다.

"당신과 이야기를 해야 해. 그게 다야. 하지만 꼭 해야만 해."

총을 든 사내가 말했다. 그의 목소리는 낮고 음산했다.

그쯤 되자 나는 억지로 눈을 껌뻑이며 정신을 차렸다. 노라를 보았다. 흥분하긴 했지만 분명 놀란 것 같지는 않았다. 마치 자신이 베팅한 경주마가 고삐에 이끌려 다가오는 것을 지켜보는 듯한 표정이었다.

"좋아, 말하시오. 다만 총만 치워 주면 안 될까? 아내는 개의치 않는 것 같지만 난 임신한 몸이고, 혹시라도 아기가 다칠까 걱정이 되어서……."

내가 농담조로 말했다.

내 말을 들은 그가 아랫입술만 움직여 미소를 지었다.

"애써 터프가이인 척할 필요 없어. 소문은 익히 들었으니. 난 셉 모렐리라고 해."

그가 권총을 코트 주머니에 집어넣었다.

"나는 당신이란 사람에 대해 못 들어봤는데."

내가 말했다.

"난 줄리아를 죽이지 않았어."

그는 방 안으로 한 걸음 들어오며 고개를 가로저었다.

"그럼 안 그러셨든가. 그런데 지금 엉뚱한 곳에 와 있는 거요. 난 그 사건과 아무 관련이 없으니까."

"그녀를 못 본 지 석 달이나 됐어. 우린 끝났었다고."

"경찰에 말하시오."

"난 그녀를 해칠 이유가 전혀 없어. 나하곤 언제나 사이가 좋았다고."

"참 잘됐구려. 그런데 지금 엉뚱한 데 온 거라니까."

"잘 들어. 스터지 버크 말로는 당신 솜씨가 좋았다더라고. 그래서 온 거요. 혹시……"

그가 침대로 한 걸음 더 다가왔다.

"스터지는 어떻소? 23년인가 24년에 감방에 들어간 이후 본 적이 없는데."

내가 물었다.

"잘 지내지. 만나고 싶어 하더군. 웨스트 49번가에 가게를 하나 냈어. 피지런 클럽이라고. 그건 그렇고, 경찰이 나한테 무슨 짓을 하는 거지? 내가 한 짓이라고 생각하나? 아니면 다른 혐의라도 뒤집어씌우려는 거야?"

나는 고개를 흔들었다.

"내가 뭐라도 안다면 이미 말해 줬겠지. 신문에 괜히 속지 마시오. 난 이 일과 상관이 없으니. 경찰에 물으라고."

"그러면 되겠군. 내가 한 짓 중에 가장 현명한 짓이 되겠어. 말다툼 끝에 경찰서장을 3주간 병원 신세 지게 한 내가 말이야. 경찰이라면 당연히 날 불러들여 심문을 하고 싶겠지. 그러고 싶어 곤봉 끝이 근질근질 할 거라고." 그가 다시 아랫입술로 미소 지으며 말했다. 그가 손바닥을 보이며 한 손을 내밀었다. "난 순수한 의도로 온 거야. 스터지도 당신은 믿을 만하다고 했고. 그러니까 솔직히 말해 봐."

"솔직히 이야기한 거라니까. 내가 아는 게 조금이라도 있으면……."

그 순간, 누군가 복도 문을 날카롭게 세 번 두드리는 소리가 들렸다. 노크 소리가 채 끝나기도 전에 모렐리의 총이 그의 손 안에서 곧추섰다. 그의 눈은 순식간에 사방으로 움직였다. 가슴 속 깊은 곳에서 금속성의 목소리가 새어나왔다.

"뭐지?"

"모르겠는데."

나는 침대 위에 앉은 채 몸을 조금 더 일으켰다. 그리고 그의 손에 쥐어진 총을 향해 고개를 까닥였다.

"나야 총 쥔 사람의 말을 듣는 수밖에."

그의 총이 매우 정확하게 나의 가슴을 겨누고 있었다. 귀에서 맥박이 고동치고 입술은 퉁퉁 부어오르는 것 같았다.

"비상구는 없소."

나는 침대 끄트머리에 앉아 있던 노라에게 슬그머니 왼손을 뻗었다.

또 한 번 노크 소리와 함께 굵은 목소리가 들려왔다.

"문 열어요! 경찰입니다."

모렐리의 아랫입술이 천천히 위로 올라가 윗입술을 덮었다. 그리고 검은 눈동자 아래로 보이는 흰 눈동자 면적이 점점 넓어지기 시작했다.

"망할 놈."

그가 천천히 중얼거렸다. 마치 나를 불쌍히 여기기라도 하는 것처럼. 그의 발이 아주 조금 움직이더니 바닥에 납작하게 붙었다.

열쇠가 달그락거리며 문을 건드렸다.

그 순간 나는 왼손으로 노라를 밀쳐 방 반대편으로 넘어뜨렸다. 그와 동시에 오른손으로 모렐리의 총을 향해 베개를 던졌다. 하지만 그것은 거의 무게가 없는 듯 화장지 조각처럼 느릿느릿 떠갔다. 그때 들려온 총성처럼 시끄러운 소리는 이전에도, 이 이후에도 들어본 적이 없었다. 무언가 내 오른쪽 옆구리를 때리는 듯한 느낌을 받으며 바닥에 엎어졌다. 하지만 그러면서도 그의 발목을 붙잡고 몸을 굴려 그의 몸을 내 위로 넘어뜨렸다. 그가 총으로 내 등을 내리치기 시작했다. 나는 한 손을 빼낸 다음 그의 다리를 최대한 세게 두들겼다.

다음 순간 남자들이 우르르 밀고 들어와 우리를 떼어 놓았다.

노라가 의식을 되찾는 데는 5분이 걸렸다.

그녀는 한쪽 볼에 손을 대고 앉은 채 주변을 둘러보았다. 한 손에 수갑을 찬 모렐리가 두 형사 사이에 서 있는 것이 보였다. 그의 얼굴은 엉망이었다. 경찰들이 그를 잠깐 가지고 논 것 같았다. 노라가 나를 노려보았다.

"이 바보. 날 기절시킬 것까진 없었잖아요. 그를 잡을 줄 알고 있었다고요. 그 장면을 보고 싶기도 했고."

그녀가 말했다.

경찰 한 명이 웃음을 터뜨렸다.

"세상에. 여기 가슴에 털 난 여자 분이 한 명 있군요."

그가 존경스럽다는 듯 말했다.

그녀가 그에게 씩 웃어 보이고 자리에서 일어섰다. 하지만 내 쪽을 본 순간 미소가 싹 사라졌다.

"닉, 당신······."

나는 대단치 않다고 말하고 너덜거리는 잠옷 자락을 들어 올렸다. 총알이 왼쪽 젖꼭지 아래로 약 10센티미터 길이의 홈을 파놓은 것이 보였다. 엄청난 양의 피가 흘렀지만 상처는 대단히 깊지 않았다.

"안타깝게 됐군. 몇 센티미터만 더 위로 갔으면 제대로 됐을 텐데."

모렐리가 말했다.

조금 전 노라를 칭찬했던 경찰(꽉 끼는 회색 정장을 입은 마흔여덟에서 쉰 정도의 덩치 큰 연한 색 머리 사내)이 모렐리의 입을 찰싹 갈겼다.

노르망디 관리인인 카이저가 의사를 부르겠다며 전화를 걸러 갔다. 노라는 수건을 가지러 화장실로 달려갔다.

나는 수건으로 상처를 누르며 침대에 누웠다.

"난 괜찮아. 의사가 올 때까지 일단 수선 피우지 말자고. 당신들은 어떻게 오게 된 겁니까?"

내가 경찰들에게 물었다.

대답한 것은 모렐리를 때린 경찰이었다.

"여기에 와이넌트 가 사람들과 그의 변호사, 그 밖의 모든 사람들이 수시로 모인다는 정보를 우연히 입수했죠. 그래서 그가 나타날 걸 대비해 여기를 좀 주시해야겠다, 생각했고……. 그런데 오늘 아침 앞을 지키고 있던 맥이 이놈이 날아드는 걸 보고 전화를 걸어서……. 카이저 씨를 불러다가 올라오게 된 겁니다. 다행이었죠."

"네, 퍽도 다행이네요. 안 오셨으면 총도 안 맞았을 테니까."

그가 의심이 가득한 눈초리로 나를 쳐다보았다. 그의 눈동자는 연한 회색이었고 어딘가 조금 흐릿했다.

"이자는 당신 친굽니까?"

"처음 보는 사람입니다."

"뭘 원하던가요?"

"줄리아 울프 그 여자를 죽이지 않았다는 말을 하러 왔더군요."

"왜 당신한테?"

"그러게 말입니다."

"왜 당신한테 그 이야기를 해야 했답니까?"

"저 사람한테 물어보시죠. 전 모르겠으니까."

"당신한테 묻고 있잖습니까."

"그럼 계속 물어보시든가요."

"하나만 더 묻죠. 상해를 입힌 죄로 이자를 고발하실 겁니까?"

"그건 당장 대답할 수 없겠는데요. 사실은 사고였을 수도 있으니까요."

"좋아요. 시간은 많으니까……. 지금까지 알아낸 것에 비하면 물어볼 게 많아요."

그가 다른 경찰 한 명에게 몸을 돌렸다. 그 말고 총 네 명이 더 있었다.

"그럼 여길 수색해 볼까."

"영장 없이는 안 되죠." 내가 그에게 말했다.

"그건 당신 생각이고. 시작하지, 앤디."

그들은 집을 뒤지기 시작했다.

코를 훌쩍이는 비쩍 마르고 창백한 의사가 들어와 내 옆에서 콜록대고 훌쩍이더니 어느새 출혈을 멈추고 상처에 붕대를 감았다. 그리고 한 이틀 가만히 누워 있으면 걱정할 거 하나 없을 거라 하였다. 무슨 일이 벌어진 건지 의사에게 설명해 주는 사람은 하나도 없었다. 의사가 모렐리를 살피려 하자 경찰이 그를 저지했다. 그는 아까보다도 훨씬 더 창백하고 얼떨떨

한 상태가 되어 돌아갔다.

덩치 큰 연한 머리 남자가 한 손을 뒤로 숨긴 채 거실에서 돌아왔다. 그는 의사가 나갈 때까지 기다렸다가 입을 열었다.

"총기 소지 허가가 있습니까?"

"아니요."

"그럼 이건 뭡니까?"

그가 뒤에서 총을 꺼내 보였다. 그것은 내가 도로시로부터 빼앗은 것이었다.

그것에 대해서는 할 말이 아무것도 없었다.

"설리번 법(Sullivan Act, 1911년 총기류 소지를 제한한 뉴욕 주의 법령 — 옮긴이)에 대해서는 들어봤겠지요?"

그가 물었다.

"예."

"그러면 지금 어떤 상황인지 알겠군요. 이거 당신 겁니까?"

"아니요."

"그럼 누구 거요?"

"그건 생각을 해 봐야겠는데요."

그는 권총을 자기 주머니에 넣고 침대 옆에 있는 의자에 앉았다.

"이거 봐요, 찰스 씨. 우리 둘 다 조금 엇나간 거 같은데……. 괜히 거칠게 굴고 싶지 않습니다. 당신도 나와 잘못 엮이고 싶지 않을 거라 생각하고……. 옆구리에 난 상처 때문에 기분도 그리 좋지 않을 테니 조금 휴식을 취할 때까지는 더 이상 귀찮게 하지 않겠습니다. 그런 다음에 조금 정식으로 한 번 모이는 게 낫겠군요."

"고맙습니다. 우리가 한 잔 대접하지요."

내가 진심으로 대답했다.

"그럼요."

노라도 말하고 침대 가장자리에서 일어섰다.

덩치 큰 연한 머리 남자는 노라가 방에서 나가는 것을 지켜보았다. 그가 머리를 흔들었다. 그의 목소리는 진지했다.

"당신 참 행운아로군요. 내 이름은 길듭니다, 존 길드."

그가 갑자기 한 손을 내밀었다.

"제 이름은 아시죠?"

우리는 악수를 했다.

노라가 음료수와 스카치 위스키 병, 그리고 잔 몇 개를 쟁반에 받쳐 들고 왔다. 그녀는 모렐리에게 술을 주려고 했지만 길드가 그녀를 막았다.

"정말 친절하시군요, 찰스 부인. 하지만 의사의 허락이 없는 한 죄수에게 술이나 약을 주는 것은 불법입니다. 그렇지 않습니까?"

그가 나를 쳐다보며 말했다.

나는 그렇다고 대답했다. 모렐리를 빼고 우리는 조용히 술잔을 기울였다.

곧 길드가 빈 잔을 내려놓고 자리에서 일어섰다.

"일단은 이 총을 가지고 가야겠습니다. 하지만 너무 걱정은 마세요. 몸이 좀 나아지고 나면 이야기할 시간은 많으니."

그는 노라와 손을 붙잡고 어색하게 그 위로 몸을 숙였다.

"제가 조금 아까 한 말에 대해서는 기분 나빠하지 않으시면 좋겠군요. 좋은 뜻으로 한 말이니······."

노라는 마음만 먹으면 아주 매력적으로 웃을 수 있었다. 그녀는 그에게 최고의 미소 중 하나를 지어 보였다.

"기분 나쁘긴요. 좋았는데요."

노라가 경찰들과 모렐리를 배웅했다. 카이저는 몇 분 전에 이미 나간 상태였다.

"착한 사람이네요. 많이 아파요?" 노라가 돌아와 말했다.

"아니."

"거의 내 잘못이죠, 그렇죠?"

"말도 안 되는 소리. 한 잔 더 하면 어떨까?"

그녀가 술을 한 잔 더 따라 주었다.

"나라면 오늘 너무 많이 안 마시겠어요."

"그럴게. 아침으로는 훈제 청어나 좀 먹으면 좋겠군. 그리고 조용해진 것 같으니 우리 개 올려 보내라고 해도 되겠어. 아,

그리고 전화 교환대에는 우리 집으로 오는 전화를 연결하지 말라고 하지. 아마 기자들이 전화를 해 댈 거야."

"도로시의 권총에 대해서는 뭐라고 할 거예요? 무슨 답변이든 해 줘야 할 거 아니에요?"

"아직은 모르겠어."

"솔직히 말해 줘요, 닉. 내가 너무 걱정하는 걸까요?"

나는 고개를 흔들었다.

"그 정도면 괜찮아."

그녀가 웃음을 터뜨렸다.

"당신 정말 짓궂은 그리스 사람이라니까요."

그 말과 함께 노라는 전화를 걸어 갔다.

9

"당신 그냥 잘난 척하려는 거죠? 그렇죠? 그럴 필요 뭐 있어요? 당신이 총알도 튕겨낸다는 걸 이미 안다니까요. 나한테 증명할 필요 없다고요."

노라가 말했다.

"일어나도 안 아플 거야."

"하루 정도 누워 있는 것도 안 아플 거예요. 의사 말로는……."

"제대로 된 의사라면 자기 코 훌쩍이는 것부터 고쳤겠지."

나는 일어나 앉아 바닥에 발을 내려놓았다. 아스타가 혀로 발을 간질였다.

노라가 슬리퍼와 가운을 가져다주었다.

"좋아요, 터프가이. 일어나서 카펫에 피나 잔뜩 흘리고 다니라고요."

나는 조심스럽게 일어섰다. 왼팔을 조심하고 아스타에게 얻어맞지만 않으면 괜찮을 것 같았다.

"생각해 봐. 난 이런 사람들하고 엮이고 싶지 않았다고. 물론 지금도 그렇고. 하지만 내게 무슨 일이 벌어졌는지 봐. 이제는 그냥 빠져나올 수 없게 되었어. 알아봐야만 해."

내가 말했다.

"어디 가요, 우리. 한두 주 정도 버뮤다나 하바나에 가요. 아니면 서부로 돌아가도 되고."

그녀가 말했다.

"그래도 그 총에 대해서 경찰에 무슨 말인가는 해 줘야 할 걸. 그리고 그게 살인 사건에 쓰인 총이라는 게 밝혀지기라도 하면? 아직은 모른다고 쳐도 곧 알아낼 거야."

"정말 그렇게 생각해요?"

"일단은 추측이야. 오늘 저녁 약속에 간 다음에……."

"그런 일은 절대 없을 거예요. 미쳤어요? 누굴 만나야겠거든 이리 오라고 해요."

"직접 가는 거랑 이리로 오라는 건 다르지. 조금 긁힌 것 갖고 너무 걱정하지 마. 난 괜찮다니까."

나는 그녀에게 양팔을 둘렀다.

"잘난 척하는 거예요. 총알 따위로는 절대 막을 수 없는 영웅이라는 걸 사람들에게 보여 주려는 거잖아요."

그녀가 말했다.

"너무 그러지 마."

"아니, 실컷 할래요. 당신이 어떻게 되는 꼴은 못 보겠으니……."

나는 한 손으로 그녀의 입을 막았다.

"조젠슨 가족을 다 함께, 그 집에서 보고 싶다고. 매컬리도 보고 싶고, 스터지 버크도 만나고 싶어. 지금까지 너무 끌려다니기만 했으니 이제는 내가 직접 움직여야겠어."

"당신은 정말 고집불통이에요. 음, 5시밖에 안 됐으니까 옷 입을 시간이 될 때까지 누워 있어요."

그녀가 투덜거렸다.

나는 거실 소파에 편안히 자리를 잡았다. 우리는 석간신문을 올려 보내 달라고 했다. 신문에 따르면 줄리아 울프를 살해한 혐의로 모렐리를 체포하려고 하자 그가 나를 쏘았고, 나는 상태가 너무나도 위중해 아무도 만날 수 없으며, 심지어는 병원으로 이송되지도 못했다고 하였다. 한 신문은 내가 두 발을 맞았다고 했고 세 발을 맞았다고 한 신문도 있었다. 신문에는 모렐리의 사진과 함께 우스꽝스러운 모자를 쓴 13년 묵은 내 사진도 있었다. 기억하기로 아마 월스트리트 폭발 사건을 맡고 있을 때 같았다. 줄리아 울프 살인 사건에 대한 후속 기사들은 거의 단순한 억측에 불과했다. 신문을 읽고 있을 때 단골손님 도로시가 도착했다.

노라가 문을 열자 도로시의 목소리가 들렸다.

"내 이름을 대고 올려 보내 달라고 해도 안 된다기에 몰래 올라왔어요. 제발 돌려보내지 말아 주세요. 간호를 도울 수 있어요. 뭐든지 할게요. 제발요, 노라."

도로시가 줄줄이 쏟아내는 말이 끝나자 노라가 겨우 입을 열었다.

"들어와."

도로시가 들어왔다. 나를 본 그녀의 눈이 금방이라도 튀어 나올 것처럼 크게 벌어졌다.

"하, 하지만 신문에서는 당신이……."

"사경을 헤매고 있는 것처럼 보여? 너야말로 어쩐 일이야?"

그녀의 아랫입술은 잔뜩 부풀어 한쪽 끝이 터져 있었고, 한쪽 광대뼈에는 멍이, 반대편 볼에는 손톱자국이 길게 두 줄 있었다. 얼마나 울었는지 눈은 벌겋게 퉁퉁 부어 있었다.

"엄마가 때렸어요. 이것 봐요."

그녀가 코트를 벗어 바닥에 떨어뜨리더니 다급하게 원피스 단추를 풀어헤쳤다. 그 통에 단추가 하나 떨어져나갔다. 그녀가 한 팔을 소매에서 빼더니 옷을 아래로 끄집어내려 등을 보여 주었다. 팔에는 짙은 색 멍이 들어 있고 등은 길게 성난 붉은 자국이 이리저리 나 있었다. 그녀는 눈물을 뚝뚝 흘렸다.

"보여요?"

노라가 한 팔로 그녀를 감쌌다.

"불쌍한 것."

"왜 때렸는데?" 내가 물었다.

그녀가 노라에게서 몸을 돌리더니 내가 앉은 소파 옆 바닥에 무릎을 꿇었다. 아스타가 다가와 그녀에게 코를 부볐다.

"엄, 엄마는 내가 아빠랑 줄리아 울프 문제로 당신을 만나러 왔다고 생각해요."

울음소리에 말이 뚝뚝 끊겼다.

"그게 엄마가 여기 온 이유라고요. 정말 그랬는지 알아보려고. 당신은 그런 게 아닌 것처럼 얘기하고 무슨 일이 벌어졌든 대수롭지 않게 여기는 것처럼 굴었잖아요. 나도 그렇게 생각하게 만들었고. 그래서 괜찮았다고요. 그런데 오늘 오후에 엄마가 신문을 보고 말았어요. 그 덕분에 그 일과 아무 상관이 없는 것처럼 군 게 거짓말이었다는 걸 알았어요. 그래서 당신한테 무슨 말을 했는지 말하라면서 날 마구 때렸어요."

"그래서 뭐라고 했어?"

"아무 말도 할 수 없었어요. 난, 난 크리스천에 대해선 말할 수 없었다고요. 아무것도 말 못 했어요."

"그도 거기 있었나?"

"예."

"이렇게 때리도록 가만 놔뒀고?"

"하지만 그는……. 한 번도 엄마를 말린 적이 없어요."

나는 노라에게 고개를 돌렸다.

"세상에, 미치겠군. 술이나 한잔하자고."

"그래요."

노라가 대답하고 도로시의 코트를 집어 의자 등받이에 걸쳤다. 그런 다음 술을 가지러 갔다.

"제발 여기 있게 해 줘요, 닉. 성가시게 하지 않을게요. 정말이에요. 당신도 나더러 집을 나가야 한다고 했잖아요. 기억나죠? 그리고 난 갈 데도 없어요. 제발요."

"진정하렴. 이런 일은 생각할 시간이 필요하니까. 나도 너만큼이나 미미를 무서워하는 거 알잖아. 엄만 네가 내게 무슨 말을 했다고 생각하는데?"

"엄마는 뭔가 아는 게 분명해요. 살인 사건에 대해 내가 뭔가 알고 있다고 생각하는 것 같아요. 하지만 절대 아니에요, 닉. 하느님께 맹세컨대 난 정말 몰라요."

"정말 큰 도움이 되는구나. 잘 들어. 네가 아는 게 있단다. 일단 거기에서부터 시작하자. 솔직히 털어놔 봐. 그것도 처음부터. 아니면 없었던 일로 할 테니까."

그녀는 왼쪽 가슴 위로 십자가를 그을 것처럼 손을 움직였다.

"맹세해요. 솔직히 말할게요."

"잘됐구나. 그럼 일단 한잔하자."

우리는 노라로부터 잔을 받아 들었다.

"집을 영영 떠나겠다고 말했니?"

"아니요. 아무 말 안 했어요. 어쩌면 내가 방에 없는 걸 아직 모를지도 몰라요."

"그건 다행이군."

"집에 돌려보내려는 건 아니죠?"

도로시가 울부짖었다.

"집에서 이렇게 맞고 지내도록 둘 순 없어요."

노라가 말했다.

"쉬, 쉬. 나도 모르겠어. 저녁 식사를 하러 갈 거라면 도로시가 집에 없다는 걸 미미가 모르는 게 나을지도……."

내가 말했다.

도로시가 두려움에 질린 눈으로 날 쳐다보았다.

"내가 함께 갈 거라고 생각진 말아요." 노라가 말했다.

그때 도로시가 입을 열었다.

"하지만 엄마는 당신이 안 오는 줄 알 거예요. 엄마가 집에 있을지도 잘 모르겠는걸요. 신문에서 당신이 죽어 가고 있다고 했단 말이에요. 올 거라고 생각 안 할 거예요."

"그럼 더 잘 됐지. 놀라 주자꾸나." 내가 말했다.

도로시가 하얗게 질린 얼굴을 내게 가까이 들이댔다. 흥분해서 떨리는 그녀의 손에서 술이 조금 쏟아져 내 소매를 적셨다.

"가지 마요. 지금 갈 순 없어요. 내 말 들어요. 노라 말 들어요. 가면 안 돼요." 그녀가 창백한 얼굴을 돌려 노라를 올려다보았다. "그렇죠? 가면 안 된다고 해요."

"기다려, 도로시. 어떻게 할지는 이 사람이 잘 알겠지. 무슨 생각이에요, 닉?"

그때까지도 내 얼굴만 쳐다보고 있던 노라가 입을 열었다.

나는 그녀에게 얼굴을 찡그려 보였다.

"일단 쑤셔 보는 거야. 당신이 도로시가 여기 있어야 한다고 한다면 여기 두지. 아스타와 함께 자면 되겠지, 뭐. 하지만 나머지 일은 내게 맡겨야 해. 무슨 일이 벌어지고 있는지 모르기 때문에 어떻게 해야 할지도 모르겠어. 무슨 일인지 알아내야만 해. 내 방식대로 알아내야 한다고."

"우린 방해 안 할게요. 그렇죠, 노라?" 도로시가 말했다.

노라는 여전히 나만 쳐다보며 아무 말도 하지 않았다.

"그 총은 어디서 난 거지? 이번엔 지어낸 말 같은 건 안 통한다."

내가 도로시에게 물었다.

그녀가 혀를 내밀어 아랫입술을 적셨다. 창백했던 얼굴에 조금 혈색이 돌았다. 그녀가 헛기침을 했다.

"조심하는 게 좋아. 또 엉뚱한 소리 했다간 당장 미미에게 데리러 오라고 할 테니까."

내 말에 노라가 말했다.

"기회를 줘요."

도로시가 다시 한 번 헛기침을 했다.

"내, 내가 어릴 때 당한 일에 대해서 이야기해도 돼요?"

"그게 이 총이랑 관계가 있나?"

"꼭 그런 건 아니지만 내가 왜 그랬는지 이해하는 데 도움이 될 거······."

"지금은 안 돼. 나중에 듣자. 총은 어디서 났지?"

"말하게 해 줘요."

그녀가 목을 늘어뜨렸다.

"총 어디서 났지?"

"밀주집에 있던 남자한테요."

그녀의 목소리는 거의 들리지 않았다.

"결국엔 진실이 나올 줄 알았는데."

내 말을 들은 노라가 눈살을 찌푸리며 내게 고개를 흔들었다.

"좋아, 그랬다고 치자. 어느 술집?"

도로시가 고개를 들었다.

"몰라요. 10번가였을 거예요, 아마. 당신 친구 해리슨은 알 거예요. 그가 날 거기 데려갔거든요."

"그날 밤 여기서 나간 뒤에 그를 만난 건가?"

"네."

"우연이겠지?"

그녀는 나무라는 듯 날 쳐다보았다.

"사실을 이야기하려고 하잖아요, 닉. 팔마 클럽이라는 데서 그를 만나기로 약속을 했었어요. 내게 주소를 적어 주었고요. 그래서 당신하고 노라한테 작별 인사를 한 뒤 거기에서 그를 만나 여러 군데를 들렀어요. 그러다가 마지막에 총을 구한 곳까지 가게 되었다고요. 거긴 정말 지저분하고 흉했어요. 거짓말 같으면 그한테 직접 물어봐도 좋아요."

"퀸이 그 총을 사 줬나?"

"아니요. 그는 거의 뻗어서 테이블에 머리를 처박고 잠이 들었어요. 그래서 거기 버려 두고 나왔어요. 술집에서 집까지 무사히 보내 주겠다고 했거든요."

"그럼 총은?"

"이제 이야기할 거예요."

그녀는 얼굴을 붉히기 시작했다.

"퀸 말로는 거긴 총잡이들이 모이는 곳이라고 했어요. 그게 내가 거기 가자고 한 이유고요. 그가 잠이 든 다음에 난 거기 있던 남자 한 명이랑 이야기를 하게 됐어요. 정말 무시무시하게 생긴 사람이었죠. 그래도 정말 신났어요. 그리고 거기 있는 내내 정말 집에 가기 싫었어요. 여기로 돌아오고 싶었죠. 하지만 당신이 날 받아 줄지 알 수가 없었어요."

이제 그녀의 얼굴은 거의 빨간색이었고, 부끄러웠는지 말을 웅얼거리고 있었다.

"그래서 만, 만약 내가 곤경에 처했다고 생각하면……, 그렇게 되면 그리 부끄럽지도 않을 것 같아서……. 어쨌든 이 무시무시하게 생긴 갱단원한테, 뭐 그가 정말 갱단원인지는 모르겠지만요. 이 사람한테 권총을 팔든지 어디서 구할 수 있는지 알려 달라고 했죠. 처음엔 농담인 줄 알고 웃더라고요. 하지만 난 농담이 아니라고 했어요. 그는 계속 웃기만 하더니 조금 있으니까 알겠다고, 알아보겠다고 했어요. 그가 돌아오더니 총을 하나 구해 줄 수 있다면서 얼마를 내놓겠냐고 물었어요. 가진 돈이 별로 없어서 팔찌를 주겠다고 했는데 아마 그게 돈이 될 거라 생각지 않았던 것 같아요. 싫다고 하더라고요. 현찰을 받아야 한다면서. 그래서 12달러를 줬어요. 택시비 1달러를 빼곤 내가 가진 전부였어요. 그랬더니 그가 권총을 줬고 난 이리로 와서 크리스천 때문에 집에 가기가 두렵다고 말을 지어낸 거예요."

그녀의 말은 너무 빨라서 마치 한꺼번에 쏟아져 나온 것 같았다. 말이 다 끝나서 너무나도 다행인 것처럼 그녀가 한숨을 내쉬었다.

"그럼 크리스천이 너에게 집적댄 건 아니고?"

그녀가 입술을 깨물었다.

"그건 맞아요. 하지만 그리 심하진 않았어요."

그녀가 두 손으로 내 팔을 붙잡고 내 얼굴에 맞닿을 정도로 얼굴을 가까이 댔다.

"내 말 믿어 주세요. 사실이 아니라면 어떻게 이런 말을 하겠어요? 내가 거짓말이나 지어내는 바보라고 어떻게 이야기하겠어요?"

"네 말을 믿지 않는 게 더 논리적이긴 하지. 12달러로는 턱도 없이 부족하니까. 하지만 일단은 거기까지 해 두자. 그날 오후 미미가 줄리아 울프를 만나러 가는 건 알고 있었니?"

"아니요. 그땐 엄마가 아빠를 찾으려 하는 것도 몰랐어요. 둘은 그날 오후 어디에 가는지 알려 주지 않았었어요."

"둘?"

"예. 크리스천도 엄마랑 같이 나갔거든요."

"그때가 몇 시였지?"

그녀가 이마를 찌푸렸다.

"3시가 다 됐을 거예요. 2시 30분은 넘은 게 분명했어요. 난 엘시 해밀턴과 쇼핑을 하러 가기로 했는데 늦어서 급하게 옷을 입던 중이었거든요."

"엄마랑 크리스천은 함께 돌아왔고?"

"모르겠어요. 내가 돌아왔을 땐 둘 다 집에 있었어요."

"그때는 몇 시였니?"

"6시 넘어서요. 닉, 설마 둘한테 뭔가 있다고 생각하는 건 아니죠? 오, 엄마가 옷을 입다가 무슨 말인가 한 게 생각나요. 크리스천이 무슨 말을 했는지는 모르겠는데 엄마가 그랬어요. '그 여자, 물어보면 알려 줄 거야.' 엄마가 잘 쓰는 프랑스 여왕 같은 말투로 그랬다고요. 그 말투 당신도 알죠? 그것 말고는 아무 말도 못 들었어요. 그게 중요한 건가요?"

"나중에 엄마가 살인 사건에 대해 뭐라고 했지?"

"오, 그냥 그녀를 발견한 거랑, 많이 놀랐다고……. 그리고 경찰이랑 뭐 이런저런 것들에 대해서요."

"충격을 받은 것 같았나?"

도로시가 고개를 흔들었다.

"아니, 그냥 흥분했었어요. 엄마를 알잖아요."

그녀가 잠시 나를 보고 있더니 천천히 물었다.

"설마 엄마가 사건에 관련되어 있다고 생각하는 건 아니죠?"
"넌 어떻게 생각하는데?"
"생각 안 해 봤어요. 아빠에 대해서만 생각해 봤어요."
그녀가 잠시 가만히 있다가 이내 심각한 어조로 입을 열었다.
"혹시 아빠가 그랬다면 그건 제정신이 아니라서 그런 걸 거예요. 하지만 엄마가 그랬다면 그건 분명 원해서 그런 걸 테고요."
"둘 중 한 명이 반드시 범인일 필요는 없지. 경찰에서는 모렐리를 지목하는 것 같던데. 어머니는 왜 아버지를 찾으려고 하는 거지?"
"돈 때문에요. 우린 빈털터리예요. 크리스천이 다 써 버렸거든요. 물론 우리 모두 일조하긴 했지만……. 엄마는 돈이 없으면 그가 떠나 버릴까 봐 걱정하고 있어요."
그녀의 입꼬리가 축 쳐졌다.
"그건 어떻게 알았니?"
"둘이 말하는 걸 들었거든요."
"그가 정말 떠날 거라고 생각해?"
그녀가 확실하다는 듯 고개를 끄덕였다.
"엄마 지갑이 비면 분명 떠날 거예요."
나는 시계를 들여다보았다.
"나머지 이야기는 우리가 돌아올 때까지 기다려야겠구나.

어쨌든 오늘 밤엔 여기 있어도 돼. 편안히 지내고, 레스토랑에서 뭘 시켜다 먹으렴. 그리고 밖엔 안 나가는 게 나을 거다."

도로시는 처량한 눈으로 날 쳐다보았지만 아무 말도 하지 않았다.

노라가 그녀의 어깨를 토닥였다.

"이 사람이 무슨 일을 벌이는지는 모르겠지만 저녁 먹으러 꼭 가야 한다고 하니 뭔가 있긴 있는 거겠지. 안 그렇다면 굳이 이럴……."

도로시가 미소를 지으며 바닥에서 불쑥 일어났다.

"당신을 믿어요. 이젠 쓸데없는 걱정 안 할게요."

나는 안내 데스크에 전화를 걸어 우편물을 올려 보내 달라고 했다. 노라에게 온 편지가 두 통, 내게 온 것이 한 통, 때늦은 크리스마스 카드가 몇 장(그중에는 래리 크라울리가 보낸 것도 있었는데 그것은 카드가 아니라 '메리 크리스마스'라고 적힌 핼드먼 줄리어스 리틀 블루 북 제1534권(캔자스 지러드 출신 출판업자이자 편집자인 E. 핼드먼 줄리어스가 1919년부터 펴낸 저렴한 가격의 '리틀 블루 북' 시리즈로 훗날 그 수가 거의 2000권에 달함. 1534번째 책을 쓴 저자는 B. C. 메이로비츠 ― 옮긴이)이었다. 붉은색으로 적힌 래리의 이름은 책의 제목 '집에서 소변 검사하기' 바로 밑에 있었다.), 전화 메모 수십 장, 그리고 필라델피아에서 온 전보가 한 통 있었다.

닉 찰스

뉴욕 노르망디

울프 살인 사건 조사를 맡는 일을 상의하도록 허버트 매컬리와 연락하시오. 그에게 모든 권한 위임했음.

클라이드 밀러 와이넌트

나는 이걸 방금 받았다는 메모와 함께 전보를 봉투에 넣어 인편으로 경찰서 강력계에 보냈다.

10

"당신 괜찮아요?"
택시 안에서 노라가 물었다.
"그럼."
"정말 무리하는 거 아니죠?"
"괜찮다니까. 도로시 이야기에 대해선 어떻게 생각해?"
노라는 잠시 망설였다.
"당신은 안 믿죠?"
"당연하지. 최소한 확인해 볼 때까지는 못 믿어."
"이런 일이라면 당신이 더 잘 알잖아요. 하지만 난 그 애가 최소한 사실을 말하려 애썼다고 생각해요."

"그런 사람들한테서 더 말도 안 되는 이야기가 나오는 법이지. 습관에서 벗어나기는 힘들거든."

"인간 본성에 관해서 분명 아주 잘 아시겠죠, 찰스 씨. 왜 아니겠어요? 언젠가 탐정이었을 때 이야기 좀 해 주셔야겠어요."

"밀주집에서 12달러 주고 권총을 산다……. 흠, 그럴 수도 있겠지. 하지만……."

우리는 두 블록 정도 조용히 갔다. 그런 다음 노라가 입을 열었다.

"그 애 진짜 문제는 뭐예요?"

"자기 아버지가 미쳤잖아. 그 애는 자기도 그렇다고 생각하고 있지."

"당신이 어떻게 알아요?"

"당신이 물었잖아. 그래서 대답하는 것뿐이라고."

"그럼 당신도 추측일 뿐이라는 거죠?"

"그게 그 애의 문제라는 거야. 와이넌트가 정말 정신이 나갔는지, 그가 정말 그렇다면 그 애가 그런 점을 물려받았는지, 난 모르겠어. 하지만 그 애는 그 두 가지 모두 그렇다고 생각하고 있고, 그것 때문에 어쩔 줄 몰라 하고 있지."

코틀랜드 앞에서 택시가 멈췄다.

"그거 정말 안된 일이에요, 닉. 그 애를 위해 누군가……."

나는 잘 모르겠다고 대답했다. 어쩌면 도로시의 말이 옳을지도 몰랐다.

"그럴 가능성은 지금 도로시가 아스타를 위해 옷을 만들고 있을 가능성만큼이나 낮아."

우리는 현관에서 조젠슨 씨를 찾아왔다며 이름을 대었다. 조금 뒤 올라가도 된다는 말을 들었다. 엘리베이터에서 내리자 미미가 복도까지 나와 우리를 기다리고 있었다. 그녀는 양 팔을 벌려 우리를 맞으며 속사포처럼 말을 쏟아냈다.

"망할 신문들 같으니. 당신이 죽기 직전이라고 헛소리를 해대는 바람에 정말 놀랐다니까. 두 번이나 전화를 했는데 연결해 주지도 않고, 당신 상태가 어떤지도 안 알려 주더군요. 모두 거짓말이라 정말 다행이에요, 닉. 그런데 어쩌나, 오늘 저녁은 있는 것만 가지고 조촐하게 먹어야겠어요. 당신이 오리라곤 당연히 생각도 못했거든요. 오, 그런데 창백하네. 정말 다치긴 했나 봐."

그녀는 내 두 손을 꼭 쥐고 있었다.

"대단치 않아요. 총알이 옆구리를 스치긴 했는데 큰 상처는 아니니까."

내가 대답했다.

"그런데도 저녁을 먹으러 오다니! 황송해서 어쩌나. 하지만 바보 같은 짓이기도 해요. 이렇게 와도 정말 괜찮은 거예요?"

그녀가 노라에게 물었다.

"그러게 말이에요. 하지만 이이가 꼭 오고 싶어 해서."

노라가 말했다.

"남자는 정말 바보라니까. 아무것도 아닌 일로 난리법석을 피우든가, 정말로 중요할 수도 있는 일을 대수롭지 않다고 무시하든가 둘 중 하나예요. 어서 들어와요. 자, 도와줄게요."

미미가 말하며 한 팔로 날 감싸 안았다.

"그리 심하지 않아요."

나는 그녀를 안심시켰지만 그녀는 고집스럽게 날 의자로 데리고 가더니 쿠션 대여섯 개로 내 주변을 감쌌다.

조젠슨이 들어와 나와 악수를 하고는 신문에서 읽은 것보다 상태가 좋아 보여 다행이라고 했다. 그는 노라의 손을 붙잡고 그 위로 고개를 숙였다.

"잠깐만 실례하겠습니다. 칵테일을 마저 만들어 오지요."

그 말과 함께 그가 밖으로 나갔다.

"도로시는 어디 갔는지 모르겠네요. 입이 이만큼 나와서 어디 가 버렸나. 당신은 아이가 없죠?"

미미가 물었다.

"예, 없어요."

노라가 대답했다.

"그럼 인생에서 많은 걸 놓치고 있는 거예요. 물론 때로는 아이들 때문에 힘든 일도 많지만."

미미가 한숨을 쉬었다.

"난 그리 엄하지가 못한가 봐요. 도로시를 정말로 혼내야 할 일이 있을 때마다 그 애는 날 괴물 보듯 하더라고요."

그녀의 얼굴이 갑자기 밝아졌다.

"오, 여기 한 명 더 있네요. 찰스 씨 기억나지, 길버트? 여기는 찰스 부인이셔."

길버트 와이넌트는 도로시보다 두 살 어린 열여덟 살로 호리호리하고 창백했으며, 금발 머리에 턱이 작고 입이 축 처진 소년이었다. 놀라울 정도로 맑고 커다란 푸른 눈과 긴 속눈썹 때문에 조금 여성스러워 보였다. 나는 징징거리며 사람을 귀찮게 하던 그의 어릴 때 모습을 떠올리며 이젠 그렇지 않기를 바랐다.

조젠슨이 칵테일을 가지고 오자 미미는 총격 사건에 대해 듣고 싶다고 고집을 피웠다. 그래서 이야기를 시작했지만 나는 실제보다도 훨씬 더 대수롭지 않게 말했다.

"그런데 왜 당신을 찾아온 거래요?"

그녀가 물었다.

"누가 알겠습니까. 나도 궁금한걸요. 경찰도 바로 그 점을 알고 싶어 하고요."

"어디선가 읽었는데, 상습적인 범죄자들은 아무리 작은 일이라도 자기가 저지르지 않은 일에 대해 혐의를 받으면 보통 사람들보다 훨씬 더 심각하게 받아들인대요. 정말 그렇다고 생각하세요, 찰스 씨?"

길버트가 물었다.

"그럴 수 있지."

"큰 사건, 그러니까 그들이 정말로 저지르고 싶어 하는 건 빼고요."

나는 그것 또한 그럴 수 있겠다고 대답했다.

"길버트가 이렇게 엉뚱한 소리를 할 땐 받아 주지 마요, 닉. 시답잖은 걸 하도 읽어서 머릿속에 저런 것뿐이라니까요. 칵테일 좀 더 갖다 주겠니, 아가?"

미미가 말했다.

길버트가 칵테일 셰이커를 가지러 갔다. 노라와 조젠슨은 구석에 서서 축음기 레코드를 고르고 있었다.

"오늘 와이넌트 씨한테서 전보를 받았어요."

내가 말했다.

미미는 경계하는 눈빛으로 주변을 둘러보더니 내게 몸을 기울였다.

"뭐라고 해요?"

그녀의 목소리는 거의 들릴 듯 말 듯 했다.

"그녀를 죽인 게 누군지 알아내 달라고 하더군요. 오늘 오후 필라델피아에서 보낸 거였습니다."

그녀의 숨소리가 커졌다.

"그래서 할 거예요?"

나는 어깨를 으쓱했다.

"전보는 경찰한테 넘겼어요."

길버트가 셰이커를 가지고 돌아왔다. 조젠슨과 노라가 바흐의 푸가 사단조를 틀었다. 미미는 재빨리 들고 있던 칵테일을 입에 털어 넣더니 길버트에게 한 잔 따르라고 했다.

길버트가 자리에 앉았다.

"물어볼 게 있는데요. 보는 것만으로 상대가 약물 중독자인지 알아낼 수 있나요?"

그는 가늘게 떨고 있었다.

"그럴 가능성은 거의 없지. 왜?"

"그냥 궁금해서요. 만성 중독자라도요?"

"중독 정도가 심할수록 무언가 이상하다는 걸 눈치 챌 가능성이 높아지긴 하지. 하지만 그것이 약물 때문인지 확신하기는 어렵단다."

"한 가지 더요. 칼에 찔리면 당시에는 무언가에 꽉 눌린 느낌만 들고 조금 지나야 아프기 시작한다는데. 정말인가요?"

"그래, 꽤 날카로운 칼로 상당히 세게 찔리는 경우라면 그렇지. 총알도 마찬가지란다. 처음엔 충격만 느낄 뿐이야. 그나마

소구경 강철 코팅 총알은 충격도 적지. 출혈이나 고통 같은 건 상처에 공기가 들어간 다음에야 시작되고."

미미가 세 번째 잔을 비웠다.

"예의 없이 소름끼치는 말만 하고 있구나. 특히 오늘 넉한테 그런 일이 벌어진 상황에서 말이야. 가서 도로시나 좀 찾아보렴, 길버트. 누나 친구 몇 명은 알 거 아니니. 전화해 봐. 곧 나타나겠지만 걱정이 되니까."

"도로시는 우리 집에 있어요." 내가 말했다.

"당신 집에요?"

그녀는 정말로 놀란 것 같았다.

"오늘 오후에 찾아와 한동안 우리랑 같이 있어도 되겠느냐 묻더군요."

그녀는 침착한 척 미소 짓더니 고개를 흔들었다.

"요즘 애들이란!" 하지만 갑자기 그녀의 미소가 사라졌다. "한동안?"

내가 고개를 끄덕였다.

내게 또 다른 질문을 하려고 기다리고 있던 길버트는 나와 엄마 사이의 대화에는 아무런 관심도 보이지 않았다.

미미가 다시 미소 지으며 말했다.

"우리 아이가 당신과 아내분을 귀찮게 해서 미안하군요. 하지만 어딘지도 모르는 데 있는 것보다 정말 안심이 되네요. 당신이 돌아갈 때쯤이면 토라지는 것도 끝났을 거예요. 그럼 집에 보내 주겠어요? 정말 우리 애한테 너무 잘해 줬어요."

그녀가 내게 칵테일을 한 잔 따라 주었다.

나는 아무 말도 하지 않았다.

"찰스 씨, 범죄자들은, 제 말은 프로 범죄자들 말인데요, 보통……?"

길버트가 다시 입을 열었다.

"방해하지 마, 길버트. 도로시 집에 보내 줄 거죠, 닉?"

그녀의 말투는 상냥했지만 언젠가 도로시가 이야기한 것처럼 프랑스 여왕처럼 들렸다.

"도로시가 원한다면 우리 집에 머물게 할 겁니다. 노라도 그 애를 좋아해요."

미미가 나를 향해 손가락 하나를 흔들었다.

"하지만 애를 그렇게 오냐오냐하며 놔둘 수는 없어요. 보나 마나 나에 대해서 말도 안 되는 소리를 늘어놓았겠죠."

"맞았다고 하긴 하더군요."

"그것 봐요! 집으로 보내요, 닉."

그녀는 그것이 자기 말을 입증하기라도 하는 것처럼 말했다.

나는 잠자코 칵테일을 마저 마셨다.

"어떻게 할 거예요?"

"도로시 본인이 원한다면 우리 집에 있게 할 겁니다. 미미.

우리도 좋고요."

"말도 안 되는 소리. 그 애가 있을 곳은 집이에요. 여기 있어야 해요. 아직 아기라고요. 어리석은 생각을 더 이상 부추기면 안 돼요."

그녀의 목소리가 조금 날카로워졌다.

"난 아무 짓 안 합니다. 그저 그 애가 원하면 우리 집에 있게 할 거라고요."

미미의 푸른 눈에 나타난 분노는 제법 보기 좋았다.

"그 애는 내 딸이고 미성년자예요. 지금까지 당신이 그 애에게 친절하긴 했지만 이건 그 애나 나에게도 좋은 게 아니라고요. 절대 용납할 수 없어요. 집으로 보내지 않으면 조치를 취하겠어요. 까다롭게 굴긴 싫지만……."

그녀가 몸을 기울이더니 일부러 말을 잠시 쉬었다.

"그 애는 집에 오는 거예요."

"나하고 싸우고 싶지 않을 텐데요, 미미." 내가 말했다.

그녀는 마치 내게 사랑 고백이라도 할 것처럼 나를 쳐다보았다.

"호, 이거 협박인가요?"

"좋아요. 유괴, 청소년 비행 조장, 경범죄 이런 걸로 날 신고해요."

내가 말했다.

그녀의 목소리가 갑자기 혹독하게 변했다. 화가 잔뜩 난 것 같았다.

"당신 아내한테 우리 남편 좀 그만 더듬으라고 해요!"

조젠슨과 다른 레코드판을 보고 있던 노라는 한 손을 그의 소매 위에 올려놓고 있었다. 그들이 깜짝 놀라 미미를 쳐다보았다.

"노라, 조젠슨 부인께서 조젠슨 씨한테서 손을 떼어 달라고 하시는군."

내가 말했다.

"이거 정말 미안하네요."

노라가 미미에게 미소를 짓더니 나를 쳐다보았다. 그러더니 매우 부자연스러운 표정을 지으며 마치 아이가 시구를 외우는 듯한 목소리로 말했다.

"오, 닉. 얼굴이 창백해졌어요. 무리를 해서 상처가 도졌나 봐요. 미안합니다, 조젠슨 부인. 하지만 이제 이이를 데리고 집에 돌아가 침대에 눕혀야겠네요. 이해해 주실 거죠?"

미미는 알겠다고 대답했다. 모든 사람이 서로에게 갖은 예의를 다 차렸다. 우리는 아래로 내려가 택시를 탔다.

"흠. 결국 식사는 못 했군요. 이제 뭐 하고 싶어요? 집에 가서 도로시랑 같이 저녁 먹을까요?"

노라가 물었다.

나는 고개를 흔들었다.

"잠깐만이라도 와이넌트 일가 없이 지내고 싶군. 맥스 레스토랑으로 가자고. 달팽이 요리가 먹고 싶어."

"알았어요. 뭣 좀 알아낸 거 있어요?"

"아니."

"그 남자 참 잘생겼는데, 정말 유감이에요."

그녀가 곰곰이 생각하다 말했다.

"어떤 사람이야?"

"그냥 덩치 큰 인형 같아요. 정말 딱하다니까."

우리는 저녁을 먹고 노르망디로 돌아갔다. 도로시는 없었다. 마치 예견된 것 같았다.

노라가 방마다 뒤지다가 안내 데스크에 전화를 걸었다. 우리에게 남겨진 메모는 없었다.

"어떻게 된 걸까요?"

그녀가 말했다.

아직 10시도 안 된 시각이었다.

"어쩌면 아무 일도 아니겠지. 어쩌면 무슨 일일 수도 있고. 내 생각에는 새벽 3시쯤 차일즈 술집에서 산 기관총을 가지고 잔뜩 취해서 나타날 것 같은데."

"그럼 그러라지. 얼른 잠옷이나 입고 누워요."

11

다음 날 정오, 노라가 날 부를 때쯤 상처는 훨씬 괜찮아졌다.
"저번의 그 멋진 경찰 아저씨가 만나고 싶대요. 좀 어때요?"
그녀가 말했다.
"끔찍해. 잠들기 전에 술이 다 깨 버렸나 봐."
나는 아스타를 밀어내고 자리에서 일어섰다.
거실에 나가자 길드가 한 손에 술잔을 들고 일어섰다. 그의 얼굴에는 미소가 가득했다.
"이거, 이거, 찰스 씨. 오늘 아침에 좋아 보이십니다."
나는 그와 악수를 하고 그렇다고, 꽤 좋아졌다고 말하고 자리에 앉았다.
그가 사람 좋은 표정을 지으며 눈살을 찌푸렸다.
"그래도 그렇지, 그렇게 날 속이면 안 되죠."
"속이다뇨?"
"쉴 시간을 드리겠다고 질문도 미뤘더니 누굴 만나러 갔다면서요. 그게 속인 게 아니면 뭡니까. 그래서 아침 일찍 이렇게 찾아와도 괜찮겠다 싶었습니다."
"제 생각이 짧았군요. 죄송합니다. 와이넌트가 보낸 전보는 보셨나요?"
내가 말했다.

"예. 필라델피아 측에서 확인 중입니다."

"그리고 그 총에 관해서라면 제가……."

그가 나의 말을 멈춰 세웠다.

"무슨 총이요? 그건 총도 아닙니다. 공이가 박살나고, 내부는 온통 녹슬어 꽉 막혔더군요. 누군가 지난 6개월 사이에 그걸 발사한 적이 있다면, 아니 그게 가당키나 하면 제가 로마의 교황입니다. 그런 쓰레기를 가지고 이야기하느라 더 이상 시간 낭비 할 필요 없습니다."

나는 웃음을 터뜨렸다.

"역시 그랬군요. 사실 12달러 주고 밀주집에서 샀다는 술주정뱅이한테 빼앗은 겁니다. 이제 그 말을 믿겠어요."

"그런 사람이라면 더 말도 안 되는 것도 속아 사들이겠어요. 그런데, 남자 대 남자로 하나 물어봅시다. 찰스 씨, 울프 사건 조사하는 겁니까, 아닙니까?"

"와이넌트 씨한테 온 전보 보셨잖아요."

"봤죠. 그럼 와이넌트 씨한테 고용된 건 아니군요. 그래도 물어는 봐야겠어요."

"저는 이제 더 이상 사립 탐정이 아닙니다. 어떤 형태로는 탐정 노릇은 안 해요."

"들었습니다. 그래도 물어봐야겠어요."

"알겠습니다. 아닙니다."

그는 잠시 무언가를 생각했다.

"그럼 이렇게 말씀드리죠. 조사에 관심은 있습니까?"

"연루된 사람들을 알고 있으니 당연히 관심이 있지요."

"그런데 그게 다요?"

"네."

"그리고 이 사건에 참여해 조사할 계획은 없으시다?"

그때 전화벨이 울려 노라가 받으러 갔다.

"솔직히 말씀드려 잘 모르겠습니다. 사람들이 계속 이렇게 절 사건 속으로 밀어붙이면 얼마나 깊숙이 들어가게 될지 모르죠."

길드가 고개를 끄덕였다.

"알겠습니다. 일단 저는 당신이 함께하는 게 싫지 않다는 걸 말씀드리고 싶군요. 올바른 편에 서기만 한다면 말이죠."

"와이넌트의 편이 아닌 다른 편을 말씀하시는 거죠? 그럼 그의 소행이라는 겁니까?"

"그건 말씀드릴 수가 없군요, 찰스 씨. 하지만 범인을 밝혀내는 데 그가 전혀 도움이 되지 않고 있다는 건 굳이 말 안 해도 아시겠죠."

노라가 문간에 나타났다.

"전화예요, 닉."

전화를 건 사람은 허버트 매컬리였다.

"여보세요, 닉? 상처는 좀 어떤가?"

"괜찮네. 고마워."

"와이넌트한테 전보 받았나?"

"그래."

"자네한테 전보를 보냈다고 나한테 편지로 알려 줬거든. 자네 많이 아픈가? 그러면……"

"아니, 일어나서 돌아다닐 정도야. 자네 오후 늦게 사무실에 있을 거면 내 들르지."

"잘됐군. 6시까지 있을 거야."

나는 전화를 끊고 거실로 돌아왔다. 노라가 식사를 하고 가라고 길드에게 권하고 있었다. 그는 고맙다고, 정말 친절하시다고 대답했다. 나는 식사 전에 술부터 한잔해야겠다고 했다. 노라가 음식을 주문하고 술을 가지러 갔다.

길드가 고개를 흔들었다.

"아내분이 정말 좋으시군요, 찰스 씨." 나는 엄숙하게 고개를 끄덕였다. "말씀하신 대로 이 일에 떠밀려 들어간다고 칩시다. 그러면 반대편이 아니라 우리와 함께 일하신다면 훨씬 더 좋겠군요."

"저도 그렇습니다."

"그럼 그렇게 하는 겁니다. 아마 기억하지 못하겠지만 예전에 당신이 이 동네에서 뭘 조사 중일 때 제가 43번가를 맡고 있었습니다."

그가 말했다.

"그랬군요. 어쩐지 어딘가 낯익다 했었어요. 제복을 벗으면 달라 보여서 말이죠."

나는 예의 바르게 거짓말을 했다.

"그렇죠. 그리고 우리가 모르고 있는 것에 대해서는 숨기는 정보가 없으시다고 생각하고 싶습니다만."

"그럴 의도는 전혀 없습니다. 경찰에서 무엇을 알고 계시는지 저도 모르는데요. 저는 아는 게 별로 없습니다. 사건 이후 매컬리를 만난 적도 없고, 사건에 대한 기사도 제대로 읽지 않았어요."

다시 전화벨이 울렸다. 노라가 우리에게 잔을 건네고 전화를 받으러 갔다.

"우리가 아는 것도 대단한 비밀은 못 됩니다. 시간을 내어 주신다면 기꺼이 알려드리지요." 그가 술을 한 모금 마시더니 마음에 든다는 듯 고개를 끄덕였다. "단, 먼저 여쭤 볼 것이 하나 있습니다. 어젯밤 조젠슨 부인 댁에 갔을 때 와이넌트 씨한테서 전보를 받았다는 걸 이야기했습니까?"

"예. 그리고 바로 경찰에 넘겼다고도 말했죠."

"부인이 뭐라고 하던가요?"

"아무것도요. 몇 가지 물어보긴 하더군요. 그녀도 그를 찾으려 하잖아요."

그는 고개를 한 쪽으로 기울이고 한쪽 눈을 슬그머니 내리떴다.

"둘이 한통속이라고 생각진 않으시고요? 아, 잠깐, 그들이 그럴 이유나 숨겨진 속셈 같은 건 저도 전혀 모릅니다. 그냥 여쭤 보는 것뿐이에요."

"뭐든 가능하죠. 하지만 둘이 한 패가 아니라는 것 정도는 말씀드려도 괜찮을 것 같습니다. 그런데 왜요?"

내가 물었다.

"당신 말씀이 맞겠죠. 하지만 짚고 넘어가야 할 것이 두어 가지 있습니다. 휴우, 언제나 그렇죠. 자, 찰스 씨. 지금부터 우리가 확실히 알고 있는 것에 대해 말씀드리겠습니다. 이야기 중에 보탤 게 있으면 언제든지 말씀해 주세요. 그러면 정말 고맙겠습니다."

나는 최선을 다하겠다고 말했다.

"음. 지난 10월 3일쯤 와이넌트가 매컬리에게 한동안 어디를 다녀와야겠다고 말했습니다. 어디에, 왜 가는지는 알려 주지 않았지만 매컬리는 그가 조용히 발명품이나 뭐 비슷한 것을 연구하러 가는 것이리라 생각했답니다. 나중에 줄리아 울프한테 캐낸 것으로 보아 그 생각이 맞았고요. 애디론댁 산맥 어딘가에 콕 처박혔을 거라고 추측했지만 나중에 그녀한테 물으니 그녀도 모른다고 하더랍니다."

"그녀가 그 발명품이 뭔지는 알았고요?"

길드가 고개를 흔들었다.

"매컬리 말로는 몰랐대요. 그저 연구 공간과 비싼 기계 같은 게 필요하다고만……. 매컬리가 와이넌트의 재산에 손을 댈 수 있게 해 놓은 게 그것 때문입니다. 필요할 때마다 은행 일이든 뭐든 매컬리가 와이넌트인 것처럼 처리해서 그가 가진 모든 주식이나 채권 같은 걸 현금화할 수 있게 말입니다."

"변호사로서 위임받은 권한으로 모든 걸 처리할 수 있게요?"

"그렇죠. 그리고 재미있는 건 돈이 필요할 땐 무조건 현찰로 원했다는 겁니다."

"그가 원래 좀 별났었어요." 내가 말했다.

"다들 그렇게 말하더군요. 수표 때문에 추적당하거나 그 윗동네 사람들이 그의 정체를 모르게 하려던 것 같아요. 그게 그 여자를 데리고 가지 않고 혼자 수염이나 기르고 있던 이유겠죠. 그녀가 사실을 이야기한 거라면 그녀에게도 가는 곳을 말 안 한 이유이기도 하고."

그는 왼손으로 자기 얼굴에 수염이 있는 것처럼 쓰다듬었다.

"윗동네라면 그가 정말 애디론댁 산맥에 있었던 겁니까?"

내가 물었다.

길드가 한쪽 어깨를 으쓱했다.

"그렇게 말한 건 거기랑 필라델피아가 우리가 아는 전부이기 때문이죠. 산속을 찾고 있긴 하지만 누가 알겠습니까. 호주에 가 있는지도 모르죠."

"그럼 그가 원했다는 현찰은 얼마나 됩니까?"

"그건 정확히 알려 드릴 수 있지요."

그는 주머니에서 지저분하고 꾸깃꾸깃한 종이 뭉치를 꺼내더니 다른 것들보다 조금 더 더러운 봉투 한 장을 남기고 나머지를 다시 주머니에 쑤셔 넣었다.

"매컬리와 연락한 날 직접 은행에서 5000달러를 현찰로 꺼냈습니다. 28일, 그러니까 10월 28일에는 매컬리에게 다시 5000달러를 인출하게 했고, 11월 6일에 2500달러, 15일에 1000, 30일에 7500, 12월 6일에 1500, 18일에 1000, 22일 5000달러를 또 꺼냈죠. 마지막은 그녀가 죽기 하루 전날이고요."

"거의 3만 달러가 다 되는군요. 잔고가 상당한데요."

내가 말했다.

"정확히 28500달럽니다." 길드가 봉투를 다시 주머니에 넣었다. "하지만 원래부터 돈이 있었던 건 아닙니다. 처음 전화를 받은 이후로 매컬리는 매번 돈을 모으기 위해 뭐든 팔았으니까요. 보고 싶으시다면 처분 내역도 있습니다."

그가 주머니를 또 만졌다.

나는 괜찮다고 대답했다.

"돈은 어떻게 와이넌트에게 전달했죠?"

"와이넌트가 필요할 때마다 그 여자한테 연락을 했고 그러면 여자가 매컬리한테 받아갔죠. 매컬리는 그녀한테 영수증을 받았고."

"그럼 그 여잔 돈을 와이넌트에게 어떻게 전했답니까?"

길드가 고개를 흔들었다.

"와이넌트가 만나자고 한 장소에서 만나곤 했답니다. 하지만 그는 그녀가 와이넌트가 어디 있는지 알고 있었다고 생각해요. 물론 그녀는 항상 모른다고 했지만."

"그러면 그 여자가 죽었을 때 마지막 5000달러를 가지고 있었을지도 모르겠군요?"

"그렇게 되면 단순 살인이 강도 살인으로 변하는 거죠. 그가 돈을 받으러 왔을 때 죽인 게 아니라면."

길드의 흐릿한 회색 눈이 거의 닫혔다.

"다른 이유로 그녀를 죽인 다른 누군가가 거기서 돈을 발견하고 돈도 가져가 버린 게 아니라면 말이죠."

"물론. 그런 일이 일어나긴 하죠. 아니면 시신을 처음 발견한 사람이 신고를 하기 전에 슬쩍 집어 가는 일도 종종 있습니다. 아, 물론 조젠슨 부인이라면……. 제가 그런 생각한다고 생각하실 필요는……."

"게다가 그녀는 혼자도 아니었잖아요. 맞죠?"

내가 물었다.

"잠깐이지만 혼자 있었던 적이 있긴 있었습니다. 아파트 안의 전화기가 망가져서 엘리베이터 보이가 아파트 관리인을 태우고 사무실로 전화를 걸러 내려갔거든요. 하지만 오해는 마십쇼. 조젠슨 부인이 수상한 짓을 했다는 말은 아닙니다. 그런 부인이라면 절대……."

"전화기가 어떻게 됐는데요?" 내가 물었다.

그때 초인종이 울렸다.

"음, 어떻게 설명해야 좋을지 모르겠습니다. 전화기가……."

웨이터가 들어와 식탁을 차리자 길드가 잠시 말을 멈췄다가 다시 이었다.

"전화기 말인데요, 아까 말한 대로 어떻게 설명해야 할지 모르겠네요. 송화구 부분에 총알이 박혀 산산이 부서져 있었습니다."

식탁에 앉자 길드가 말을 이었다.

"우연인가요, 아니면……?"

"저도 묻고 싶다니까요. 물론 그녀를 죽인 총에서 발사된 거였는데, 그녀를 맞히려다 그렇게 된 건지 고의로 그런 건지는 모르겠습니다. 전화기를 박살내려 그랬다면 너무 시끄러운 방법이겠죠?"

"그 말 듣고 보니 생각나는 게 있군요. 총성을 들은 사람은 없답니까? 32구경이 산탄총처럼 시끄럽진 않아도 분명 누군가 들었을 텐데요."

내가 묻자 그가 투덜댔다.

"당연하죠. 지금 와서는 뭔가 들었다는 사람들로 바글바글합니다. 하지만 당시엔 아무도 없었습니다. 그들이 들었다는 걸 바탕으로는 알아낸 게 거의 없기도 하고."

"그런 일이 항상 그렇죠."

내가 위로하듯 말했다.

"나라고 왜 모르겠습니까." 그가 음식을 한 입 퍼 넣었다. "어디까지 했죠? 오, 맞아요. 와이넌트. 그는 떠나면서 아파트를 내놓고 살림은 모두 보관 서비스에 맡겼답니다. 그래서 그걸 살펴보곤 있는데 그가 어디 갔는지, 아니면 무슨 연구를 하고 있었는지 밝혀 줄 만한 건 전혀 없어요. 1번가에 있는 그의 작업실에서도 알아낸 게 없고요. 그가 떠난 이후 잠겨 있었는데 그 여자가 일주일에 한두 번, 한두 시간씩 우편물이나 다른 것들을 살피러 가긴 했었답니다. 여자가 죽은 다음에 온 우편물에는 단서가 될 만한 게 하나도 없어요. 여자 집에서도 발견한 건 없습니다."

그가 잠시 말을 멈추더니 노라를 향해 미소 지었다.

"이런 거 듣기 지루하시겠어요, 찰스 부인."

"지루하긴요. 차분히 앉아 있질 못하겠는데요."

노라가 놀라 대답했다.

"여자분들은 조금 더 다채로운 걸 좋아하시지 않나요. 흥미롭다거나……. 험, 험, 아무튼 그가 어디에 있었는지 밝혀 줄 건 하나도 없습니다. 지난 금요일에 매컬리에게 전화를 해 플라자 호텔 로비에서 2시에 만나자고 했다는 것만 빼고요. 매컬리가 사무실을 비워 메시지만 남겨 두었었죠."

"그때 매컬리는 여기 점심 먹으러 왔었습니다."

내가 말했다.

"저도 들었습니다. 음, 매컬리는 3시가 다 되어서 플라자 호텔에 갔고, 그를 못 만났습니다. 그는 거기 투숙하지도 않았고요. 수염이 있는 모습과 없는 모습 모두 설명을 하고 그를 본 사람이 있는지 찾았지만 호텔에 있는 사람 중 누구도 그를 기억하지 못했어요. 매컬리가 사무실에 전화를 걸었더니 와이넌트는 다시 전화를 하지 않았고요. 그런 다음 줄리아 울프에게 전화를 하니까 그 여잔 와이넌트가 돌아왔는지조차 모르고 있더랍니다. 그는 그게 거짓말이라고 생각해요. 바로 전날 와이넌트에게 전하라고 5000달러나 주었잖습니까. 그래서 그가 그걸 받으러 올 거라 생각했고요. 어쨌든 그는 알겠다고 하고 전화를 끊고는 그냥 자기 일을 봤답니다."

"무슨 일이요?" 내가 물었다.

길드가 방금 입에 넣은 빵 조각을 씹다 우뚝 멈췄다.

"그러게요. 알아서 나쁠 건 없겠죠? 알아보겠습니다. 지금까지 그가 의심이 되는 부분이 없어서 굳이 확인하지 않았는데……. 누가 알리바이가 있고 누가 없는지 알아내서 나쁜 법은 없죠."

나는 고개를 흔들었다.

"그가 와이넌트의 변호사고, 아는 걸 다 털어놓지 않은 것 같긴 하지만 딱히 그를 의심해야 할 이유는 저도 모르겠군요."

"그렇죠. 알겠습니다. 그게 사람들이 변호사를 고용하는 이유겠죠. 자, 이제 그 여자에 대해서 이야기해 보자면 어쩌면 줄리아 울프는 본명이 아닐지도 모릅니다. 아직 확실히 밝혀내진 못했지만 그 여잔 그렇게 큰돈을 믿고 맡길 수 있는 사람이 아니라는 건 알아냈습니다. 그녀에 대해 알았다면 그럴 순 없었겠죠."

"전과가 있던가요?"

그가 고개를 주억거렸다.

"골고루 했더군요. 와이넌트 밑에서 일하기 한 2년 전에는 로다 스튜어트라는 이름으로 클리블랜드에서 공갈 협박 혐의로 6개월 형을 받았습니다."

"와이넌트가 그걸 알았을까요?"

"전들 알겠습니까. 알았다면 그런 돈을 맡겼을까요. 하지만 알 수 없습니다. 듣기로는 그 여자한테 아주 푹 빠져 있었다던데. 남자들이 어떤지 잘 알잖습니까. 이 셉 모렐리라는 자나 그의 무리와도 수시로 어울렸던 모양입니다."

"모렐리한테는 정말 뭔가 있는 겁니까?" 내가 물었다.

"이건 아니에요. 하지만 다른 사건 두어 개 때문에 안 그래도 잡아야 했습니다."

그가 안타깝다는 듯 말했다. 그의 연한 색 눈썹이 살짝 찌푸려졌다.

"그가 왜 당신을 만나러 왔었는지 알면 좋겠습니다. 물론 이런 중독자들은 별 희한한 짓을 다 하죠. 그래도 진짜 이유를 알면 좋겠어요."

"내가 아는 건 다 말씀드렸어요."

"당연히 그러셨으리라 믿습니다." 그렇게 말하곤 노라를 쳐다보았다. "제가 남편분을 너무 험하게 다룬다고 생각지 않으시길 바랍니다. 때로는 힘든 경우도 있……."

노라가 미소 짓더니 이해한다고, 걱정하지 말라고 하고 그의 잔에 커피를 부어 주었다.

"고맙습니다."

"중독자라면……?"

"마약 상습 복용이요."

"모렐리가……?"

그녀가 나를 쳐다보았다.

"머리끝까지 약에 절어 있더군." 내가 대답했다.

"왜 진작 말 안 했어요? 죄다 놓쳐 버렸잖아요."

그녀가 투덜거리며 전화를 받으러 갔다.

"총을 쏜 것에 대해 고소하실 겁니까?" 길드가 물었다.

"경찰에서 필요하지 않다면 글쎄요."

그가 고개를 흔들었다.

"일단 그를 기소할 다른 증거는 충분합니다."

그의 목소리는 언뜻 무관심하게 들렸지만 눈에는 호기심이 담겨 있었다.

"조금 전까지 줄리아 울프 이야기를 하던 중이었잖습니까."

내가 말했다.

"아, 그렇죠. 그녀가 외박하는 날이 많았다는 걸 알아냈습니다. 어떤 때는 한 번에 이틀, 사흘 씩 집을 비우기도 했죠. 와이넌트를 만난 걸 수도 있고, 잘은 모르겠어요. 3개월 동안 그녀를 못 봤다는 모렐리의 이야기를 반박할 증거는 못 찾았습니다. 그건 어떻게 생각하십니까?"

"형사님과 똑같아요. 와이넌트가 사라진 지 딱 3개월 정도가 되잖습니까. 무슨 의미가 있을 수도 있고, 아닐 수도 있지요."

내가 대답했다.

그때 노라가 돌아와 해리슨 퀸의 전화가 왔다고 알려 주었다.

그는 내가 휴지조각이라 여기고 있던 채권 일부를 팔았다면서 금액을 알려주었다.

"혹시 도로시 와이넌트 본 적 있나?"

내가 그에게 물었다.

"자네 집에서 마지막으로 본 이후로는 없는데. 하지만 오늘 오후에 팔마에서 칵테일 한잔하기로 했지. 아차, 그러고 보니 자네한테 이야기하지 말라고 했는데! 그때 이야기한 금 투자는 어떻게 할 건가, 닉? 지금 뛰어들지 않으면 분명 놓치게 될 거야. 의회가 열리자마자 서부에서 온 이 터프한 사내들이 인플레이션을 일으킬 거라니까. 혹여 그러지 않아도 모두가 그러리라 기대하고 있고. 지난주에 말한 것처럼 벌써 공동 출자 이야기가 오가고 있……."

"알겠네, 알겠어."

나는 이렇게 대답하고 그에게 12달러 50센트에 돔 광산 주식을 좀 사라고 했다.

그런 다음에야 그는 내가 총에 맞았다는 이야기를 기사에서 읽었다는 걸 떠올렸다. 하지만 그리 마음 쓰는 것 같지 않았고 괜찮다는 나의 말에도 거의 관심을 기울이지 않았다.

"그럼 한 이틀 간 탁구는 못 치겠군. 이봐, 오늘 초연 입장권 있지 않나? 못 가겠거든 내가……."

탁구를 못 치는 것에 대해서는 진정으로 안타까워하는 것 같았다.

"갈 예정이야. 어쨌든 고맙네."

그가 껄껄 웃더니 전화를 끊었다.

거실로 돌아오자 웨이터가 식탁을 치우고 길드는 소파에 편안히 앉아 있었다. 노라가 무언가를 이야기하고 있던 중인 것 같았다.

"……매년 크리스마스에는 어디론가 가야만 해요. 조금 남은 우리 가족이 무슨 날만 되면 야단법석을 피워서 꼭 우리를 만나러 오거나 우리가 가야 하거든요. 하지만 닉은 그런 걸 싫어해요."

아스타는 한쪽 구석에서 앞발을 핥고 있었다.

길드가 자기 시계를 내려다보았다.

"시간을 너무 많이 빼앗은 것 같군요. 처음부터 이러려던 건 아니……"

"막 살인 이야기를 하려던 참 아니었나요?"

내가 자리에 앉으며 말했다.

"그랬죠."

그가 다시 느긋하게 소파에 몸을 기댔다.

"23일, 금요일 오후 3시 20분이 조금 안 된 시각에 조젠슨 부인이 도착해 그녀를 발견한 거죠. 발견되기 전까지 얼마나 오래 쓰러져 있었는지는 정확히 밝히기가 어려워요. 우리가 아는 건 조젠슨 부인이 전화를 건 2시 30분쯤만 해도 멀쩡히 전화를 받았고 전화기도 부서지지 않았다는 겁니다. 매컬리가 전화한 3시쯤에도 마찬가지였고요."

"조젠슨 부인이 미리 전화를 한 건 몰랐네요."

"사실입니다. 그 부분에 대해서는 아무런 의심도 하지 않아요. 하지만 절차상 확인을 했고 코틀랜드의 전화 교환수가 약 2시쯤 조젠슨 부인의 전화를 연결해 주었다는 걸 알아냈습니다."

"조젠슨 부인은 뭐라고 했나요?"

"와이넌트가 어디에 있는지 물어보려고 전화를 했는데 줄리아 울프가 모른다고 했답니다. 그래서 그녀가 거짓말을 하고 있는 거라 생각하고 직접 대면을 하면 사실을 말해 줄까 싶어 잠깐 들러도 되냐고 물었더니 괜찮다고 했다는군요."

그는 잠시 말을 멈추고 내 오른쪽 무릎을 바라보며 얼굴을 찌푸렸다.

"그래서 거기 가 그녀를 발견한 거죠. 그 아파트 사람들은 그 여자 집으로 누가 들어가거나 나오는 건 본 적이 없다고 했지만 사실 그건 쉽습니다. 수십 명도 그렇게 드나들 수 있겠더라고요. 총은 거기 없었습니다. 누군가 침입한 흔적도 없고, 살림도 그렇게 흐트러져 있지 않았어요. 제 말은 누군가 뒤진 것처럼 보이지 않았다는 겁니다. 그녀는 수백 달러는 나갈 법한 다이아몬드 반지를 그대로 끼고 있었고 가방에는 30여 달러가 들어 있었죠. 와이넌트든 모렐리든 꽤나 드나들었기 때문에 거기 사람들은 그들의 얼굴을 알고 있습니다. 그런데 두 명 다 한동안 본 적이 없다고 했어요. 화재용 비상 창문은 잠겨 있었고 탈출구 역시 최근에 쓰인 것처럼 보이지 않았습니다. 이 정도가 전부겠군요."

그가 두 손바닥을 내보였다.

"지문은요?"

"그 여자 거랑 아파트 청소하는 사람들 것 약간 정돕니다. 쓸모 있는 건 하나도 없고요."

"그 여자 친구들은 어떻습니까?"

"친구가 하나도 없는 것 같아요. 가까운 사람들 말입니다."

"그 사람…… 이름이 뭐죠? 아, 넌하임, 여자와 모렐리가 아는 사이라고 한 사람 말입니다."

"모렐리와 어울리면서 그녀의 얼굴만 아는 게 다랍니다. 신문에서 그녀의 사진을 본 거고요."

"그 사람은 누굽니까?"

"괜찮은 사람입니다. 우리 모두 그에 대해 잘 알지요."

"저한테 숨기는 건 없겠지요? 숨기지 말라고 약속까지 하게 한 마당에?"

내가 물었다.

"수시로 경찰을 위해 이런저런 일을 처리해 주는 사람이라고만 아시면 됩니다."

"오."

그가 자리에서 일어섰다.

"이런 말하기 뭣하지만 그게 우리가 가진 전부네요. 해 주실 말씀이라도?"

"아니요."

그가 잠시 찬찬히 나를 쳐다보았다.

"어떻게 생각하십니까?"

"그 다이아몬드 반지라는 거, 약혼반집니까?"

"그 손가락에 끼고 있긴 했어요. 왜요?"

그가 잠깐 멈칫 하다 물었다.

"누가 선물한 건지 알면 도움이 될지도 모릅니다. 오늘 오후에 매컬리를 만나기로 되어 있습니다. 뭐든지 알아내면 바로 전화를 드리지요. 그래요, 와이넌트 짓처럼 보이긴 합니다. 그런데……."

그가 기분 좋게 그르릉 소리를 냈다.

"오호, '그런데'라 이거죠……."

그는 그 말을 마지막으로 우리 둘과 악수를 한 뒤 위스키에 점심 식사에, 환대해 주고 친절히 대해 줘서 고맙다고 인사를 하고 나갔다.

"내가 당신 매력에 넘어가지 않을 남자 없다고 말할 입장은 아니지만 그 사람이 솔직하게 나온다고 확신하진 말라고."

내가 노라에게 말했다.

"결국 그런 거였군요. 당신은 경찰을 질투하는 거였어요."

노라가 대꾸했다.

12

클라이드 와이넌트가 보냈다는 편지는 꽤 길었다. 무늬 없는 흰 종이에 형편없는 타자기로 적힌 편지는 1932년 12월 2일, 펜실베이니아 필라델피아 소인이 찍혀 있었다.

친애하는 허버트

몇 년 전 날 위해 일했던 닉 찰스를 기억할 걸세. 그가 지금 뉴욕에 있네. 불쌍한 줄리아의 끔찍한 죽음에 대해 조사해 달라고, 자네와 연락하라고 그에게 전보를 보낼 참이네. 그녀를 죽인 자를 찾아내 달라고 무슨 수를 써서라도 그를 (이 부분에는 줄을 박박 그어 뭔가 지운 흔적이 있었으나 전혀 알아볼 수가 없었다) 설득해 주길 바라네. 비용은 얼마가 들든 상관없으니 달라는 대로 주도록!

자네가 이미 알고 있는 것 외에 그에게 전해 주었으면 하는 사실들이 있네. 이걸 듣고 경찰에 알리지 않으면 좋겠지만 그라면 무엇이 최선인지 알리라 믿네. 그를 전적으로 믿고 있으니 무엇이든 그가 원하는 대로 해 주기를 바라고. 이 편지를 그대로 보여 주는 게 나을 수도 있겠지. 하지만 그런 다음에는 반드시 없애야 하네.

여기 그에게 알릴 사실들을 말해 주겠네.

지난 목요일 밤, 1000달러를 받기 위해 줄리아를 만났을 때 그녀는 일을 그만두고 싶다고 했네. 한동안 건강이 안 좋았는데 의사가 권했다는 걸세. 이제 삼촌에게 물려받은 재산도 정리가 되어 그럴 여유도 생겼다면서 말일세. 하지만 전에는 건강 이야기를 꺼낸 적인 단 한 번도 없었네. 그래서 진짜 이유를 숨기고 있다고 생각하고 그걸 알아내려 했지만 그녀는 자기 이야기를 고집했지. 죽었다는 삼촌 이야기도 들어본 적이 없었어. 시카고에 사는 존이라는 삼촌이라고 했으니 필요하다면 확인해 봐도 좋겠네. 결국 그녀의 마음을 돌릴 수 없었고 그녀는 말일까지만 일하기로 했었네. 무언가 겁을 내거나 걱정하는 것 같았지만 한사코 아니라더군. 처음에는 아쉬운 마음이 들었으나 곧 그 마음도 사라졌네. 왜냐하면 이전에는 늘 그녀를 믿을 수 있었는데 그녀가 거짓말을 한다고 생각하니 그럴 수가 없었거든.

닉 찰스에게 알려 줄 두 번째 사실은 사람들이 뭐라고 생각하든 줄리아와 나는 ('지금'이라고 썼다가 그 위에 X자를 쳐놓았다.) 그녀의 살해 당시는 물론이고 지금까지 1년 넘게 고용주와 고용인 이상의 관계가 아니었네. 이것은 우리 둘 사이에 합의된 바이기도 하고.

세 번째, 몇 년 전 나와 문제가 있었던 빅터 로즈워터라는 자의 현재 행방에 대해 조사를 해 봐야 한다고 생각하니. 지금 내가 진행하고 있는 실험이 당시 내가 그로부터 빼앗았다고 주장한 그 연구와 연장선상에 있기도 하고, 그라면 내 거처를 알아내기 위해 줄리아를 찾아갔다가 그녀가 알려 주기를 거부하자 죽였을 가능성이 충분히 있기 때문일세.

네 번째가 무엇보다도 중요하네. 미미가 로즈워터와 연락을 취하고 있나? 한때 그의 도움을 받았던 그 실험을 지금 내가 계속하고 있다는 사실을 그녀가 어떻게 아는 건가?

다섯 번째, 살인 사건에 대해 줄 수 있는 정보가 내게 전혀 없다고 지금 당장 경찰을 납득시켜 그들이 나를 찾기 위한 조치를 취하지 않게 해야만 하네. 그렇게 되면 실험이 지나치게 일찍 노출될 수 있고 그것은 지금 이 시점에서 매우 위험한 일이네. 살인 사건의 전말을 밝히는 것이야말로 이러한 사태를 해결할 수 있는 가장 좋은 방법이고 그것이 내가 가장 원하는 바이기도 하네.

수시로 연락하겠지만 혹시라도 그동안 무슨 일이 생긴다면 《타임스》에 아래와 같은 광고를 싣도록 하게.

'애브너. 예. 버니.'

그런 광고를 보면 바로 자네에게 연락을 취하겠네.

닉 찰스가 바로 행동을 시작하도록 설득하는 것이 얼마나 중요한지 자네가 이해해 줬으면 하네. 그야말로 로즈워터 사건에 대해, 그리고 그와 관련된 사람들을 거의 알고 있으니.

클라이드 밀러 와이넌트

나는 편지를 매컬리의 책상 위에 내려놓았다.

"이제야 조금 이해가 되는군. 로즈워터와의 분쟁이 무슨 일이었는지 기억나나?"

내가 물었다.

"수정의 구조 변화에 관한 거였는데. 한번 찾아보지."

매컬리가 편지의 첫 장을 집어 들더니 얼굴을 찌푸렸다.

"그날 밤 그녀한테서 1000달러를 받았다고 했네. 난 5000달러를 주었는데. 그리고 그녀도 그가 5000달러를 원했다고 했고."

"나머지 4000달러가 존이라는 삼촌의 유산인 셈인가?"

내가 말했다.

"그런 것 같군. 참 우습게 됐네. 그녀가 그를 속이리라고는 한 번도 생각지 못했는데. 내가 넘긴 나머지 돈에 대해서도 알아봐야겠구먼."

"그녀가 공갈 협박 혐의로 클리블랜드에서 복역했던 건 알고 있었나?"

"아니. 정말인가?"

"경찰에 따르면 로다 스튜어트라는 이름으로 그랬다지. 와이넌트는 그녀를 어디서 만난 건가?"

그가 고개를 흔들었다.

"나도 모르겠네."

"그녀의 원래 고향이 어디인지, 친척이라든가, 뭐 그런 건 전혀 모르나?"

그가 다시 한 번 고개를 저었다.

"그녀의 약혼자는 누구지?" 내가 물었다.

"약혼한 줄도 몰랐는데?"

"다이아몬드 반지를 끼고 있었다네."

"그거 금시초문이군." 그는 그렇게 말하곤 눈을 감고 잠시 생각에 잠겼다가 말을 이었다. "아니, 약혼반지 같은 걸 본 기억이 없어." 그가 양팔을 책상 위에 올리더니 그 위로 몸을 굽히고 날 향해 씩 미소 지었다. "자, 그럼 자네에게 그가 원하는 일을 시킬 수 있는 가능성은 얼마나 되나?"

"희박하지."

"그럴 줄 알았네. 그가 지금 어떤 기분인지는 나만큼이나 잘 알고 있겠지. 자네 마음을 돌리려면 어떻게 하면 되나?"

그가 손을 움직여 편지를 건드렸다.

"난……."

"그를 설득해 자네를 만나 보라고 하면 도움이 되겠나? 그게 자네가 이 일을 맡게 할 유일한 방법이라고 한다면……?"

"그와 이야기할 용의는 있네. 하지만 이 편지보다 훨씬 더 솔직히 나와야 할 거야."

내가 대답했다.

"그럼 그가 그녀를 죽였을지도 모른다고 생각하는 건가?"

그가 느릿느릿 물었다.

"그건 모르겠네. 경찰만큼 많이 알지도 못하고, 혹 경찰이 그를 찾아낼 수 있다고 하더라도 체포할 정도로 증거가 충분한 것도 아닌 상황이야."

매컬리가 한숨을 쉬었다.

"정신 나간 양반의 변호사 노릇도 쉬운 게 아니군. 그가 설득에 귀를 기울이게 노력해 보겠지만 그러지 않으리라는 건 이미 알고 있네."

"전부터 물어보려고 했었는데, 요새 그의 재정 상태는 어떤가? 예전처럼 풍족한가?"

"거의 비슷하지. 대공황 때문에 어느 정도 타격을 입었고, 금속 산업이 죽은 다음부터 제련 기술에서 들어오던 로열티도 다 사라지긴 했는데 아직도 글라신 종이와 방음 특허에서 매년 오륙만 달러씩 들어오고 다른 사소한 연구 결과에서도 조금씩……. 잠깐, 설마 자네 수임료를 감당 못 할까 봐 그러는 건 아니겠지?"

"아니, 그냥 궁금해서……. 참, 전 부인과 아이 둘 말고 다른 가족은 없나?"

"누나가 한 명 있지. 엘리스 와이넌트라고. 하지만 연락 안 하고 지낸 지 오래라네. 족히 4~5년은 되었을 거야."

아마 조젠슨 가족이 크리스마스 오후에 만나러 간다고 했다가 결국 가지 않았던 그 엘리스 고모를 말하는 것 같았다.

"소원해진 이유는 뭔가?" 내가 물었다.

"그가 러시아 5개년 계획이 꼭 실패로 돌아가진 않을 거라고 신문에 인터뷰를 했거든. 사실은 그것보다도 훨씬 부드러운 어조로 말했었네."

나는 웃음을 터뜨렸다.

"정말 대단한 남매로군."

"그녀는 그보다 더 심해. 기억을 잘 못 한다네. 클라이드가 맹장 수술을 했을 때 그녀와 미미가 함께 택시를 타고 병문안을 갔었네. 그때 병원 방향에서 영구차가 나오는 걸 본 거야. 엘리스가 갑자기 창백해지더니 미미 팔을 붙들고, '오 세상에! 혹시 저게 그……, 가만 걔 이름이 뭐지!' 이랬다는군."

"그녀는 어디 사나?"

"매디슨 가에. 전화번호부에 나와 있네. 굳이 그녀를 만나러 갈 필요는……."

그가 잠시 망설였다.

"그녀를 귀찮게 할 생각은 없네."

내가 무슨 말인가를 더 하기도 전에 전화벨이 울리기 시작했다.

매컬리가 전화를 받았다.

"여보세요……. 예, 접니다만……. 누구요? ……오, 예……."

그의 입 주변 근육이 심하게 뭉쳐졌다. 그리고 그의 눈이 조금 더 커졌다.

"어디요?"

그가 조용히 상대의 말을 들었다.

"예, 알겠습니다. 제가 갈 수 있을까요?"

그가 왼손에 찬 시계를 쳐다보았다.

"알겠습니다. 기차에서 보지요."

그가 수화기를 내려놓았다.

"길드 형사야. 와이넌트가 펜실베이니아 앨런타운에서 자살을 기도했다는군."

13

팔마 클럽에 들어가자 도로시와 퀸이 바에 앉아 있었다. 그들은 내가 도로시 옆으로 다가가 "안녕들 하신가?"하고 말하기 전까지 날 보지 못했다. 도로시는 마지막으로 보았을 때와 같은 옷을 입고 있었다.

그녀는 나와 퀸을 번갈아 보더니 얼굴을 붉혔다.

"꼭 말해야 했나요?"

그녀가 퀸을 원망하듯 말했다.

"아가씨가 영 부루퉁해. 참, 자네 몫으로 그 주식 샀네. 조금 더 사는 게 좋을 거야. 뭐 마실 건가?"

퀸이 쾌활하게 물었다.

"올드 패션드. 아가씨, 참 훌륭한 손님이십니다, 그려. 쪽지 한 장 안 남기고 그렇게 가 버리다니."

도로시가 날 다시 쳐다보았다. 얼굴에 난 긁힌 자국은 흐리게 변했고 멍은 거의 보이지 않았다. 입술 또한 붓기가 가라앉았다.

"당신을 믿었어요."

그녀가 말했다. 금방이라도 울음을 터뜨릴 것만 같았다.

"그게 무슨 뜻이지?"

"무슨 뜻인지 잘 알잖아요. 엄마네 식사를 하러 간다고 할 때까지도 당신을 믿었다고요."

"그런데 지금은 아니다?"

"오후 내내 부루퉁해 있었다니까. 괜히 골리지 말게. 자, 자, 예쁜 아가씨. 그러지 말고."

퀸이 그녀의 손을 잡았다.

"제발 입 좀 다물어요." 그녀가 퀸에게 잡힌 손을 뿌리쳤다. "무슨 뜻인지 잘 알잖아요. 당신이랑 노라가 엄마 앞에서 날 놀린 거 모를 줄……."

이제야 무슨 일인지 알 것 같았다.

"미미가 그렇게 이야기했나? 그래서 그걸 덥석 믿었고? 20년이나 지났는데도 아직 그녀의 거짓말에 홀랑 넘어가는 건가? 우리가 떠난 다음에 전화를 걸었나 보군. 우린 그녀와 말다툼까지 하고 일찍 나와 버렸다고."

내가 웃음을 터뜨렸다.

"오, 난 정말 바보로군요." 그녀가 고개를 쭉 늘어뜨리고 다 죽어 가는 목소리로 말했다. 그러더니 갑자기 내 양팔을 붙들었다. "있잖아요. 지금 당장 가서 노라를 만나요. 가서 솔직하게 다 말해야겠어요. 난 정말 나쁜 애예요. 그녀가 다시는 날 보고 싶지 않다고 해도……."

"그러지. 하지만 시간은 충분하니까 이것부터 마신 다음에."

내가 말했다.

"이봐, 찰스 형제. 악수나 한번 하지. 이 어린 양의 삶에 다시 햇살과 기쁨을 가져다 주셨으니까. 그럼 다 같이 가서 노라 얼굴이나 보자고. 거기 술도 여기 못지않은 데다가 돈은 안 드니까 얼마나 좋은가."

그 말과 함께 퀸이 잔을 비웠다.

"당신은 여기 있는 게 어때요?"

도로시가 그에게 말했다.

그가 웃음을 터뜨리며 고개를 흔들었다.

"그건 안 되지. 닉더러 여기 있으라고 하지 그래. 난 당신과 같이 갈 테니까. 오후 내내 눈물, 콧물 다 받아 줬으니 이젠 그 햇살을 만끽할 때라고."

노르망디에 돌아가니 길버트가 노라와 함께 있었다. 그는 도로시의 볼에 키스하고 나와 악수를 한 다음, 해리슨 퀸을 소개받자 그하고도 악수를 나누었다.

도로시는 노라에게 즉각 길고도 열정적인, 하지만 다급한 마음에 뒤죽박죽이 된 사과를 하기 시작했다.

"그만해. 용서할 게 없다니까. 내가 삐쳤다는 둥, 마음이 다쳤다는 둥, 뭐 그런 소리를 들었다면 그건 닉의 새빨간 거짓말이야. 자, 코트나 이리 주렴."

노라가 말했다.

퀸이 라디오를 틀었다. 공 소리와 함께 동부 표준시로 5시 30분임을 알 수 있었다.

"당신은 바텐더 노릇이나 좀 하시죠. 필요한 건 다 어디 있는지 알죠?"

노라가 퀸에게 말하고는 나를 따라 욕실로 들어왔다.

"도로시는 어디에서 만난 거예요?"

"술집에 있더군. 길버트는 여기서 뭐 하는 거야?"

"누나를 보러 왔어요. 그 애 말로는 그래요. 도로시가 어제 집에 안 와서 아직 여기 있을 거라고 생각했대요."

노라가 웃음을 터뜨렸다.

"하지만 여기 없는 걸 보고도 놀라지 않더군요. 그 애 말로는 누나가 항상 남 몰래 어딘가 가 버리는 버릇이 있다고, 엄마한테 집착하는 데서 오는 배회증이 있어서 아주 흥미롭다나요. 그리고 슈테켈(빌헬름 슈테켈, 독일의 정신 분석학자 — 옮긴이)의 말로는 배회증이 있는 사람들이 대체로 도벽도 있대요. 그래서 누나가 물건을 훔치는지 보려고 이것저것 놔둔 적이 있는데 아직은 아무것도 훔치지 않았대요."

"참 대단한 아이야. 아버지에 대해선 아무 말 안 해?"

"예."

"어쩌면 못 들었나 보지. 와이넌트가 앨런타운에서 자살을 기도했다는군. 길드와 매컬리가 내려갔어. 아이들한테는 알려 줘야 할지 말아야 할지 모르겠군. 혹시 길버트가 여기 온 데 미미가 관련되어 있는 건 아닐까?"

"그렇진 않은 것 같아요. 하지만 의심이 된다면……."

"아니, 그냥 해 본 생각이야. 온 지는 오래 됐나?"

내가 물었다.

"한 시간 정도? 재미있는 아이에요. 중국어를 배우고 있고, 지식과 신념에 관한 책도 쓰고 있대요. 아, 중국어로 쓰는 건 아니고. 그리고 잭 오키(가벼운 희극 보드빌과 브로드웨이 연극에 출연한 배우—옮긴이)가 아주 훌륭한 배우라고 생각하던데요."

"그건 나도 그래. 당신 혹시 술 취했나?"

"별로요."

거실로 돌아오자 도로시와 퀸이 「이디 워즈 어 레이디」(내시오 허브 브라운과 리처드 위팅의 노래—옮긴이)에 맞춰 춤을 추고 있었다.

길버트는 보고 있던 잡지를 내려놓고 내가 부상에서 회복 중이길 바란다고 예의 바르게 말했다.

나는 그렇다고 대답했다.

"기억하기로는 지금까지 심하게 다쳐 본 적이 없어요. 물론 스스로 다치게 하려고 한 적은 있지만 그건 다르잖아요. 그냥 불편하고 짜증이 나면서 땀만 잔뜩 흘렸던 것 같아요."

"그거랑 거의 비슷하단다."

내가 말했다.

"그래요? 그거보단 더…… 그러니까 뭔가 더 있을 줄 알았는데."

그가 내게 조금 더 다가왔다.

"그런 건 제가 너무 몰라요. 너무 어려서 아직 경험할 기회가……. 찰스 씨, 너무 바쁘시거나 귀찮으시면 그렇다고 말씀해 주세요. 하지만 방해할 사람이 없을 때 단둘이 이야기를 나눌 수 있는 기회를 주시면 정말 고맙겠어요. 여쭤 보고 싶은 게 너무 많은데…… 다른 사람들한테는 물어볼 수 없는 그런 것들 말이에요. 그리고……."

"내가 큰 도움이 될 수 있을지는 모르겠지만 원한다면 언제든 그러자꾸나."

"정말 괜찮으세요? 그냥 예의상 하는 말씀 아니고요?"

"그래, 진심이야. 단, 네가 기대한 것만큼 대단한 도움이 될지는 모르겠구나. 네가 알고 싶어 하는 게 무엇인지에 달렸지."

"저, 식인 같은 거에 대해서요. 아프리카나 뉴기니 같은 데 말고, 예를 들어 미국에서요. 아직도 그런 사건이 있나요?"

"요즘은 아니지. 내가 알기론."

"그럼 그런 적은 있고요?"

"얼마나 많았는지는 모르겠지만 완전히 정착이 이루어지기 전에는 가끔 그랬다고 하더구나. 잠깐. 하나 보여 줄 게 있어."

나는 책장으로 가서 노라가 헌책방에서 사 온 듀크의 『미국의 유명 범죄 사례(Celebrated Criminal Cases of America)』를 꺼냈다. 그리고 내가 찾던 쪽을 펼쳐 그에게 건넸다.

"3~4쪽밖에 안 되니 한 번 읽어 보렴."

콜로라도 산맥에서 동료 다섯 명을 살해한 앨프레드 G. 패커, 일명 '식인마'가 그들의 몸을 먹어치우고 돈을 훔치다.

1873년 가을, 대담한 스무 명의 젊은이들이 산후안 지역에서 금광을 발견하리라는 꿈을 품고 유타 주 솔트레이크시티를 떠났다. 들뜬 마음과 희망으로 여정을 시작했지만 몇 주가 지나도록 눈에 보이는 것이라고는 황무지와 눈 덮인 산맥뿐이었다. 길을 가면 갈수록 풍경은 점점 더 삭막해졌고, 이제 남은 것이라고는 굶어 죽는 것뿐이라는 사실이 명백해지자 그들은 절망에 빠졌다.

이들이 모든 것을 포기하려는 찰나 멀리 인디언 거주지가 눈에 들어왔다. 이 '붉은 자'들에게 어떤 대접을 받게 될지 전혀 모르는 상태였지만 그들은 무엇이든 굶어 죽는 것보다는 낫겠다는 생각에 위험을 무릅쓰고 접근해 보기로 결심했다.

인디언 거주지로 다가간 그들은 비교적 우호적으로 보이는 인디언 한 명을 만났고 그는 이들을 오레이 추장에게 안내했다. 놀랍게도 인디언들은 매우 예의 바르게 행동했으며 그들이 완전히 몸을 추스를 때까지 그곳에 머무르게 해 주었다.

마침내 건강을 어느 정도 되찾은 청년들은 로스 피노스 개발국을 목표로 다시 길을 떠나기로 했다. 오레이 추장은 그들에게 여행을 그만두라고 설득했고 그중 열 명은 결국 여행을 중단하고 솔트레이크로 돌아가기로 하였다. 하지만 나머지 열 명은 계속 길을 가겠다고 고집하여 추장은 그들에게 식량을 제공하고 거니슨 강을 따라가라고 이야기해 주었다.

여행을 계속한 청년들의 리더 앨프레드 G. 패커는 그 지역 형세를 잘 안다고 자랑하며 어려움 없이 길을 찾을 수 있다고 확신을 표했다. 얼마 후 패커는 리오그란데 강 상류 부근에서 최근 금맥이 발견되었다고 하면서 자신이 그리로 안내할 수 있다고 하였다.

열 명 중 네 명은 오레이의 지시를 따라가야 한다고 고집했지만 패커는 스완, 밀러, 눈, 베라, 그리고 험프리스 총 다섯 명을 설득하여 자신을 따라 그 광맥으로 가게 하였다. 결국 나머지 넷은 이들과 갈라져 강을 따라갔다.

이렇게 헤어진 네 명 중 두 명은 후에 굶어 죽고 말았지만 나머지 두 명은 형언할 수 없는 고난을 겪으며 1874년 2월, 결국 로스 피노스 개발국에 당도했다. 당시 로스 피노스를 지휘하는 사람은 애덤스 장군이었고 이 불쌍한 사내 둘은 극진한 간호를 받았다. 그들은 건강을 회복하여 도시로 돌아갔다.

1874년 3월 애덤스 장군이 호출을 받아 덴버로 떠났다. 매우 춥고 눈보라가 치던 어느 날 아침, 아침 식사를 하고 있던 개발국 직원들은 문간에 나타나 음식과 쉴 곳을 구걸하는 사내의 모습을 발견하고 깜짝 놀랐다. 그의 얼굴은 무시무시할 정도로 부어 있었지만 다른 곳은 비교적 상태가 좋아 보였다. 단, 위장이 나쁜지 먹는 음식마다 소화시키지 못하고 모두 토해 버렸다. 그는 자신의 이름이 패커라 했으며, 함께 있었던 다섯 명의 동료가 자신이 아픈 사이 자기를 버렸으며, 소총만 한 자루 남겨 놓고 가 그것을 개발국으로 가져왔다고 하였다.

개발국 직원들의 도움으로 열흘을 보낸 패커는 형이 사는 펜실베이니아까지 잡일을 하면서 가겠다며 새쿼시라는 곳으로 떠났다. 새쿼시에 도착한 패커는 닥치는 대로 술을 마시며 돈이 많은 것처럼 굴었다. 술에 취하자 그는 동료들의 최후에 대해 그때마다 다른 이야기를 떠벌였고 결국 그들을 흉악한 방법으로 처리한 것이 아닌가 하는 의심을 사게 되었다.

마침 덴버를 떠나 개발국으로 돌아가는 길에 새쿼시에 들른 애덤스 장군은 오토 미어스의 집에 머무를 당시 패커를 체포하고 그의 행적을 조사하라는 지시를 받았다. 장군은 그를 개발국으로 데리고 돌아가기로 결심하고, 돌아가는 길에 다우니 소령의 오두막집에서 오레이 추장의 말에 따라 여행을 포기한 열 명의 청년들을 만났다. 그들을 통해 패커의 진술 중 상당 부분이 거짓이라는 사실을 알게 된 장군은 이 일을 더 상세히 조사해야 한다고 결심하여 패커를 결박한 뒤 개발국으로 호송하여 그곳에 감금하였다.

1874년 4월 2일, 잔뜩 흥분한 인디언 두 명이 '백인 고기'라면서 두 가닥의 살점 덩어리를 들고 개발국으로 달려왔다. 개발국 바로 바깥에서 찾은 것이라고 하였다. 눈밭에 버려진 그것은 극심한 추위로 인해 여전히 온전한 상태였다.

이것을 본 패커는 순간적으로 안색이 납빛으로 변하더니 낮은 신음을 내뱉으며 바닥에 쓰러지고 말았다. 의식을 회복시키기 위한 약이 투여된 후 정신을 차린 그는 선처를 호소하면서 다음과 같은 진술을 하였다.

"동료 다섯과 오레이의 부족을 떠날 때만 해도 앞으로 가야 할 길고 험난한 여정에 충분한 식량을 가지고 있다고 생각했습니다. 하지만 식량은 빠른 속도로 줄어들었고, 우리는 얼마 지나지 않아 아사 직전에 이르게 되었습니다. 나무뿌리를 캐어 며칠 동안 연명했지만 그것은 영양가가 거의 없었고 혹독한 추위로 모든 동물과 새들이 도망쳐 버려 상황은 금세 절망적으로 바뀌었습니다. 사람들의 눈에 기이한 빛이 어리더니 모두들 서로를 믿지 못하기 시작했습니다. 어느 날 땔감을 구하러 나갔다가 돌아와 보니 우리 중 나이가 가장 많은 스완이 머리를 맞아 죽어 있고 나머지 사람들이 그의 살점을 먹기 위해 시신을 토막 내고 있었습니다. 거의 2000달러에 이르는 그의 돈은 이미 그들이 나눠 가진 후였습니다.

고기는 단 며칠밖에 가지 못했고 나는 가장 뚱뚱한 밀러를 다음 번 희생자로 하자고 제안했습니다. 그가 나무토막을 집어 올리려고 몸을 숙이는 순간 손도끼가 그의 머리를 박살냈습니다. 험프리스와 눈이 다음 희생자가 되었습니다. 이후 둘만 남게 된 벨과 나는 최후의 생존자로서 무슨 일이 있더라도 서로의 목숨을 지킬 것이며, 서로를 죽이느니 차라리 굶어 죽겠다고 엄숙한 맹세를 하였습니다. 그런데 어느 날 벨이 '더 이상은 못 참겠다'면서 굶주린 호랑이처럼 제게 달려들더니 총으로 나를 내리치려고 하였습니다. 저는 공격을 피해 손도끼로 그를 죽였습니다. 그런 다음에 그의 살점을 긴 조각으로 잘라 챙긴 다음 여행을 계속했습니다. 언덕 꼭대기에서 내려다보다 개발국을 발견한 저는 가지고 있던 고기 조각을 내팽개치고 그리로 달려갔습니다. 고백하건대 고기를 버린 것은 아까웠습니다. 나도 모르게 인육을, 특히 가슴 부위를 특히 좋아하게 된 것이었습니다."

이 끔찍한 고백을 마친 패커는 H. 라우터가 지휘하는 수색대를 시신이 있는 곳까지 인도하는 데 동의했다. 그는 그들을 데리고 높고 매우 험난한 산에 올랐지만 결국 어디가 어딘지 모르겠다고 주장했다. 결국 그들은 수색을 중단했다.

그날 밤 패커와 라우터가 나란히 누워 자고 있을 때 패커가 그를 살해하고 도망칠 목적으로 그를 공격했지만 곧 다른 이들에게 제압되어 결박되고 말았다. 수색대가 개발국으로 돌아오자 그는 보안관에게 넘겨졌다.

그 해 6월 초, 일리노이 주 피오리아 출신의 레이놀즈라는 화가가 크리스토벌 호숫가를 따라가며 스케치를 하던 도중 헴록 숲속에 누워 있는 시신 다섯 구를 발견했다. 그 중 네 구는 줄을 지어 나란히 누워 있었으며 머리가 없는 다섯 번째 시신은 조금 떨어진 곳에서 발견되었다. 벨, 스완, 험프리스, 눈의 시신은 모두 뒤통수에 총상을 입었으며, 나중에 발견된 밀러의 머리는 뒤통수가 깨어져 있었다. 총신과 손잡이 부분이 부서져 분리된 소총이 주변에 놓여 있는 것으로 보아 그것으로 얻어맞은 것이 분명했다.

시신들의 상태를 통해 패커가 살인뿐 아니라 식인 역시 저지른 것을 뚜렷이 알 수 있었다. 가슴 부위를 좋아한다는 말 역시 사실이었는지 모든 시신에서 가슴 부위의 살점은 갈비뼈에서 깨끗이 발라지고 없었다.

시신이 있는 곳으로부터 근처 오두막까지 사람이 지나다닌 흔적이 발견되었다. 오두막에서는 담요 여러 장과 함께 살해당한 사람들의 소지품이 발견되었으며, 모든 증거와 정황으로 보아 패커가 살인 후 여러 날 동안 이 오두막에 머물렀으며, 인육을 가지러 시신이 있는 곳까지 수시로 오갔다는 것을 알 수 있었다.

이후 보안관은 다섯 명을 살해한 혐의로 패커의 체포 영장을 발부했으나 그가 자리를 비운 사이 패커는 탈출하고 말았다.

그 이후 그의 행방은 묘연했다. 그러나 9년 뒤인 1883년 1월 29일, 애덤스 장군은 와이오밍 쉐이엔에서 한 통의 편지를 받았다. 솔트레이크의 한 금광꾼이 그 지역에서 패커를 만났다는 것이었다. 이 정보제공자는 패커가 존 슈왈츠라는 이름으로 지내고 있으며 한 무리의 무법자들과 얽혀 있다고 알려 주었다.

곧 수사가 시작되었고 1883년 3월 12일 라라미 카운티의 샤플리스 보안관이 패커를 체포하였다. 그리고 17일에는 힌스데일 카운티의 스미스 보안관이 그를 콜로라도의 레이크시티로 호송해 왔다.

1874년 3월 1일 힌스데일 카운티에서 이스라엘 스완을 살해한 혐의로 1883년 4월 3일 첫 재판이 열렸다. 무리 중 패커를 제외한 나머지 사람들은 상당한 금액의 돈을 가지고 있었던 것이 증명되었다. 피고는 자기가 죽인 것은 벨뿐이고 그것도 정당방위에 의한 것이라는 이전의 진술을 반복했다.

4월 13일, 그는 유죄로 사형 판결을 받았다. 집행 유예가 인정되자 패커는 곧장 대법원에 상고하였다. 그러는 동안 그는 집단 폭행을 방지하기 위해 거니슨 감옥으로 옮겨졌다.

1885년 10월, 대법원에서 새롭게 재판이 열렸고 이번에는 다섯 명에 대한 과실 치사 혐의였다. 그는 각 살인에 대해 유죄 판결을 받았으며 건 당 8년, 곧 총 40년 형을 받았다.

그는 1901년 1월 1일 특별 사면을 받고 출옥한 뒤 1907년 4월 24일, 덴버 부근 대목장에서 숨을 거두었다.

길버트가 이것을 읽고 있는 동안 나는 술을 한 잔 따랐다. 도로시가 춤을 멈추고 내 곁으로 다가왔다.

"저 사람 좋아해요?"

그녀가 퀸을 향해 고개를 까닥이며 물었다.

"괜찮지."

"그럴지도 모르죠. 하지만 어떤 때는 정말 주책없다니까요. 내가 어젯밤에 어디서 잤는지는 왜 안 물어봐요? 관심도 없나 보죠?"

"내가 상관할 바가 아니니까."

"하지만 당신을 위해 무언가 알아냈는데도요?"

"뭘?"

"저 엘리스 고모네서 잤어요. 고모는 조금 제정신이 아니긴 하지만 정말 잘해 주시죠. 오늘 아빠한테 편지가 왔는데 글쎄, 엄마를 조심하라고 했대요."

"조심하라고? 어떻게? 정확히 뭐라고 쓰여 있었는데?"

"편지를 본 건 아니에요. 고모가 몇 년 째 아빠랑 사이가 안 좋아서 편지는 찢어 버렸대요. 고모 말로는 아빠가 빨갱이가 되어 버렸고, 줄리아 울프를 죽인 건 분명 빨갱이고, 아빠도 결국에는 그 꼴이 날 거래요. 둘이 무슨 비밀인가를 폭로해서 그렇다고 생각하세요."

"맙소사!"

"내 잘못 아니에요. 난 그저 고모가 한 말을 그대로 전한 것뿐이라고요. 조금 제정신이 아니라고 했잖아요."

"그런 말도 안 되는 소리가 편지에 쓰여 있었다고 하셨나?"

도로시가 고개를 흔들었다.

"아니요. 그냥 엄마를 조심하라고 했단 말만 들었어요. 내가 기억하기로는 아빠가 무슨 일이 있어도 엄마를 믿지 말라고, 엄마와 관련된 사람은 아무도 믿지 말라고 썼대요. 그럼 우리 모두가 포함되는 거겠죠?"

"조금 더 기억해 봐."

"더 기억할 게 없어요. 그게 고모가 이야기한 전부인 걸요."

"편지는 어디에서 왔는데?"

내가 물었다.

"고모도 모르더라고요. 항공 우편으로 왔다는 것 말고는. 고모 말로는 관심이 없대요."

"고모는 어떻게 생각하셨지? 내 말은, 고모가 그 경고를 진지하게 받아들이셨나?"

"고모는 아빠가 위험한 급진주의자래요. 정확히 그렇게 말했어요. 그리고 아빠가 무슨 말을 하든 듣고 싶지 않대요."

"너는 그 경고를 얼마나 진지하게 생각하는 거지?"

그녀는 한참 동안 날 쳐다보더니 혀로 입술을 축였다.

"제 생각에는 아빠가……."

그때 한 손에 책을 든 길버트가 우리에게 다가왔다. 그 이야기에 실망한 듯 보였다.

"매우 흥미롭군요. 하지만…… 제 말은, 이건 병리학적 사례가 아니잖아요. 이건 식인 아니면 굶어 죽을 상황이었잖아요."

그가 말을 마치며 누나의 허리에 한 팔을 둘렀다.

"그의 말을 믿는다면 말이지." 내가 대답했다.

"뭔데 그래?" 도로시가 물었다.

"책에 있는 이야기." 길버트가 대답했다.

"고모가 받았다던 편지에 대해서 길버트에게도 이야기해 주지 그래?"

도로시가 그에게 이야기를 해 주었다.

이야기가 끝나자 길버트는 눈살을 찌푸렸다.

"말도 안 돼요. 엄마는 위험한 게 아니에요. 단지 정신적으로 발달이 덜 된 거라고요. 우리 대부분은 자라면서 윤리네, 도덕이네 하는 것들을 배우지만 엄마는 아직 거기까지 성장하지 못한 것뿐이에요."

그가 다시 얼굴을 찌푸리더니 말을 정정했다.

"어쩌면 조금 위험할 수도 있겠죠. 하지만 그건 성냥을 가지고 노는 아이의 위험성 같은 거예요."

노라와 퀸이 춤을 추고 있었다.

"그럼 너는 아버지에 대해 어떻게 생각하는데?" 내가 물었다.

길버트가 어깨를 으쓱였다.

"어릴 때 이후로 본 적이 없어요. 아버지에 대해 이론이 하나 있긴 하지만 그것도 어디까지나 대부분이 추측이죠. 그 중에서도 확실히 알고 싶은 게 하나 있는데 아버지가 발기부전인지 아닌지예요."

"그가 오늘 자살을 기도했단다. 앨런타운에서." 내가 말했다.

"아니에요!"

도로시가 소리쳤다. 너무나도 날카로운 소리에 퀸과 노라가 우뚝 춤을 멈췄다. 도로시는 몸을 돌려 길버트에게 얼굴을 들이밀었다.

"크리스천 어디 있어?" 도로시가 소리쳤다.

길버트는 고개를 돌려 나를 쳐다보더니 재빨리 누나에게로 다시 얼굴을 돌렸다.

"그러지 마. 그 펜턴인가 하는 여자랑 어딘가 갔잖아."

도로시는 못 믿겠다는 표정은 아니었다.

"누나는 그를 질투해요. 엄마한테 집착해서 그래요."

"내가 너희들을 처음 만났을 당시 너희 아버지랑 문제가 있었던 빅터 로즈워터라는 사람을 본 적이 있니?"

도로시가 고개를 흔들었다.

"아니요. 왜요?" 길버트가 물었다.

"그냥 무슨 생각이 떠올라서. 나도 그를 본 적은 없지만 들은 인상착의에 의하면 조금만 변화를 주면 크리스천 조젠슨과 맞아떨어질 수도 있거든."

14

그날 밤 노라와 나는 라디오 시티 뮤직 홀 초연(1932년 12월 27일 — 옮긴이)을 보러 갔다가 한 시간 정도 지난 뒤 이만하면 충분히 봤다고 생각해 그곳을 나왔다.

"어디로 가죠?" 노라가 물었다.

"난 어디든 좋아. 모렐리가 말한 피지런 클럽이나 찾아가 볼까? 당신 스터지 버크가 마음에 들 거야. 한때 금고털이였는데 풍기 문란 죄로 30일 복역하는 동안 해저스톤 감옥에 있는 금고도 털었다고 자랑을 하더군."

"가요." 그녀가 말했다.

49번가로 내려간 우리는 택시 운전사 두 명, 신문 파는 아이 두 명, 경찰 한 명한테 길을 물은 후에야 겨우 그곳을 찾아냈다. 도어맨은 버크라는 사람은 모르겠다고 하더니 찾아보겠다고 들어갔다. 곧 스터지가 문으로 나왔다.

"오, 잘 지냈나, 닉? 들어오지." 그가 말했다.

그는 중간키 정도에 덩치가 좋은 사내로 지금은 살이 제법 쪘지만 그렇다고 흐물흐물한 몸매는 아니었다. 적어도 쉰은 됐을 테지만 그보다 열 살은 어려 보였다. 딱히 무슨 색이라 꼬집어 말 할 수 없는 숱 적은 머리 아래로 넓적하고 못 생겼지만 그럭저럭 인상 좋아 보이는 곰보 얼굴이 미소를 지었다. 희한하게도 대머리인데 이마는 넓다고 할 수 없었다. 목소리는 깊고 낮게 울렸다.

나는 그와 악수를 하고 노라를 소개했다.

"아내라! 놀랄 노자로군. 오늘 샴페인으로 건배 꼭 해야 하네. 안 그럼 나랑 한 판 붙자고."

그가 말했다.

나는 싸울 생각 없다고 말하며 안으로 들어갔다. 그의 술집은 후줄근하지만 편안한 분위기였다. 손님이 붐빌 시간이 아니라 안에는 단 세 명밖에 없었다. 구석에 있는 테이블에 앉자 스터지는 웨이터에게 와인을 가져오라 일렀다. 정확히 어느 병을 가져올지도 지시하면서. 그런 다음 그는 나를 세심히 훑어보더니 고개를 끄덕였다.

"결혼이 좋긴 좋구먼. 정말 오랜만이군." 그가 턱을 긁적였다.

"오래 됐죠."

"이 사람이 날 감방에 처넣었수." 그가 노라에게 말했다.

"이 사람 실력이 좋았나 봐요?" 노라가 쿡쿡 웃었다.

스터지는 얼마 되지도 않는 이마에 잔뜩 주름을 잡았다.

"그렇다고 합디다. 하지만 난 잘 모르겠수. 날 붙잡은 그날은 운이 좋았던 거지. 내가 봐줘서 왼 주먹으로 시작했거든."

"모렐리라는 그 정신 나간 사내는 왜 나한테 풀어 놓은 겁니까?"

내가 물었다.

"이민자들이 좀 그런 거 알잖아. 좀 감정적이지. 그놈이 그런 짓을 할 줄 내가 어떻게 알았겠나. 짭새들이 그 울프 어쩌고 하는 여자 일로 자길 잡아 넣을까 봐 걱정을 하더라고. 그런데 신문에 보니까 자네가 그거랑 관련이 있다고 나오지 않겠어? 그래서 내가, '닉이라면 제 어미를 팔아넘길 위인은 아니지. 누구한테 속 시원히 이야기를 좀 하고 싶거든…….' 그랬더니 그놈이 알겠다고 하잖아. 그놈한테 무슨 짓을 했나? 메롱이라도 했어?"

"자기가 몰래 숨어들어오다가 들켜놓고선 내 탓을 하잖아요. 난 어떻게 찾았대요?"

"아는 사람들이 좀 있지. 그리고 자네가 꼭꼭 숨어 있었던 것도 아니잖아?"

"여기 온 지 일주일밖에 안 됐고 신문에도 내가 어디 머무는지는 안 나와 있었단 말입니다."

"그래? 그동안 어디 있었는데?" 스터지가 관심 있게 물었다.

"지금은 샌프란시스코에 살아요. 날 어떻게 찾았대요, 응?"

"거기 좋은 동네지. 가 본 지 몇 년은 됐는데, 아무튼 좋은 동네야. 난 말 못해. 닉, 그놈한테 물으라고. 그놈 일이니까."

"하지만 당신이 그자를 내게 보냈잖아요."

"음. 그거야 그렇지. 하지만 난 자네를 추어 줬던 거라고."

그가 진지하게 말했다.

"고맙군요. 친구."

"그놈이 그렇게 뚜껑 열릴 줄 누가 알았겠어? 어쨌든 심하게 다친 건 아니지?"

"그렇진 않아도 도움 될 건 없었다고요. 난……."

그때 웨이터가 샴페인을 가지고 와 나는 말을 멈췄다. 우리는 맛을 보고 좋다고 말했다. 하지만 실은 꽤 형편없었다.

"그가 여자를 죽였다고 생각해요?" 내가 물었다.

스터지가 확신을 가지고 고개를 절레절레 흔들었다.

"그럴 리 없어."

"그자는 조금만 부추기면 총 정도는 아무렇지 않게 쏠 위인이라고요."

내가 말했다.

"알지. 이민자들이 좀 감정적이라니까. 하지만 그놈은 그날 오후 내내 여기 있었어."

"내내?"

"내내. 내 맹세하지. 2층에서 여자 몇 명이랑 남자애들 몇이 파티를 했거든. 여기서 나가는 건 고사하고 오후 내내 엉덩이 한 번 안 떼었다니까. 농담이 아니라 그 정도는 증명할 수 있을 거야."

"그럼 뭘 그리 걱정하는 건데요?"

"내가 어떻게 알아? 그게 바로 나도 그 자식한테 계속 물어봤던 거라고. 하지만 이민자들이 어떤지 잘 알잖아."

"네, 네. 감정적이라고요. 여자한테 누군가를 보낸 건 아니 겠죠?"

"뭔가 오해를 하고 있는 것 같군. 나도 그 여자를 알았어. 그놈과 함께 가끔 여기 왔었다고. 둘은 그냥 즐겼던 것뿐이야. 죽여 버릴 정도로 푹 빠져 있던 것도 아니라고. 솔직히 말하는 거야, 지금."

"여자도 약을 했나요?"

"몰라. 가끔 하는 거 보긴 했는데 놈이 하니까 그냥 같이 해 준 걸 수도 있고……."

"누가 또 여자랑 어울렸습니까?"

"내가 아는 놈은 없었어. 넌하임이라는 놈이 왔었는데 여자한테 꽂혔었지. 하지만 내가 보기로는 진전이 없더라고."

"그럼 모렐리가 놈한테 내 주소를 알아냈겠군요."

"말도 안 되는 소리. 모렐리가 그자한테 바라는 거라고는 한번 혼구멍을 내주는 것뿐이야. 모렐리가 그 여자를 알았단 소리를 왜 경찰한테 해 가지고는……. 그자랑 친군가?"

나는 잠시 생각하다가 입을 열었다.

"그 사람은 모릅니다. 다만 이따금 자잘한 경찰 일을 도와주고 있다고 하더군요."

"으흠. 고맙군."

"뭐가요? 난 아무 말도 안 했는데."

"그렇지. 자, 그럼 뭐 하나만 알려 주실까? 이게 어떻게 돌아가고 있는 거야, 응? 그 와이넌트라는 놈이 죽인 거지?"

"그렇게 생각하는 사람들이 많지요. 하지만 그의 소행이 아니라는 데 50달러 걸면 100달러 따게 될 겁니다."

그가 고개를 저었다.

"자네 소관인 그런 일에는 돈 안 걸어."

그의 얼굴이 갑자기 밝아졌다.

"그런데 이건 어때? 원한다면 돈을 좀 걸어도 좋고. 내가 자네한테 잡혔던 때 있잖아. 말한 것처럼 그때 정말 봐준 거라니까. 그래서 한 번쯤 다시 붙어 보면 어떨까 늘 생각했었지. 몸이 좀 나아지면 꼭 한 번……."

나는 껄껄 웃었다.

"안 돼요. 몸이 엉망이라."

"난 완전 돼지가 됐다고." 그가 고집했다.

"게다가 그때 내가 운이 좋았었잖아요. 당신은 균형을 잃었지만 난 아니었죠."

"내 마음 상하지 않게 하려는 거 다 알아. 가만…… 생각해 보니까 자네 그때 운이 좀 따르긴 한 것 같기도 하고……. 뭐, 굳이 안 하겠다면……. 자, 한 잔 더 따라 주지."

노라는 멀쩡한 정신으로 집에 조금 일찍 돌아가고 싶어 했다. 그래서 우리는 11시 조금 넘어 그곳을 나왔다. 그는 우리를 따라 나와 택시를 잡아 주고는 열정적으로 악수를 했다.

"정말 반가웠네." 그가 말했다.

우리는 똑같이 예의바른 인사를 하고는 그곳을 떠났다.

노라는 스터지가 정말 멋진 사람이라고 생각했다.

"그의 말 중 반은 통 못 알아들었어요."

"괜찮은 사람이야."

"그런데 이제 탐정 그만두었다고 그 사람한테 왜 말 안 했어요?"

"그랬으면 뭔가 뒤집어씌우려 한다고 생각했을 거야. 그런 인물한테 한 번 탐정은 영원한 탐정이지. 그리고 내가 거짓말을 하고 있다고 믿게 만드느니 차라리 거짓말을 하는 편이 낫지. 담배 있나? 어떤 면에선 그는 나를 정말로 믿고 있어."

"와이넌트가 여자를 죽인 게 아니라고 했을 때 그럼 진실을 말한 거예요?"

"나도 잘 모르겠어. 아마 그런 것 같아."

노르망디에 도착하자 앨런타운에서 매컬리로부터 전보가 와 있었다.

"여기 남자는 와이넌트가 아니고 자살기도도 아님."

15

다음 날 나는 속기사를 불러 쌓여 가던 편지 대부분을 처리하고, 제재소 거래처 한 곳의 파산을 막으려 샌프란시스코의 변호사들과 전화 회의를 벌이고, 한 시간 동안 감세 방안을 강구했다. 이렇게 매우 바쁜 사업가 노릇으로 시간을 보내고 나니 오후 2시쯤엔 스스로 매우 뿌듯해지길래 그만 일을 마치고 노라와 함께 점심을 먹으러 나갔다.

노라는 식사 후 따로 브리지 게임 약속이 있었다. 나는 혼자 길드를 만나러 갔다. 아침나절에 이미 전화를 해 두었다.

"그러니까 잘못된 소식이었군요?"

나는 그와 악수를 하고 의자에 자리를 잡은 뒤 물었다.

"그렇지요. 그 사람이 와이넌트라면 나도 와이넌트라고 해도 되겠어요. 어떤지 잘 아시잖습니까. 그가 필라델피아에서 전보를 보냈다고 그곳 경찰에 알려주고 인상착의를 보내 주니까 그 다음 주 내내 마르고 수염 난 사람이면 죄다 와이넌트라잖아요. 그렇게 치면 펜실베이니아 주민 반은 그 사람일걸요. 이 사람은 발로라고, 알아낸 바에 의하면 목수랍니다. 강도짓을 하려던 흑인한테 총을 맞았어요. 아직 말도 잘 못합니다."

"앨런타운의 경찰과 같은 실수를 한 누군가한테 맞은 건 아닐까요?"

"그가 와이넌트인 줄 알고 그랬다는 건가요? 호오, 그럴 수도 있겠군요. 그게 누군가한테 도움이 된다면 말이죠. 혹시 그럴 가능성은……?"

나는 모르겠다고 대답하고 물었다.

"매컬리가 와이넌트한테 받은 편지에 대해 들으셨습니까?"

"편지 이야기는 들었는데 내용은 모르겠습니다."

나는 그에게 간략하게 설명했다. 그리고 로즈워터에 대해 아는 것도 알려 주었다.

"그거 참 흥미로운데요."

나는 와이넌트가 누나에게 보낸 편지에 대해서도 이야기해 주었다.

"그것 참, 편지 하난 많이 썼군요."

"나도 그렇게 생각했어요."

그리고 나는 빅터 로즈워터의 인상착의에 조금만 변화를 주면 크리스쳔 조젠슨이 될 수도 있다고 말했다.

"당신 같은 사람한테 귀를 기울여서 나쁠 것 하나도 없단 말이죠. 더 없습니까?"

나는 그것이 전부라고 대답했다.

그는 앉은 자리에서 몸을 앞뒤로 흔들더니 연한 회색 빛 눈을 들어 천장을 향해 찌푸렸다.

"그건 좀 조사해 봐야겠군요." 그가 말했다.

"앨런타운의 그 사람, 32구경에 맞은 겁니까?" 내가 물었다.

그는 잠시 호기심 어린 눈으로 나를 쳐다보더니 고개를 흔들었다.

"44구경이오. 무슨 생각을 하시는 거죠?"

"아무것도 아니에요. 그냥 이것저것 굴려 보는 중이죠."

"나도 잘 알죠."

그가 말하더니 등받이에 몸을 기대 다시 천장을 올려다보았다. 그가 다시 입을 열었을 때는 완전히 다른 것을 생각하고 있는 것 같았다.

"당신이 물어 본 매컬리의 알리바이는 정확한 걸로 밝혀졌습니다. 그때 약속 시간에 늦었고, 결정적 시각인 3시 5분부터 20분까지 57번가의 허먼이라는 사람의 사무실에 있었다는 걸 확인했으니까요."

"3시 5분은 뭡니까?"

"맞다, 이 사실은 아직 모르죠? 5번가에 있는 세탁소 주인 커레스라는 사람이 3시 5분쯤 줄리아 울프한테 전화를 해 세탁물이 있느냐고 물었답니다. 그녀는 없다고, 곧 멀리 가게 될 것 같다고 했다는군요. 그래서 범행 추정 시각이 3시 5분에서 20분 사이로 좁혀진 겁니다. 매컬리는 정말 의심 안 하시는 건가요?"

"사실은 모두를 의심하고 있지요. 형사님은 3시 5분부터 20분 사이에 어디에 계셨습니까?"

그가 웃음을 터뜨렸다.

"솔직히 말하면 알리바이가 없는 건 제가 유일할 겁니다. 극장에 있었거든요."

"다른 사람은 모두 있고요?"

그가 고개를 끄덕였다.

"조젠슨은 부인과 함께 집을 나가서, 그게 아마 3시 5분전 쯤 됐을 겁니다. 웨스트 73번가에 사는 올가 펜턴이라는 여자를 만나러 갔죠. 아, 이건 부인에게 말하지 않겠다고 약속했습니다. 5시까지 거기에 머물렀고요. 조젠슨 부인이 그때 뭘 했는지는 우리 모두 알고 있지요. 그 딸은 외출 준비를 하고 있었고 3시 15분에 택시를 타서 곧장 버그도프 굿맨 백화점에 갔어요. 아들은 오후 내내 공공 도서관에 있었는데, 참 별 희한한 책을 다 읽습디다. 모렐리는 사십 몇 번가에 있는 술집에 있었고요. 그럼 탐정님은 어디 있었습니까?"

그가 웃으며 물었다.

"제 알리바이는 꼭 필요한 순간까지 아껴 두도록 하죠. 모두 완벽해 보이진 않군요. 아, 물론 멀쩡한 알리바이들도 완벽해 보이는 경우는 별로 없긴 하지만 말입니다. 넌하임이란 자는 어떻습니까?"

길드는 조금 놀란 것 같았다.

"갑자기 그 사람은 왜요?"

"그가 그 여자를 좋아했었단 말을 들었거든요."

"어디서 들으셨는데요?"

"그냥 주워들었어요."

그가 얼굴을 찌푸렸다.

"믿을만한 뎁니까?"

"네." 내가 대답했다.

"음, 그렇다면 그자를 확인해 봐야겠군요. 그런데 이 사람들에 대해서는 왜 신경을 쓰는 겁니까? 와이넌트 짓이라고 생각지 않으세요?"

나는 스터지에게 알려준 것과 같은 확률을 말했다.

"그의 짓이 아니라는 데 25달러 걸면 50달러 딸 수 있을 겁니다."

그 말을 들은 그가 한참동안 아무 말 없이 내 얼굴만 뚫어지게 쳐다보았다.

"그것도 가설 중 하나죠. 그럼 당신의 후보는 누굽니까?"

그가 물었다.

"아직 거기까진 가지 못했어요. 제가 아무것도 모른다는 걸 이해해 주셔야죠. 와이넌트의 짓이 아니라는 말이 아닙니다. 그저 모든 증거가 그를 가리키지는 않는다는 것뿐이에요."

"그래도 그 생각을 분명히 말하고 계시네요. 그를 가리키지 않는 증거는 뭔데요?"

"그냥 육감이라고 하셔도 좋아요. 하지만……."

"꼭 육감이라고 이름 붙이고 싶지 않습니다. 전 당신이 유능한 탐정이라고 생각합니다. 정확히 무슨 생각을 하시는지 듣고 싶군요."

"사실 제가 하고 싶은 건 대부분 질문입니다. 예를 들어 엘리베이터 보이가 그 여자가 사는 층에 조젠슨 부인을 내려 준 뒤 부인이 신음 소리를 들었다며 그를 다시 부를 때까지 시간이 얼마나 흘렀죠?"

길드가 힘주어 입을 다물었다가 다시 벌렸다.

"그럼 그녀가 그랬을 수도 있다는······?"

그는 말을 끝맺지 않고 그렇게 끝을 흐려버렸다.

"그랬을 수도 있다고 생각합니다. 또 그때 넌하임이 어디 있었는지 알고 싶습니다. 와이넌트의 편지에 적힌 질문들에 대한 답도 알고 싶어요. 매컬리가 여자한테 주었다던 돈과 그녀가 와이넌트에게 전한 돈의 차액 4000달러는 어디로 갔는지도 궁금합니다. 또 그녀의 약혼반지는 어디서 난 건지도요."

내가 말했다.

"우리도 최선을 다하고 있습니다. 저는······ 지금 당장은······ 와이넌트의 소행이 아니라면 왜 당당히 나와 우리의 질문에 답을 해 주지 않는지 정말 알고 싶어요."

"한 가지 그럴듯한 이유가 있죠. 조젠슨 부인이 그를 다시 정신 병원에 처넣고 싶어 하거든요. 참, 허버트 매컬리는 와이넌트의 변호사잖아요. 앨런타운의 남자가 와이넌트가 아니라는 그의 말을 그냥 믿으신 겁니까?"

"아니요. 그는 와이넌트보다 어리고, 흰 머리도 거의 없고, 염색도 안 했고, 일단은 우리가 갖고 있는 사진과 닮은 구석이 없어요."

그는 확신하는 것처럼 보였다.

"지금부터 한두 시간쯤 뭐 하실 일 있습니까?" 그가 물었다.

"아니요."

"잘됐군요. 우리 아이들한테 지금까지 나온 것들을 확인하라고 시킨 다음에 저랑 함께 어디 좀 가시죠."

"좋지요."

내 대답을 들은 그가 사무실을 나갔다.

그의 쓰레기통에는 《타임스》 한 부가 들어 있었다. 나는 그것을 꺼내 광고란을 펼쳤다. 아니나 다를까, 매컬리가 낸 광고가 나 있었다.

'애브너. 예. 버니.'

길드가 돌아오자 내가 물었다.

"와이넌트의 직원들은 어떻습니까? 그의 작업실에서 일하던 사람 말이에요. 그들도 확인해 보셨습니까?"

"예. 하지만 아무것도 모르더라고요. 두 명 있었는데 그가 떠난 주 말에 모두 해고가 되었고, 그 이후로 그를 만난 적이 없다더군요."

"작업실이 닫힐 당시엔 무슨 일을 하고 있었는데요?"

"무슨 페인트를 만들고 있었대요. 영구 녹색이라나……. 잘은 모르겠습니다. 필요하다면 다시 알아보고요."

"그건 중요할 것 같지 않군요. 규모가 큰가요?"

"구조는 좋아 보이더군요. 제가 보기엔. 작업실이 관계가 있다고 보시는 겁니까?"

"뭐든지 관계가 있을 수 있지요."

"으흠. 자, 그럼 가시죠."

16

"일단은 넌하임을 만나러 갈 겁니다. 집에 있을 거예요. 전화할 때까지 집에 붙어 있으라고 했으니까."

사무실을 나서자 길드가 말했다.

넌하임의 집은 높은 6번가 때문에 더욱 시끄러운 어둡고, 눅눅하고, 냄새나는 건물의 4층에 있었다. 길드가 문을 두드렸다.

안에서 누군가 급하게 움직이는 소리가 들리더니 목소리가 들렸다.

"누구세요?"

약간 코맹맹이에 어딘가 성마른 듯한 남자 목소리였다.

"존 길드." 길드가 대답했다.

후다닥 문이 열렸다. 서른대여섯 정도 되어 보이는 작고 안색이 나쁜 남자가 나왔다. 위에는 속옷만 입고, 푸른 바지와 검정색 실크 양말 차림이었다.

"오실 줄 몰랐네요, 형사님. 전화하신다고 했잖아요."

그가 징징대는 소리로 말했다. 무언가에 겁을 먹은 것 같았다. 그의 어두운 색 눈은 작고 서로 맞붙었으며, 입은 크고 얇고 처졌고, 코는 희한할 정도로 말랑말랑해 보였다. 길고 축 처진 모양새가 마치 안에 든 뼈라고는 없는 것처럼.

길드가 내 팔꿈치를 건드렸다.

우리는 안으로 들어갔다. 왼쪽으로 열린 문을 통해 방금 자다가 일어난 것처럼 흐트러진 침대가 보였다. 우리가 들어간 방은 꾀죄죄하고 지저분한 거실로, 옷가지와 신문, 지저분한 접시들이 여기저기 나뒹굴었다. 오른쪽으로 움푹 들어간 곳에 싱크대와 레인지가 있었다. 무언가 요리를 하는지 지글지글 소리가 나는 프라이팬을 손에 든 여자가 거기 서 있었다.

그녀는 덩치가 우람하고 살집도 튼실한 붉은 머리로 스물여덟 정도 돼 보였다. 조금 무지막지하고 지저분하긴 해도 그럭저럭 잘생겼다고 할 수 있는 얼굴이었다. 그녀는 잔뜩 구겨진 분홍색 가운에 비뚤어진 나비 리본이 달린 낡은 분홍색 신발을 신고 있었다.

그녀는 뚱한 얼굴로 우리를 노려보았다.

길드는 내가 누구인지 넌하임에게 설명하지도 않고 그녀에게도 신경 쓰지 않았다.

"앉아."

그가 넌하임에게 말하더니 소파 한쪽 끝에 널려 있는 옷가지를 밀어내고 자신이 앉을 자리를 만들었다.

나 역시 신문지를 치우고 흔들의자에 앉았다. 길드가 모자를 벗지 않기에 나도 그렇게 했다.

넌하임이 식탁으로 갔다. 거기엔 5센티미터 정도 위스키가 담긴 1파인트 병과 잔이 두 개 있었다.

"한잔하실래요?"

길드가 얼굴을 찌푸렸다.

"그런 구정물은 됐고. 줄리아 울프를 얼굴만 안다고 한 건 도대체 무슨 수작이지?"

"그게 답니다요, 형사님. 예수님께 맹세컨대 그게 진실이에요. 뭐 안녕, 잘 지내나, 이런 말 두어 마디 했을지는 몰라도 그게 제가 아는 전부에요. 예수님께 맹세컨대 정말이라고요."

두 번, 그의 눈이 스르르 미끄러져 날 쳐다보았지만 그때마다 후다닥 제자리로 돌아갔다.

싱크대 앞에 서 있던 여자가 비웃듯 딱 한 번 웃음소리를 쏟아냈다. 하지만 얼굴에 즐거운 표정이라고는 없었다.

넌하임이 몸을 돌려 그녀 쪽을 보았다.

"입 닥쳐. 안 그럼 이빨을 분질러 줄 테니까!"

그가 버럭 소리를 질렀다. 분노로 목소리가 가늘게 떨렸다.

그 순간, 그녀의 손에 들려 있던 프라이팬이 그의 머리를 향해 날아갔다. 하지만 그것은 아슬아슬하게 빗나가 벽을 때리고 말았다. 기름과 달걀노른자가 안 그래도 더러운 벽과 바닥, 가구에 온통 얼룩을 만들었다.

그가 그녀에게 달려들었다. 나는 앉은 자리에서 다리를 내밀었다. 그는 내 다리에 걸려 바닥에 넘어지고 말았다. 여자가 이번에는 식칼을 꺼내 들었다.

"그만해. 너랑 이야기하러 온 거지 시끌벅적한 코미디를 보러 온 게 아니라고. 일어나서 얌전히 굴어."

길드가 으르렁댔다. 그 역시 일어나지 않았다.

년하임이 천천히 일어섰다.

"술만 마셨다 하면 아주 날 미치게 만든다니까요. 하루 종일 얼마나 바가지를 긁어 대는지. 손목을 접질린 거 같은데요."

그가 오른손을 앞뒤로 움직였다.

여자가 우리 쪽을 보지 않고 냉랭하게 지나치더니 침실로 들어가 문을 쾅 닫았다.

"다른 여자들 뒤꽁무니나 쫓아다니는 짓을 그만두면 이 여자한테 그리 당하지 않아도 되잖아."

길드가 말했다.

"무슨 말씀이세요, 형사님?"

년하임이 놀란 듯, 그리고 어쩌면 조금 마음이 상한 듯 천진하게 되물었다.

"줄리아 울프 말이야."

이 작고 안색 나쁜 사내가 이제는 정식으로 분개하고 있었다.

"그거 거짓말입니다, 형사님. 누가 그런 소리를 했는지는 몰라도 저는 절대로……"

길드가 그의 말을 막고 내게 말했다.

"이놈을 조금 두들겨 보시겠다면 말리지 않겠습니다. 손목을 다치기도 했지만 어차피 예전부터 주먹 힘이라고는 없는 놈이었으니."

넌하임이 양손을 내밀며 나를 바라보고 섰다.

"누구신진 몰라도 거짓말을 하셨다는 건 아니었어요. 절 그렇게 생각했다면 그 사람이 누군진 몰라도 오해를 했다는 이야기를……"

길드가 다시 그의 말을 막았다.

"그 여잘 손에 넣을 수 있었어도 그렇게 안 했을 거라고?"

넌하임이 아랫입술을 슬쩍 적시더니 조심스럽게 침실 문을 흘깃 쳐다보았다.

"뭐, 여자가 세련되긴 했죠. 그랬으면 거절은 안…… 했지……."

그가 느릿느릿 대답했다.

"하지만 네 걸로 만들려고 애쓰진 않았다?"

길드가 따지고 들었다.

넌하임이 잠시 망설이더니 어깨를 으쓱거렸다.

"왜, 잘 알잖아요. 여기저기 두드리고 다니는 사람은 부딪치는 것마다 일단 두들겨 보는 법이라는 거."

이 말을 들은 길드가 못마땅하다는 눈초리로 그를 쳐다보았다.

"처음부터 그렇게 말해 줬으면 좋았잖아. 여자가 죽던 오후에 어디에 있었나?"

그 조그만 남자는 뾰족한 것에라도 찔린 것처럼 펄쩍 뛰었다.

"하느님 맙소사! 형사님, 설마 제가 그 일과 관련이 있다고 생각하시는 건 아니겠죠? 내가 그 여자를 왜 해치겠어요?"

"어디에 있었냐고?"

넌하임의 축 처진 입술이 불안한 듯 떨렸다.

"그게 무슨 요일이었……?"

갑자기 침실 문이 벌컥 열렸다.

여자가 슈트 케이스를 들고 밖으로 나왔다. 그녀는 외출복 차림이었다.

"미리엄……."

넌하임이 입을 열었다.

그녀는 멍한 눈으로 그를 노려보더니 입을 열었다.

"난 사기꾼은 딱 질색이야. 그리고 설사 좋아한다고 해도 밀고나 하고 다니는 사기꾼은 정말 싫어. 그리고 설사 밀고나 하고 다니는 사기꾼을 좋아한다고 해도 너 같은 자식은 절대 아니야!"

그녀가 현관으로 몸을 돌렸다.

"어디에 있었냐고?"

그녀를 따라 나서지 못하게 그의 팔을 붙잡고 있던 길드가 다시 물었다.

"미리엄, 가지 마! 나 잘할게! 뭐든지 할 테니까, 가지 마! 미리엄!"

넌하임이 소리쳤다.

하지만 그녀는 나갔고 곧 문이 부서질 듯 닫혔다.

"놔 줘요! 가서 데려오기만 할게요. 저 여자 없인 못 살아요. 바로 데리고 돌아와서 형사님이 물어보는 거 다 대답할게요. 놔 줘요. 저 여자가 꼭 있어야 한단 말이에요!"

그가 길드에게 애원했다.

"미친 놈. 앉아. 너랑 저 여자가 술래잡기 하는 거 보러 온 게 아니란 말이다. 여자가 죽은 오후에 어디에 있었어?"

길드가 넌하임을 밀어 의자에 앉혔다.

넌하임은 양손으로 얼굴을 가리더니 울기 시작했다.

"계속 그렇게 시간만 끌고 있어. 정신이 번쩍 나게 따귀를 갈겨 줄 테니."

나는 잔에 위스키를 좀 부어 넌하임에게 주었다.

"고맙습니다, 선생님. 고맙습니다."

그가 술을 마시고 콜록거리더니 더러운 손수건을 꺼내 얼굴을 닦았다.

"이렇게 불쑥 물어보면 기억이 안 난다고요, 형사님. 찰리 술집에서 당구를 치고 있었을지도 모르고 여기 있었을지도 몰라요. 미리엄이라면 기억할지도 몰라요. 제발 가서 데려오게 해 주세요."

"미리엄은 됐어. 기억 못한다는 죄로 감방에 들어가면 어떨 거 같아?"

길드가 말했다.

"1분만 주세요. 기억해 낼 테니까. 시간 끄는 게 아니에요, 형사님. 형사님한테는 언제나 솔직히 이야기한다는 거 잘 아시잖아요. 지금 그냥 속이 상해서 그래요. 손목 좀 봐요."

그가 오른손을 들어 올리더니 부어오르기 시작한 손목을 우리에게 보여 주었다.

그리고 두 손으로 다시 얼굴을 감쌌다.

"1분만요……."

길드가 내게 윙크를 했다. 우리는 그자의 기억이 돌아오기까지 조금 기다렸다.

갑자기 그가 두 손을 내리더니 웃음을 터뜨렸다.

"이런 제길! 형사님께 혼나도 싸다니까요. 그날 오후에 제가요……. 잠깐만! 직접 보여 드릴게요."

그가 침실로 들어갔다.

몇 분이 흘렀다.

"이봐, 이럴 시간이 없다고! 서둘러!"

길드가 소리쳤다.

하지만 아무 대답이 없었다.

침실로 들어가니 안에는 아무도 없었다. 욕실 문을 여니 그곳 역시 텅 비어 있었다. 다만 활짝 열린 창문과 그 뒤로 붙어 있는 화재 비상구만 보일 뿐이었다.

나는 아무 말도 하지 않았다. 그리고 아무것도 보지 않으려 애썼다.

길드가 쓰고 있던 모자를 슬쩍 밀어 올렸다.

"이놈, 후회하게 될 거다."

그가 거실에 있는 전화기로 다가갔다.

그가 어딘가 전화를 거는 동안 나는 서랍과 벽장을 이리저리 뒤졌지만 아무것도 찾을 수 없었다. 어차피 건성으로 보고 있던 나는 그가 경찰력을 완전 가동시키고 전화를 끊자마자 찾던 일을 멈췄다.

"놈을 곧 찾아낼 겁니다. 새로운 소식이 있어요. 조젠슨은 로즈워터가 맞습니다."

그가 말했다.

"누가 확인했대요?"

"그의 알리바이를 대 줬던 올가 펜턴이라는 여자한테 사람을 보냈는데 결국 실토를 받아냈답니다. 하지만 알리바이는 정말이라고 끝까지 우기더랍니다. 직접 그 여자랑 이야기를 해 보려고요. 같이 가실래요?"

나는 시계를 슬쩍 내려다보았다.

"그러고 싶지만 너무 늦었군요. 조젠슨 체포는요?"

"명령은 떨어졌습니다. 그리고 그 자식, 입을 열어야 할 겁니다!"

말을 마친 그가 생각에 잠긴 듯 나를 잠시 쳐다보았다.

나는 그를 향해 미소를 지었다.

"자, 그럼 이제는 누가 죽였다고 생각하십니까?"

"이제 걱정 안 합니다. 사람들을 쥐어짤 충분한 증거만 있으면 제시간에 누구인지 밝혀낼 거니까."

그가 말했다.

거리로 나오자 그는 진행 상황을 내게 알려 주겠다고 약속했다. 우리는 악수를 하고 헤어졌다. 하지만 몇 초 뒤 그가 헐레벌떡 달려오더니 노라에게 안부 전해 달라는 말을 남겼다.

17

집으로 돌아온 나는 노라에게 길드의 메시지를 전하고 오늘 있었던 일을 들려주었다.

"저도 당신에게 전할 메시지가 있어요. 길버트 와이넌트가 들렀는데 당신이 없다고 꽤 실망하더라고요. 당신에게 알려줄 '극도로 중요한' 무언가가 있다고 전해 달라고 했어요."

"조젠슨에게도 오이디푸스 콤플렉스가 있다는 둥 뭐 이런 이야기겠지."

"조젠슨이 그녀를 죽인 것 같아요?"

노라가 물었다.

"살인범이 누구인지 안다고 생각했는데 지금은 이것저것 너무 복잡하게 얽혀 있어서 추측 말고는 아무것도 못 하겠어."

내가 말했다.

"그래서 추측한 바에 따르면 누군데요?"

"미미, 조젠슨, 와이넌트, 넌하임, 길버트, 도로시, 엘리스 고모, 모렐리, 당신, 나, 아니면 길드. 오, 아니야. 스터지가 그랬을지도 모르지. 칵테일이나 한 잔 주지 그래?"

그녀가 칵테일을 만들었다. 두 잔인가 세 잔째쯤 마시고 있을 때 노라가 전화를 받고 돌아왔다.

"당신 친구 미미가 이야기를 하고 싶대요."

나는 전화기로 갔다.

"여보세요, 미미?"

"요전번에는 너무 무례하게 굴어 정말 미안해요, 닉. 하지만 너무 속이 상해서 순간적으로 화가 났고 결국 못난 짓을 하고 말았네요. 부디 용서해 줘요."

그녀는 후다닥 해치우고 싶었는지 속사포 쏘듯 말을 쏟아냈다.

"괜찮아요." 내가 대답했다.

내가 이 한마디를 끝내기가 무섭게 그녀는 다시 말을 시작했다. 하지만 이번에는 조금 천천히, 그리고 진심인 것 같았다.

"만날 수 있어요, 닉? 정말 끔찍한 일이 벌어졌어요. 정말……. 어떻게 해야 할지, 누구한테 기대야 할지 정말 모르겠어요."

"무슨 일인데 그래요?"

"전화로는 말 못 해요. 하지만 당신이 꼭 도와줘야 해요. 누군가의 조언이 꼭 필요해요. 이리로 올 수 없어요?"

"지금?"

"부탁이에요."

"알겠어요."

나는 이렇게 대답하고 전화를 끊었다. 그리고 거실로 돌아갔다.

"지금 나가서 미미를 만나 봐야겠는데. 무슨 일이 생겼다고 도움이 필요하다는군."

이 말을 듣더니 노라가 웃음을 터뜨렸다.

"가면 다리 꼭 오므리고 있어요. 당신한테 사과했어요? 나한텐 하던데."

"하더군. 그것도 단숨에. 도로시가 집에 갔나, 아니면 아직도 엘리스 고모네 있나?"

"길버트 얘기로는 아직 고모네 있대요. 얼마나 걸릴 것 같아요?"

"꼭 필요한 만큼만. 아마 조젠슨이 붙잡혀서 그걸 해결하고 싶어 하는 거겠지."

"조젠슨이 무슨 일을 당할 수도 있나요? 내 말은, 그가 그 여자를 죽인 게 아니어도?"

"옛날 죄, 그러니까 협박 편지를 보낸 거랑 돈을 갈취하려 한 것 등을 우려먹으려 할걸."

나는 술 마시던 걸 멈추고 노라와 나 자신에게 질문을 던졌다.

"혹시 그와 넌하임이 아는 사이는 아닐까?"

나는 곰곰이 그 문제를 생각해 보았지만 단순한 가능성 말고는 다른 것을 떠올릴 수 없었다.

"음, 나갔다 올게."

18

미미가 두 팔 벌려 나를 맞았다.

"날 용서해 주다니 정말, 정말로 고마워요, 닉. 당신은 언제나 내게 잘해 줬죠. 월요일 밤엔 대체 내가 왜 그랬는지 모르겠어요."

"잊어버려요." 내가 대답했다.

그녀의 얼굴은 평소보다도 더 분홍빛이었고 탱탱한 얼굴 근육 덕분에 더 어려 보였다. 그녀의 푸른 눈은 매우 밝았고 손은 차가웠다. 잔뜩 흥분해 몸이 긴장되어 있었지만 나는 그 흥분이 과연 어떤 종류의 것인지 알아낼 수가 없었다.

"당신 아내도 정말 고마워요. 그렇게 날 용서해 주다……"

"그만해요." 나는 그녀의 말을 잘랐다.

"닉, 누군가 살인을 저질렀는데 그에 대한 증거를 숨겨 줬다면 어떻게 되죠?"

"공범이 되는 거죠. 경찰이 마음만 먹으면 그렇게 기소할 수 있으니까."

"만약 자발적으로 마음을 고쳐먹고 증거를 내놓으면요?"

"그래도 공범이 될 수는 있어요. 하지만 대체로 그 사람까지 기소하진 않죠."

그녀는 주변에 사람이 없는지 확인하는 것처럼 방 안을 둘러보았다.

"클라이드가 줄리아를 죽였어요. 내가 증거를 발견해서 숨겼어요. 자, 이제 난 어떻게 되는 거죠?"

"경찰에 한참 들볶이긴 하겠지만 아무 일 없을 겁니다. 증거를 제출하기만 한다면. 그는 한때 당신 남편이었고 지금도 비교적 가까운 편이니 그의 죄를 덮어 주려 했다는 이유로 당신에게 유죄를 선고할 배심원은 없을 겁니다. 물론 다른 의도가 없다는 전제 하에서."

"어떻게 생각해요? 나한테 다른 의도가 있을 것 같아요?"

그녀가 무심한 척 물었다.

"나야 모르죠. 하지만 굳이 추측해 보자면 아마 나중에 그와 연락이 되면 돈을 뜯어낼 목적으로 증거를 숨겼겠죠. 그런데 무언가 일이 생겨 마음을 바꿔먹게 된 겁니다."

그 순간, 그녀가 오른손을 획 들어 올리더니 뾰족한 손톱을 세워 내 얼굴을 때리려고 했다. 흉측하게 벌어진 입술 사이로 앙다물어진 이가 보였다.

나는 그녀의 손목을 낚아챘다.

"여자들이 점점 터프해지는군. 조금 전만 해도 남자 머리통에 프라이팬을 날리려던 여자를 만났는데."

나는 어쩌다 세상이 이렇게 됐나 하는 투로 말했다.

그녀가 날카로운 웃음을 터뜨렸지만 눈빛은 그대로였다.

"당신은 정말로 나쁜 자식이야. 언제나 날 최악으로만 보지, 응?"

나는 그녀의 손목을 잡은 손에 힘을 풀었다. 그녀는 내 손가락 자국이 벌겋게 난 손목을 문질렀다.

"프라이팬을 휘두른 여잔 누구지? 혹시 내가 아는 사람?"

"혹시 노라라고 생각했다면 틀렸어. 크리스천 조젠슨, 아니 빅터 로즈워터는 아직 체포 안 됐나?"

"뭐라고?"

그녀는 진심으로 놀란 것 같았다. 그 놀라움 자체와 내가 그녀를 믿었다는 사실에 나까지 놀랐다.

"조젠슨이 바로 그 로즈워터라고. 그를 기억하지? 난 당신이 아는 줄 알았는데."

내가 말했다.

"그…… 그 못된 놈이……?"

"그래."

"못 믿어. 절대. 절대로 못 믿어. 절대로 믿지 않을 거야."

그녀는 손가락을 만지작거리며 자리에서 일어섰다. 얼굴은 두려움으로 일그러지고, 목소리는 마치 복화술사처럼 너무 부자연스럽고 긴장되어 있었다.

"그것 참 도움이 되는군." 내가 말했다.

하지만 그녀는 내 말을 듣고 있지 않았다. 그녀는 몸을 휙

돌리더니 창가로 다가가 나를 등지고 섰다.

"밖에 남자 둘이 차에서 기다리고 있어. 그가 돌아오면 붙잡으려고 경찰이 잠복을 하고 있는 것 같은……."

"그가 로즈워터라는 게 확실해?"

그녀가 홱 돌아서더니 날카롭게 물었다. 얼굴에서 두려움은 거의 다 사라지고 목소리도 최소한 인간처럼 들렸다.

"경찰은 확신하는 것 같더군."

우리는 한참을 서로 노려보았다. 둘 다 머릿속은 바쁘게 돌아가고 있었다. 그녀는 조젠슨이 줄리아 울프를 죽였을까 봐, 혹은 그가 체포될까 봐 두려운 게 아니었다. 그가 그녀와 결혼한 이유가 어떻게든 와이넌트에게 해코지를 하려던 것이라 생각하니 겁이 난 것이었다.

나는 나도 모르게 웃음을 터뜨렸다. 이러한 생각이 웃겨서가 아니라 너무나도 갑작스럽게 떠올랐기 때문이었다. 그녀가 깜짝 놀라더니 뭔지 모르겠다는 표정으로 싱긋 웃었다.

"절대로 믿지 않을 거예요. 그이가 직접 말해 줄 때까지."

그녀가 말했다. 목소리는 이제 매우 부드러웠다.

"그렇게 말하면 어떻게 할 건데요?"

나 역시 부드럽게 대꾸했다.

그녀의 어깨가 꼼지락꼼지락 움직이더니 아랫입술이 바르르 떨렸다.

"그이는 내 남편이에요."

그 말은 웃겼어야 했다. 대신 나는 갑자기 짜증이 났다.

"이봐요, 미미. 나 닉이에요. 나 기억나요? '닉'이라고."

"나를 좋은 사람이라 여기지 않는 거 알아요. 당신은 내가 마치……."

그녀가 슬픈 목소리로 말했다.

"알겠어요, 알겠어. 그냥 넘어갑시다. 와이넌트가 범인이라는 증거를 찾았다고 했죠? 그거나 들어 봅시다."

"아, 그거."

그녀가 조용히 말하고 몸을 돌렸다. 다시 나를 바라보았을 때는 아랫입술이 또 떨리고 있었다.

"그건 거짓말이었어요, 닉. 찾아낸 증거 같은 건 없어요. 엘리스랑 매컬리한테 그런 편지를 보내서 모두가 날 이상한 사람처럼 생각하게 만들 권리가 클라이드한테는 없어요. 어쩜 그런 짓을 할 수 있담! 그래서 그가 그런 짓을 저질렀다는 증거를 만들어 혼쭐을 내 줘도 괜찮겠다고 생각했어요. 난 정말…… 정말로 그가 그녀를 죽였다고 생각해요. 그리고 그거야말로……."

"그래서 뭘 만들어 냈는데요?"

내가 물었다.

"마, 만든 건 아직 없어요. 아까 물어본 것처럼 내가 증거를 숨겼다고 하면 경찰이 어떻게 나올지 먼저 알고 싶었어요. 다른 사람이 다 전화하러 나가고 나랑 단둘이 있을 때 그녀가 잠시 정신이 들어서 그의 짓이라고 말해 줬다고 할까 하는 생각도 해 봤고요."

"아까 한 말과 다른데. 무언가 들었지만 잠자코 있었다고 한 게 아니라 증거를 발견해서 숨겼다고 했잖아요."

"사실 뭐라고 해야 할지 아직 마음을 정해지 못해서 그랬……"

"와이넌트가 매컬리한테 보낸 편지 내용에 대해서는 언제 들었죠?"

"오늘 오후에요. 경찰에서 사람이 다녀갔어요."

"로즈워터에 대해선 안 묻던가요?"

"그를 아는지, 아니면 알았던 적이 있는지 묻더군요. 아니라고 대답한 건 진실이었어요."

"그랬을지도 모르죠. 그리고 처음으로 당신을 믿어요. 와이넌트를 범인으로 지목할 증거를 찾았다고 했을 때 난 당신이 진심이라고 생각했어요."

그녀의 눈이 더 커졌다.

"이해를 못하겠어요."

"나도 그래요. 하지만 이런 걸 수도 있지. 무언가를 발견했지만 잠시 숨기고 있기로 한 거요. 아마 와이넌트를 협박해 돈을 뜯어낼 생각이었겠지. 그런데 그가 여기저기 편지를 보내 당신을 비난하자 돈이고 뭐고 다 집어치우고 복수를 하기로 한 거요. 증거를 경찰에 넘기면 자신을 보호할 수 있기도 하고. 그리고 마지막으로 조젠슨이 사실은 로즈워터라는 사실을 알아내자 또 한 번 태도를 180도 바꿔 증거를 다시 숨기기로 한 겁니다. 하지만 이번에는 돈 때문이 아니었죠. 사랑이 아니라 와이넌트에 대한 복수심 때문에 당신과 결혼한 조젠슨을 혼내 주기 위해서죠."

그녀는 침착하게 빙긋 웃기만 했다.

"내가 정말로 무슨 짓이든 할 수 있는 여자라고 생각하는군요, 당신."

"그건 아무 상관없죠. 중요한 건 당신은 결국 감옥에 갇히고 말 거라는 거니까."

그녀가 비명을 질렀다. 그리 크진 않았지만 정말 소름이 끼치는 소리였다. 지금까지 그녀의 얼굴에 나타났던 두려움도 이것에 비하면 아무것도 아니었다. 그녀가 내 옷깃을 거머쥐더니 내게 매달리다시피 달려들었다.

"그런 말 하지 마, 제발! 진심이 아니라고 말해, 어서!"

그녀는 너무나도 심하게 몸을 떨었다. 난 그녀가 바닥에 쓰러지지 않게 하기 위해 팔로 감싸 안아야 했다.

길버트가 헛기침을 할 때까지 우린 그가 다가오는 소리를 듣지 못했다.

"엄마, 어디 아파요?"

그녀는 천천히 내 옷깃에서 손을 떼더니 한 걸음 뒤로 물러섰다.

"네 엄마란 사람이 이렇게 싱겁구나."

그녀는 아직도 몸을 떨었지만 나를 향해 웃으며 장난스럽게 말하려 애썼다.

"날 그렇게 놀라게 하다니 정말 나쁜 사람이에요."

나는 장단을 맞춰 미안하다고 말했다.

길버트는 코트와 모자를 벗어 의자 위에 올려놓더니 관심이 담긴 눈초리로 우리 둘을 번갈아 훑어보았다. 우리 중 누구도 상황에 대해 설명하지 않을 것이 분명해지자 그는 다시 헛기침을 했다. 그리고 "오셔서 반가워요."라며 내게 다가와 악수를 했다.

나도 또 만나서 반갑다고 말했다.

"눈이 피로해 보이는구나. 또 안경도 없이 오후 내내 책을 읽었나 봐. 애는 아버지만큼이나 철이 없다니까요."

미미가 고개를 절레절레 흔들며 말했다.

"아버지 소식은 없나요?" 그가 물었다.

"자살 소식 이후로 없구나. 그게 사실이 아니라는 건 들었겠지?"

내가 말했다.

"예, 들었어요. 가시기 전에 저 좀 잠깐 보실 수 있나요?"

"물론이지."

"지금 보고 있잖니. 둘 사이에 난 알아서는 안 될 비밀 같은 거라도 있는 거야?"

물어보는 미미의 어투는 밝았다. 이제는 몸도 떨리지 않았다.

"엄마는 들어도 재미없을 거예요."

길버트가 모자와 코트를 집어 들고 내게 고갯짓을 하더니 밖으로 나갔다.

미미가 머리를 흔들었다.

"난 저 애를 통 이해 못하겠어요. 조금 아까 상황을 어떻게 생각했을까요."

미미가 이렇게 말했지만 그리 걱정하는 것 같진 않았다. 그런데 그녀의 얼굴이 조금 진지해졌다.

"왜 그런 말을 한 거예요, 닉?"

"뭐요? 당신이 감옥에……?"

"아니, 됐어요. 그런 말 듣고 싶지 않아요. 저녁 먹고 가지 않을래요? 나 혼자 있을 텐데."

"미안하지만 가야 해요. 그럼 당신이 발견했다는 그 증거는 어떻게 할 거요?"

"아무것도 없다니까요. 그건 거짓말이었어요. 그렇게 쳐다보지 말아요. 정말 지어낸 말이니까."

그녀가 얼굴을 찌푸렸다.

"그러면 거짓말이나 하려고 날 부른 건가요? 그럼 마음은 왜 바꾼 거죠?"

내가 물었다.

그녀가 쿡쿡 웃었다.

"날 정말 좋아하나 봐, 닉. 아니면 이렇게 못되게 굴 필요 없잖아요."

난 그녀의 논리를 이해할 수가 없었다.

"그럼 난 길버트가 무슨 이야기를 하려는지 들어보고 가 봐야겠군요."

"있다 가면 좋을 텐데."

"미안하지만 안 돼요. 길버트는 어디 있죠?"

"저쪽으로 두 번째 문……. 남편이 정말 체포될까요?"

"그건 그가 어떤 대답을 내놓느냐에 달렸어요. 잡혀 들어가지 않으려면 솔직하게 털어놔야 할 겁니다."

"오, 그럴 거……. 그런데 당신 나 속이는 거 아니죠? 정말로 그이가 로즈워터라는 거죠?"

그녀가 갑자기 나를 날카롭게 쳐다보았다.

"경찰은 그렇게 믿고 있더군요."

"하지만 오늘 오후에 다녀간 남자는 크리스천에 대해서는 전혀 물어보지 않았단 말이에요. 나한테 로즈워터를 아느냐고만……."

"경찰도 그때는 확실하지 않았던 거죠. 원래는 가능성뿐인 생각이었으니까."

"그런데 지금은 확실하다?"

나는 고개를 끄덕였다.

"어떻게 알아냈대요?"

"그가 아는 여자한테서."

"누구?"

그녀의 눈이 약간 어두워졌지만 목소리는 침착했다.

"이름은 기억이 안 나요."

나는 이렇게 둘러댄 뒤 다시 진실로 돌아갔다.

"사건이 있던 날 오후 그의 알리바이를 대 준 여자예요."

"알리바이? 그럼 경찰이 그런 여자의 말을 믿었다는 건가요?"

"그런 여자라뇨?"

"무슨 말인지 알잖아요."

"아니, 모르겠는데. 그 여자를 압니까?"

"아니요."

그녀는 마치 모욕당한 듯한 표정을 지었다. 그녀는 눈을 가늘게 뜨고 속삭이듯 목소리를 낮췄다.

"닉, 그가 줄리아를 죽였다고 생각해요?"

"왜 그러겠습니까?"

"클라이드에게 복수를 하려고 나와 결혼했다고 쳐요. 그러면…… 그가 나더러 이리로 돌아와 클라이드한테 돈을 받아내자고 한 거 알잖아요. 아니, 내 생각이었나……. 나도 잘 모르겠어요. 일단 그가 동의한 건 맞아요. 그러다가 우연히 줄리아를 만났다고 해 봐요. 둘은 같은 시기에 클라이드 밑에서 일했으니까 당연히 그녀는 그를 알고 있었어요. 그는 내가 그날 오후에 그녀를 만나러 가는 걸 알았고, 내가 그녀를 화나게 만들면 혹시라도 그녀가 자기 정체를 폭로할까 봐 걱정이 됐던 거예요. 그래서……. 정말 그럴 수도 있잖아요?"

"그건 전혀 말이 안 돼요. 게다가 당신과 그는 그날 오후에 함께 집을 나섰잖아요. 그렇게 할 시간이 없었을……"

"하지만 내가 탔던 택시가 정말 느렸는걸요. 그리고 잠깐 어디 들렀던 것 같기도 해요. 맞아요. 그랬어요. 아스피린 사러 약국에서 멈췄단 말이에요. 확실해요."

그녀가 열심히 고개를 끄덕였다.

"그리고 그는 당신이 약국에 들를 줄도 알고 있었다, 왜냐하면 당신이 그럴 거라고 말했으니까? 미미, 계속 이런 식으로 나갈 순 없어요. 살인은 심각한 문제라고요. 당신을 좀 속였단 이유만으로 사람들을 모함할 수 있는 단순한 일이 아니에요."

"좀 속여? 그런 나쁜……"

그녀는 뒤이어 조젠슨에게 추잡하고, 음란하고, 매우 모욕적인 욕이란 욕은 모조리 퍼부었다. 그녀의 목소리는 점점 더 높아져 말이 끝날 때쯤에는 내 얼굴에 대고 거의 비명을 지르고 있었다.

그녀가 숨을 쉬기 위해 잠시 말을 멈췄다.

"그것 참 대단한 욕이었어요. 하지만……."

"내가 그녀를 죽였을지도 모른다는 뉘앙스까지 풍겼다니까요. 그렇게 뻔뻔할 수가……. 나한테 직접 물어볼 배짱은 없으면서 계속해서 이야기를 끌고 나갔어요. 내가 까놓고…… 그러니까 내가 한 짓이 아니라고 말할 때까지."

"잠깐, 그 말을 하려던 게 아니잖아요. 그에게 까놓고 뭐라고 했다고요?"

그녀가 답답하다는 듯 발을 굴렀다.

"자꾸 그렇게 몰아붙이지 말아요!"

"알았어요. 마음대로 해요. 어차피 여기 온 건 내 생각이 아니었으니까."

나는 그렇게 말하고 모자와 코트를 집으러 갔다.

그녀가 달려와 내 팔을 붙들었다.

"제발, 닉. 미안해요. 내가 정말 성미가 불같아서. 정말 어떻게 해야 할지 몰라……"

그때 길버트가 불쑥 들어왔다.

"제가 같이 갈게요."

"너 엿듣고 있었지?"

미미가 그에게 눈살을 찌푸렸다.

"어떻게 안 들을 수가 있어요? 엄마가 그렇게 소리를 질렀는데. 저 돈 좀 주세요."

길버트가 말했다.

"그리고 우리 이야기는 아직 안 끝났잖아요."

그녀가 내게 말했다.

나는 손목시계를 내려다보았다.

"빨리 가야 해요, 미미. 늦었어요."

"무슨 일인지 몰라도 나중에 다시 올 수 있어요?"

"너무 늦지만 않으면. 하지만 기다리지 말아요."

"여기서 기다릴게요. 시간은 관계없어요."

그녀가 말했다.

나는 노력해 보겠노라 말했다. 그녀가 길버트에게 돈을 내주었다. 그와 나는 아래층으로 내려갔다.

19

"저 듣고 있었어요. 사람을 연구하는 데 관심이 있다면 그런 기회를 그냥 놓쳐 버리는 건 정말 어리석잖아요. 사람이란 누군가 같이 있을 때랑 옆에 사람이 없다고 생각할 때 정말 다른 법이니까요. 물론 다른 사람이 그런 개인적인 것까지 보고 있다는 걸 알면 싫어하겠지만……. 새와 동물도 과학자들이 몰래 숨어 지켜보고 있는 게 싫겠죠."

건물을 나서자 길버트가 빙그레 웃으며 말했다.

"많이 들었니?" 내가 물었다.

"오, 중요한 부분은 거의 다요."

"그럼 어떻게 생각하는데?"

그는 입을 앙다물고 이마를 찡그리더니 분석적으로 말했다.

"정확히 뭐라고 말하기가 어려워요. 엄마는 때때로 뭔가 숨기는 데 능하지만 없는 걸 지어내는 데는 영 재주가 없거든요. 웃기죠? 아마 아저씨도 아실 거예요. 거짓말을 많이 하는 사람일수록 거짓말을 제대로 못한다는 걸. 보통 사람보다 거짓말에 잘 속아 넘어가기도 하죠. 그런 사람이라면 남이 거짓말을 할까 봐 경계할 것 같잖아요? 그런데 그럼 사람들이야말로 무슨 말이든 거의 다 믿어 버리거든요. 아저씨도 그런 거 느꼈죠?"

"그래."

"제가 말하고 싶은 건 이거에요. 크리스천은 어젯밤에 들어오지 않았어요. 그게 엄마가 평소보다 더 속상해 하는 이유고요. 오늘 아침에 우편물을 보니 그에게 온 게 하나 있었어요. 뭔가 흥미로운 게 있을 것 같아서 김을 쐬어 살짝 열어 봤죠."

이 말과 함께 그는 주머니에서 편지를 꺼내 내게 내밀었다.

"지금 한 번 읽어 보세요. 그가 돌아올지도 모르니까 다시 봉투에 넣어서 내일 오는 우편물이랑 같이 두려고요. 하지만 돌아올 것 같진 않아요."

"왜 그렇게 생각하는데?"

내가 편지를 받으며 물었다.

"그가 정말로 로즈워터라면서요……."

"그런 말 그에게 한 적 있니?"

"아니요. 그럴 기회도 없었어요. 아저씨한테 그 말을 들은 이후로 못 만났거든요."

나는 손에 쥔 편지를 내려다보았다. 봉투에는 1932년 12월 27일 날짜로 매사추세츠 보스턴 소인과 함께 약간 아이 같은 여성스런 필체로 '뉴욕 주 뉴욕 시, 코틀랜드 아파트, 크리스천 조젠슨 씨 앞'이라고 쓰여 있었다.

"이건 어쩌다가 열어 본 거지?"

나는 봉투에서 편지를 꺼내며 그에게 물었다.

"사실 전 직감 같은 건 믿지 않아요. 하지만 본인도 의식하지 못하는 사이에 냄새라든가 소리, 혹은 필체 같은 것의 영향을 받을 수도 있거든요. 뭔진 모르겠는데 그냥 이 안에 뭔가 중요한 게 있을 것 같다고 느꼈어요."

"가족들 앞으로 오는 편지에 그런 기분이 든 적이 많니?"

그는 내가 자기를 놀리고 있는지 보려고 날 힐끗 쳐다보더니 입을 열었다.

"자주는 아니에요. 하지만 몰래 열어 본 적은 물론 있어요. 사람을 연구하는 데 관심이 많다고 했잖아요."

나는 편지를 읽었다.

빅터에게

당신이 크리스천 조젠슨이라는 이름으로 다른 여자와 결혼해 미국에 돌아와 있다는 소식을 올가한테 들었어요. 빅터, 그러면 안 되죠. 그건 이렇게 오랜 세월 내게 말 한마디, 돈 한 푼 남기지 않고 떠나 버린 것만큼이나 옳지 못해요. 당신도 잘 알잖아요. 와이넌트 씨와의 문제 때문에 떠나야 했던 건 잘 알지만 그는 이미 그 일을 다 잊었을 거라고 생각해요. 난 언제나 당신의 친구였고 당신을 위해서라면 언제든지, 뭐든지 할 사람이라는 거 잘 안다면 나한테 편지라도 썼어야 하는 거 아닌가요? 빅터 당신을 비난하고 싶지는 않지만 꼭 만나야만 해요. 연말 휴가로 토요일과 월요일에 일을 하지 않아서 토요일 밤에 뉴욕에 갈 거예요. 꼭 만나서 이야기 좀 해요. 당신에게 피해를 주고 싶은 생각은 없으니까 어디에서 몇 시에 만날지 알려줘요. 내가 제때 답장을 받을 수 있게 꼭 바로 연락 줘요.

당신의 아내 조지아로부터

편지에는 주소도 나와 있었다.

"이런, 이런, 이런. 이런데도 넌 엄마한테 말하지 않았다, 이거니?"

나는 이렇게 말하며 편지를 봉투에 다시 집어넣었다.

"오, 엄마가 어떤 반응을 보일지 알고 있었거든요. 아저씨가 한 말 가지고도 그러는 거 보셨잖아요. 제가 어떻게 해야 한다고 생각하세요?"

"내가 경찰에 이걸 알려 줘도 되겠니?"

그는 즉시 고개를 끄덕였다.

"그게 최선이라고 생각하신다면요. 원하시면 가져가서 보여 주세요."

"고맙구나."

나는 이렇게 대답하고 편지를 주머니에 집어넣었다.

"한 가지 더 있어요. 실험 때문에 모르핀을 좀 가지고 있었는데 누군가 그걸 훔쳐 갔어요. 1300밀리그램 정도요."

"무슨 실험?"

"약을 해 보는 거죠. 어떤 효과가 나타나는지 궁금했거든요."

"마음에 들던?"

"오, 어차피 좋아할 거란 생각은 안 했어요. 다만 알고 싶었죠. 전 생각이 흐려지는 것들은 좋아하지 않아요. 그게 제가 술이나 담배를 거의 별로 안 하는 이유예요. 하지만 코카인은 한번 해 보고 싶어요. 그게 두뇌 활동을 날카롭게 해 준다면서요?"

"그렇다고 하더구나. 그걸 훔쳐 간 건 누구라고 생각하지?"

"도로시 누나가 의심스러워요. 저한테 누나에 대한 가설이 하나 있거든요. 사실 그래서 엘리스 고모 댁에 저녁 먹으러 가는 거예요. 누나가 아직 거기에 있고, 사실을 밝혀내고 싶거든요. 전 누나가 뭐든지 털어놓게 만들 수 있어요."

"음, 누나가 계속 거기에 있었다면 어떻게 그걸 훔칠 수 있었겠니?"

내가 물었다.

"어젯밤에 잠깐 다녀갔거든요. 그런데 그게 정확히 언제 없어졌는지는 모르겠어요. 거의 사나흘 만에 오늘 처음으로 상자를 연 거라."

"너한테 모르핀이 있다는 걸 누나가 알고 있었니?"

"예. 그게 누나를 의심하는 이유 중 하나이기도 해요. 아마 다른 사람들은 몰랐을 거예요. 그걸 가지고 누나한테도 실험을 했어요."

"누나가 좋아했니?"

"오, 그럼요. 하지만 좋지 않았어도 훔쳐 가긴 했을 거예요. 제가 궁금한 건 그렇게 짧은 시간 만에 누나가 중독이 될 수 있느냐는 거예요."

"얼마나 짧은데?"

"일주일, 아니 열흘이요."

"거의 그럴 일 없지. 마음먹고 덤빈 게 아니라면 말이다. 누나한테 많이 줬니?"

"아니요."

"알아내는 거 있으면 알려 주렴. 난 여기에서 택시를 타야겠다. 또 보자."

내가 말했다.

"이따가 늦게 또 오실 거죠?"

"올 수 있으면. 그럼 그때 보면 되겠구나."

"그래요. 그리고 정말 고맙습니다."

난 그 자리를 떠나자마자 가장 먼저 눈에 띄는 약국으로 들어가 길드에게 전화를 걸었다. 그가 사무실에 있을 거라고는 생각지 않았고 다만 가능하다면 집 전화번호를 알아내고 싶었다. 그런데 그는 아직도 퇴근하지 않고 있었다.

"늦게까지 일하시네요." 내가 말했다.

"다 그런 거죠."

대답하는 그의 목소리에 기운이 넘쳤다.

나는 조젠슨에게 온 편지를 읽어 주고 거기 적힌 주소를 불러 주었다.

"좋은 정보군요." 그가 말했다.

나는 그저께 이후 조젠슨이 집에 오지 않았다고 말해 주었다.

"보스턴에 있을까요?" 그가 물었다.

"거기 아니면 최대한 남쪽으로 도망가 버렸겠죠."

"그럼 그 두 가지 방향 모두 찾아봐야겠군요. 아, 저도 알려드릴 게 하나 있습니다. 우리 친구 넌하임이 몰래 빠져나간 지 한 시간 만에 32구경에 벌집이 돼서 발견됐습니다. 총알로 보아 줄리아 울프를 죽인 것과 같은 총에서 발사된 것 같아요. 전문가들이 지금 확인 중입니다. 그러게 도망치지 말고 우리랑 순순히 이야기나 했으면 좋았을걸."

20

집에 돌아가자 노라가 한 손으로 차가운 오리고기 조각을 집어 먹으면서 다른 한 손으로는 직소 퍼즐을 맞추고 있었다.

"당신이 그 여자랑 아예 살림을 차리는 줄 알았어요. 당신 탐정이었죠? 목이 긴 달팽이 같이 생긴 갈색 조각 하나만 찾아줘 봐요."

"고기? 아니면 퍼즐? 오늘 밤 에지 부부 댁엔 가지 말자고. 따분한 사람들이야."

"그래요. 그런데 그 사람들 삐칠 텐데."

"차라리 그랬으면 좋겠군. 퀸 네한테는 삐치겠지만 우리는……."

"참, 해리슨한테 전화 왔었어요. 지금 가지고 있는 돔 광산 주식이랑 같이 매킨타이어 광산 주식도 사야 할 때라고 전해 달래요. 20달러 25센트에 장이 마감됐다나 봐요. 내가 찾는 조각은 여기 들어가는 거예요."

노라는 마지막 말과 함께 퍼즐 위 한 곳에 손가락을 짚었다.

나는 그녀가 원하는 조각을 찾아주고 미미의 집에서 있었던 일에 대해 한 마디도 빼놓지 않고 들려주었다.

"말도 안 돼! 당신 지어낸 거죠? 대체 그런 사람이 어디 있어요? 도대체 왜 그러는 거래요? 새로운 괴물 종족의 시조라도 되나?"

노라가 말했다.

"그냥 무슨 일이 있었는지 당신한테 이야기한 것뿐이야. 나도 합당한 설명은 못 한다고."

"그걸 어떻게 설명하겠어요? 미미마저 크리스천한테 등을 돌렸으니 이제 그 가족 중에 서로에게 조금이라도 따뜻한 마음을 품는 사람은 하나도 없는 것 같네요. 모두 어쩌면 그리 똑같은지."

"그게 합당한 설명일지도 모르겠군." 내가 말했다.

"엘리스 고모라는 사람은 어떤지 한 번 만나보고 싶네요. 그 편지 경찰에 넘길 거예요?"

노라가 물었다.

"이미 길드에게 전화했어."

나는 이어서 넌하임에 대해서도 알려주었다.

"그게 대체 무슨 의미일까요?" 그녀가 물었다.

"일단 조젠슨이 멀리 떠났다면, 아, 난 그렇게 생각해. 그리고 그 총알이 줄리아 울프를 죽인 총에서 발사된 거라면, 아, 아마 그럴 거야. 그렇게 되면 조젠슨에게 혐의를 씌우기 위해 경찰은 그의 공범을 찾아야 되겠지."

"당신 괜찮은 탐정이었다면서요. 그러면 그것보다는 조금 더 확실한 설명을 해줘야하는 거 아니에요? 미미를 만나러 다시 갈 거예요?"

노라는 다시 맞추고 있던 퍼즐로 관심을 돌렸다.

"별로. 장난감은 놔두고 저녁이나 먹으러 가는 건 어때?"

그때 전화벨이 울렸다. 내가 받겠다고 말했다. 전화를 건 사람은 도로시였다.

"여보세요, 닉?"

"그럼 누구겠어. 잘 지내니, 도로시?"

"방금 길버트가 여기 와서 그 일에 관해 물었어요. 그래서 당신한테 알려주고 싶었어요. 제가 가져간 건 맞지만 그건 길버트가 중독자가 되는 걸 막기 위해서였다고요."

"가져간 건 어떻게 했지?" 내가 물었다.

"길버트 등쌀에 돌려줬어요. 걔는 제 말을 안 믿어요. 하지만 정말로 그게 약을 가져간 유일한 이유라고요."

"난 네 말을 믿는다."

"그럼 길버트한테 그렇게 말해 주실래요? 당신이 믿는다면 그 애도 날 믿을 거예요. 당신은 그런 일은 뭐든지 다 잘 안다고 생각하거든요."

"만나는 대로 그렇게 말해 주지." 내가 약속했다.

그러자 잠시 반대편에서 아무 말이 없었다. 조금 지나 그녀가 입을 열었다.

"노라도 잘 있죠?"

"내가 보기엔 그런 것 같은데. 바꿔줄까?"

"음, 좋아요. 그런데 물어볼 게 하나 있어요. 혹시…… 혹시 오늘 집에 갔을 때 엄마가 저에 대해서 뭐라고 했어요?"

"내가 기억하기론 없는데. 왜지?"

"길버트는요?"

"모르핀에 대해서만."

"확실해요?"

"꽤 확실해. 왜?" 내가 다시 물었다.

"아무것도 아니에요. 그냥…… 확실하시다면 됐어요. 그냥 별 거 아니에요."

"알겠다. 노라를 불러오지."

나는 수화기를 내려놓고 거실로 갔다.

"도로시가 바꿔달라는군. 저녁 먹으러 오라고 할 생각은 말아."

노라가 전화를 끊고 돌아왔다. 아내의 눈에는 조금 이상한 표정이 담겨 있었다.

"또 무슨 일이야?" 내가 물었다.

"아무것도 아니에요. 그냥 '잘 지내냐' 뭐 이런 인사였어요."

"정말이야? 어른한테 거짓말하면 천벌 받는 거 당신도 알지?"

우리는 58번가에 있는 일본 식당에 가서 저녁을 먹고 노라의 말을 따라 순순히 에지 부부 집으로 갔다.

헬시 에지는 쉰 몇 살 정도로, 키가 크고 말랐으며 수척한 노란 얼굴에 머리가 전혀 없었다. 그는 스스로를 '직업적으로도 자발적으로도 송장 파헤치고 다니는 귀신'이라고 불렀다. 이건 그가 할 줄 아는 유일한 농담이었다. 그리 웃기다고 할 수는 없지만. 고고학자인 그는 오랜 세월에 걸쳐 수집한 전투

용 도끼를 매우 자랑스러워했다. 가끔씩 수집품을 줄줄이 읊어대는 데 귀를 기울여 줘야 한다는 사실만 빼면 그는 그럭저럭 괜찮은 사람이었다. 돌도끼, 구리 도끼, 청동 도끼, 양날 도끼, 깎은 도끼, 다각형 도끼, 가리비 장식이 달린 도끼, 망치 도끼, 까뀌 모양 도끼, 메소포타미아 도끼, 헝가리 도끼, 북유럽 도끼…… 모두 좀 먹은 것처럼 낡은 것들이었다. 우리가 마음에 들어 하지 않는 건 따로 있었다. 바로 그의 아내였다. 그녀의 이름은 레다였지만 에지는 그녀를 항상 팁이라고 불렀다. 그녀는 체구가 매우 작고, 머리칼, 눈, 피부가 조금씩 차이는 있어도 죄다 진흙 색이었다. 제대로 앉는 법이 없이 항상 어딘가에 엉덩이를 걸쳤고, 머리를 한쪽으로 갸우뚱 기울이기를 좋아했다. 노라는 언젠가 헬시가 고대 고분을 열자 팁이 그 안에서 뛰쳐나왔을 거라고 했다. 그리고 마고 이네스는 그녀에게 땅 속에 산다는 난쟁이 노움(Gnome)이라는 별명을 붙였다. 단, 묵음인 g까지 발음해 그녀를 부르는 이름은 언제나 '그노움'이었다. 물론 면전에서 그 이름을 부른 적은 없었다. 한 번은 팁이 20년 전의 문학은 앞으로 전혀 남지 않을 거라고 했었다. 정신 의학이 담겨 있지 않다는 것이 이유였다. 에지 부부는 그리니치 빌리지 변두리에 있는 오래되고 아름다운 3층짜리 집에 살았다. 그리고 그들이 내놓는 술은 언제나 훌륭했다.

우리가 도착하자 이미 열두어 명의 사람들이 와 있었다. 팁은 처음 만나는 사람들에게 우리를 소개시키자마자 날 한쪽 구석으로 몰아넣었다.

"크리스마스 때 당신 집에서 만난 사람들이 살인 사건에 연루되어 있다는 말은 왜 안 했어요?"

그녀가 다짜고짜 물었다. 왼쪽으로 기울인 머리는 점점 더 내려가 왼쪽 귀가 사실상 어깨에 붙었다.

"그건 확실한 게 아니에요. 게다가 요즘 같은 때 살인이 뭐 그리 대수라고."

그녀는 이번에는 오른쪽으로 머리를 기울였다.

"그 사건을 맡았다는 이야기조차 안 해 줬잖아요."

"내가 뭘 어쨌다고요? 오, 무슨 말인지 알겠네요. 사실은 사건을 맡지도 않았고 지금도 아니에요. 총을 맞은 걸 보면 내가 단순한 구경꾼에 지나지 않는다는 걸 알 거 아닌가요?"

"많이 아파요?"

"가려워요. 오늘 낮에 붕대를 가는 걸 잊었거든."

"노라가 정말 놀라지 않았어요?"

"나도 그랬고 날 쏜 남자도 그랬어요. 헬시가 저기 있군. 아직 인사도 못 했는데."

내가 이렇게 말하며 슬쩍 빠져나오려 하자 그녀가 덧붙였다.

"해리슨이 오늘 밤 그 집 딸을 데려오겠다고 했어요."

나는 잠시 헬시 에지와 이야기를 나누었다. 주로 그가 펜실베이니아에서 사려고 하는 집에 관해서였다. 그런 다음 술잔을 하나 받아 들고 래리 크라울리와 필 템즈가 야한 이야기를 주고받는 데 귀를 기울였다. 그런데 어떤 여자가 다가와 콜롬비아 대학 교수인 필에게 마침 그 주에 온통 화제인 기술주의에 관한 질문을 하자 래리와 나는 거기를 빠져나왔다.

우리는 노라가 앉아 있는 곳으로 갔다.

"조심해요. '그노움'이 당신한테 줄리아 울프 살인 사건의 속 이야기를 캐내려고 혈안이 되어 있거든요."

노라가 내게 말했다.

"도로시한테 직접 들으라지. 안 그래도 퀸과 함께 여기 온다니까."

"나도 알아요."

"퀸이 그 아가씨한테 완전히 넘어갔지? 아내 엘리스랑 이혼하고 그녀랑 결혼하겠다고 큰소리를 치더군."

래리가 끼어들었다.

"불쌍한 엘리스."

노라가 동정적으로 말했다. 하지만 노라는 그녀를 좋아하지 않았다.

"그건 상황을 어떻게 바라보느냐에 달려 있지요." 래리가 말했다. 그는 엘리스를 좋아했다. "어제 그 아가씨 엄마의 남편이라는 사람을 봤는데……. 알잖나, 자네 집에서 만난 그 키

큰 친구 말이야."

"조젠슨?"

"맞아. 6번가에 있는 전당포에서 나오더라고."

"이야기도 했나?"

"난 택시 안에 있었네. 그리고 누군가 전당포에서 나오는 걸 보면 예의상 모르는 척 해주는 게 좋잖아?"

그때였다.

"쉬이잇!"

팁이 사방을 향해 낮게 소리쳤다. 그러자 리바이 오스캔트(피아니스트이자 대실 해밋의 친구 — 옮긴이)가 피아노를 연주하기 시작했다. 연주가 계속되는 동안 퀸과 도로시가 당도했다. 퀸은 완전히 만취 상태였고 도로시 역시 얼굴이 달아오르는 것 이상으로 취해 있었다.

"당신이랑 노라가 나갈 때 저도 가고 싶어요."

도로시가 내게 다가와 속삭였다.

"그럼 여기서 아침은 안 먹어도 돼."

팁이 내 쪽을 향해 다시 "쉬이잇!" 소리를 했다.

우리는 입을 다물고 음악을 들었다.

잠시 도로시가 꼼지락거리더니 다시 입을 열었다.

"길버트 말로는 이따가 또 엄마 만나러 간다면서요? 가요?"

"아마 안 갈 거야."

그때 퀸이 휘청거리는 걸음으로 우리를 향해 다가왔다.

"잘 지냈나, 친구? 노라도 잘 지냈어요? 이 친구한테 내 메시지 전해 줬죠?"

팁이 그를 향해 다시 "쉬이잇!" 했지만 그는 조금도 개의치 않았다. 그러자 다른 사람들도 안심했다는 표정으로 대화를 나누기 시작했다.

"이봐, 친구. 샌프란시스코의 골든게이트 신탁에 저금한 거 있지 않나?"

그가 내게 물었다.

"조금 있지."

"모조리 빼라고. 거기 상태가 영 형편없단 소식을 들었거든."

"알겠네. 하지만 거기 넣어둔 건 많진 않아."

"그래? 그럼 그 돈 가지고 다 뭐 하는데?"

"나나 프랑스 사람들은 모두 금을 사재기하지."

내가 대답했다.

이 말을 들은 그가 엄숙하게 고개를 흔들었다.

"자네 같은 사람 때문에 나라가 망한다니까."

"하지만 나 같은 사람은 나라랑 같이 망하지 않지. 어디서 이렇게 마신 거야?"

"엘리스 때문이야. 일주일 내내 삐쳐 있잖아. 마시지 않으면 미쳐버릴 걸."

"뭐에 삐쳤는데?"

"내가 술 마신다고. 글쎄 내가……." 그가 몸을 숙이더니 비밀이라도 알려주려는 것처럼 목소리를 낮췄다. "있잖아. 우린 친구 사이니까…… 내 계획을 알려주지. 이혼을 하고 다시 이 아가씨랑……."

그가 한 팔로 도로시를 감싸 안으려고 했다. 하지만 그녀는 팔을 밀쳐냈다.

"당신은 바보에 성가신 사람이에요. 날 좀 내버려둬요."

그녀가 말했다.

"날더러 바보에 성가신 사람이라는군. 왜 나랑 결혼을 안 하려는지 아나? 당연히 모르겠지. 그건 말이지, 이 아가씨가……."

"입 다물어요! 입 닥치라고, 이 술 취한 멍청이! 또 한 번 그런 말 했다간 죽여 버릴 거야!"

도로시가 버럭 소리를 지르더니 두 손으로 그의 얼굴을 때리기 시작했다. 그녀의 얼굴이 붉게 달아오르고 목소리는 격렬하게 떨렸다.

나는 도로시를 억지로 떼어냈다. 래리도 퀸을 붙잡고 그가 넘어지지 않게 부축했다.

"날 때렸어, 닉."

퀸이 입을 비죽거리며 울먹였다. 볼을 타고 눈물이 흘러내렸다.

도로시는 내 코트 깃에 얼굴을 묻었다. 울고 있는 모양이었다.

그 집에 있는 사람은 모두 다 우리를 구경하고 있는 것 같았다. 팁이 달려왔다. 그녀의 얼굴은 호기심으로 잔뜩 흥분되어 있었다.

"왜 그래요, 닉?"

"그냥 술기운에 장난이 과했나 봐요. 둘 다 괜찮아요. 내가 집까지 데려다줄 겁니다."

팁이 그에 동의할 리 없었다. 그녀는 그들이 떠나지 않기를 바랐다. 최소한 정확히 무슨 일이 일어났는지 알아낼 때까지 말이다. 그녀는 도로시에게 잠깐 누우라고 하고, 이젠 서 있기조차 힘들어 하는 퀸에게는 필요한 것이 없느냐 물으며 법석을 피웠다.

노라와 나는 둘을 데리고 나왔다. 래리가 함께 가겠다고 했지만 우리는 그럴 필요가 없다고 거절했다. 집으로 돌아가는 길에 퀸은 택시 한쪽 구석에서 세상모르고 잠에 빠졌고, 도로시는 다른 한 편에서 뻣뻣하게 굳은 자세로 아무 말 없이 앉아 있었다. 노라가 그 사이에 앉았고, 나는 어쨌든 에지 부부 댁에서 오래 있지 않아도 돼 다행이라고 생각하며 접이식 의자를 꼭 붙들었다.

내가 퀸을 위층으로 데리고 올라가는 동안 노라와 도로시는 택시 안에 남아 있었다. 그의 몸은 완전히 축 늘어져 있었다.

초인종을 누르자 퀸의 아내 엘리스가 문을 열었다. 그녀는 녹색 잠옷을 입고 한 손에는 빗을 들고 있었다. 그녀는 피곤하다는 듯 그를 쳐다보더니 역시 피곤한 말투로 말했다.

"그 물건 데리고 들어와요."

나는 '그 물건'을 끌고 들어가 침대 위에 눕혔다. 그는 알아들을 수 없는 말을 중얼거리며 한 손을 힘없이 휘저었지만 눈은 여전히 감은 채였다.

"내가 옷 벗길게요."

내가 말하고 그의 넥타이를 풀었다. 그러자 엘리스가 침대 발치에 몸을 기댔다.

"그러시든가요. 난 포기했으니까."

이번에는 그의 코트와 조끼, 그리고 셔츠를 벗겼다.

"이번에는 어디서 쓰러진 거예요?"

그녀가 무관심한 말투로 물었다. 아직도 침대 발치에 서 있는 그녀는 이제 들고 있던 빗으로 머리를 빗고 있었다.

"에지 부부네서."

나는 그의 바지 단추를 풀었다.

"그 어린 와이넌트 년이랑?" 그녀가 지나가듯 물었다.

"다른 손님도 많았어요."

"그랬겠죠. 사람 없는 곳은 택하질 않으니까. 그럼 나한테 더 이야기해 줘도 되겠네요."

그녀가 두어 번 머리를 빗으며 말했다.

그때 퀸이 뒤척이더니 중얼거렸다.

"도로시……."

나는 묵묵히 그의 신발을 벗겼다.

엘리스가 한숨을 쉬었다.

"남편이 사내다웠던 때가 아직 기억나요."

내가 그의 옷을 마저 벗기고 이불을 덮어줄 때까지 그녀는 남편을 노려보기만 했다. 그러고는 다시 한숨을 쉬었다.

"한 잔 드릴게요."

"금방 가야 하니까 잠깐만 있을게요. 노라가 택시에서 기다리고 있어요."

엘리스는 무슨 말인가 하려는 듯 입을 열었다가 닫고는 다시 입을 열었다.

"알겠어요." 나는 그녀와 함께 부엌으로 갔다. "내가 참견할 일은 아니지만……. 닉, 사람들이 나에 대해 어떻게 생각해요?"

"다른 사람이랑 똑같죠. 당신을 좋아하는 사람도 있고, 그렇지 않은 사람도 있고, 이쪽이든 저쪽이든 별 생각 없는 사람도 있고."

"그런 뜻이 아니었어요. 치마 두른 사람이라면 무조건 쫓아다니는 해리슨과 함께 사는 것에 대해서 다른 사람들이 어떻게 생각하느냐고요?"

"모르겠어요, 엘리스."

"당신은 어떻게 생각해요?"

"난 당신이 자기 행동에 대해 잘 알고 있고, 당신이 어떻게 하든 내가 간섭할 바가 아니라고 생각해요."

그녀는 그것 가지고는 부족하다는 표정으로 나를 쳐다보았다.

"당신은 문제가 될 법한 말은 절대 안 하죠? 내가 오로지 돈 때문에 그를 떠나지 않는다는 거 알고 있죠? 당신한테는 대단치 않은 돈일지 몰라도 난 아니에요. 난 어렵게 자랐거든요."

그녀가 씁쓸하게 말했다.

"이혼을 하면 위자료를 받잖아요. 한 번 생각해 보는 것도······"

"술이나 마시고 얼른 가버려요."

21

내가 택시로 돌아가자 노라는 자신과 도로시 사이에 공간을 만들었다.

"커피 마시고 싶어요. 루벤에 갈까요?"

"좋지."

나는 이렇게 대답하고 택시 기사에게 그곳 주소를 말했다.

"퀸의 아내분이 뭐라고 안 했어요?"

도로시가 자신 없게 물었다.

"네게 따뜻한 안부의 말 전하라더군."

"못되게 굴지 말아요." 노라가 내게 핀잔을 주었다.

"난 그를 정말 좋아하지 않아요, 닉. 앞으로 절대로 만나지 않을 거예요. 정말이에요. 그건 그냥…… 난 외로웠고 그 사람은 같이 다니기 좋았단 말이에요."

그렇게 말한 도로시는 술이 다 깼는지 이제 꽤 멀쩡해 보였다.

나는 무언가 말하려다가 노라가 팔꿈치로 내 옆구리를 쿡 찌르는 바람에 입을 다물었다.

"걱정하지 마. 해리슨은 원래 좀 바보 같은 사람이니까."

노라의 말에 내가 말했다.

"괜한 소리 하고 싶진 않지만 그는 정말 사랑에 빠진 것 같아."

노라가 또 한 번 내 옆구리를 찔렀다.

어두운 불빛 속에서 도르시가 내 얼굴을 쳐다보았다.

"설마…… 날 놀리는 건 아니죠, 닉?"

"그러면 좋겠군."

"오늘 밤 '그노움'에 대해 새로운 이야기를 들었어요."

노라가 감히 끼어들 여지를 주지 않고 입을 열었다.

"아, 도로시. '그노움'은 에지 부인을 말하는 거야. 리바이가 말하기를……."

노라의 이야기는 꽤 웃겼다. 물론 듣는 사람이 팁을 잘 안다는 전제 하에서. 루벤 앞에서 택시가 멈출 때까지 노라는 계속해서 그녀에 대해 수다를 늘어놓았다.

식당 안에는 허버트 매컬리가 붉은색 옷을 입은 갈색 머리의 통통한 여자와 함께 테이블에 앉아 있었다. 나는 그에게 손을 흔들고 음식을 주문한 뒤 그들에게 다가갔다.

"여기는 닉 찰스, 이쪽은 루이즈 제이콥스. 앉지. 새로운 소식 있나?"

그의 질문에 내가 답했다.

"조젠슨이 로즈워터야."

"말도 안 돼!"

나는 고개를 끄덕였다.

"게다가 보스턴에 아내도 있는 모양이더군."

"그를 보고 싶군. 난 로즈워터를 알고 있으니까, 만나서 확실히 하고 싶다고."

그가 느릿느릿 말했다.

"경찰에서는 확실하다고 보는 것 같아. 그를 찾아냈는지는 잘 모르겠네. 그가 줄리아를 죽인 것 같나?"

매컬리는 고개를 저었다.

"아무리 그런 협박을 했어도 로즈워터가 누굴 죽일 사람이라곤 생각지 않아. 적어도 내가 알기로는. 협박 당시에 내가 그리 진지하게 받아들이지 않았던 거 기억나지? 또 무슨 일이 있었나?"

나는 곧장 말하지 않고 잠시 머뭇거렸다.

"루이즈는 괜찮네. 말해도 돼."

"그게 아닐세. 지금은 일행한테 돌아가 봐야 해. 여기 온 건 오늘 아침 《타임스》에 낸 광고에 대해 답이 왔는지 묻기 위해서였네."

"아직. 앉지, 닉. 물어볼 게 많아. 와이넌트의 편지에 대해 경찰에 이야기했지, 아닌……?"

"내일 점심 먹으러 오지 그러나. 그때 이야기하자고. 지금은 일행한테 돌아가 봐야 한다니까."

"저 조그만 금발 여자는 누구죠? 해리슨 퀸이랑 여기저기서 본 것 같은데."

루이즈 제이콥스가 물었다.

"도로시 와이넌트라고 합니다." 내가 대답했다.

"자네도 퀸을 아나?" 매컬리가 내게 물었다.

"바로 10분 전에 그의 옷을 벗겨 침대에 눕히고 오는 길이야."

이 말을 들은 매컬리가 빙그레 웃었다.

"앞으로도 그렇게 지내길 바라네. 친구로서만 말이야."

"그게 무슨 소린가?"

매컬리의 미소가 조금 씁쓸해졌다.

"예전에 내 주식을 맡아줬었는데 그의 조언 덕분에 거의 나앉을 뻔했거든."

"그거 정말 다행이군. 지금 내 주식을 봐주고 있거든. 난 그의 조언을 따르고 있고."

매컬리와 그 여자가 웃음을 터뜨렸다. 나도 함께 웃는 척하다가 우리 자리로 돌아왔다.

"아직 자정도 안 됐고 엄마가 당신을 기다린다고 했어요. 다 같이 엄마나 보러 가는 게 어때요?"

도로시가 제안했다.

노라는 못 들은 척 열심히 커피만 따르고 있었다.

"왜? 둘이 이번엔 또 무슨 꿍꿍이야?"

지금 도로시와 노라만큼 천진난만한 표정을 짓고 있는 사람은 어디에서도 찾을 수 없을 것이었다.

"꿍꿍이는요. 그냥 그러면 좋겠다고 생각했어요. 아직 그리 늦지도 않았고, 또……."

"우리 모두 미미를 아주 사랑하고 말이지."

"아, 아니, 그건 아니고요. 하지만……"

"그냥 집에 가긴 너무 이르잖아요."

노라가 끼어들자 내가 말했다.

"밀주집들도 있고, 나이트클럽도 있고, 할렘도 있잖아."

노라가 눈살을 찌푸렸다.

"당신 생각은 어쩌면 하나같이 다 그래요?"

"배리에 가서 카드 게임이나 한 판 할까?"

도로시가 좋다고 대답하려는 찰나 노라가 또 한 번 얼굴을 찌푸렸다.

"미미를 또 만나는 게 싫어서 그래. 아까 일이면 하루치로 충분하지 않아?"

내가 말했다.

내 말에 노라는 애써 참아주고 있다는 것을 보여주기 위해 일부러 한숨을 쉬었다.

"좋아요. 평소처럼 또 밀주집이나 가고 말 거라면 차라리 당신 친구 스터지가 하는 곳으로 가요. 그 사람 귀엽잖아요. 단, 그때처럼 끔찍한 샴페인은 절대 안 마셔요."

"최선을 다하지. 길버트한테 들었나? 미미랑 내가 부끄러운 상태로 있다가 들켰다는 거?"

내가 도로시에게 물었다.

그녀는 노라와 눈빛을 주고받으려 했지만 노라의 시선은 자기 앞에 놓인 치즈 블린츠(치즈나 잼 등을 채워 말아 굽거나 튀긴 팬케이크 — 옮긴이)를 떠나지 않았다.

"정확히 그런 말을 한 건 아니에요."

"편지 이야기는 하던가?"

"크리스천의 아내가 보낸 거요? 예. 엄마 정말 열 받겠죠?"

도로시의 눈이 반짝반짝 빛났다.

"그게 좋나보군."

"그런 거 같아요? 어디가요? 엄마가 내게 무슨 짓을 했기에 딸이 엄마한테 그런 마음을 품겠어요?"

"닉, 아이 그만 좀 괴롭혀요."

노라가 끼어들었다.

나는 노라 말대로 거기서 멈추었다.

22

피지런 클럽은 잘 나가는 모양이었다. 그곳은 사람과 소음, 담배 연기로 가득했다. 스터지는 계산대 뒤에 서 있다가 우리를 반겼다.

"안 그래도 한 번 들러줬으면 했지."

그는 나와 노라의 손을 힘차게 흔들고 도로시를 향해 커다란 미소를 지었다.

"특별한 거 있나요?"

"이런 숙녀 분들이 있으면 모든 게 다 특별하지."

그가 허리를 숙이고 절하는 시늉을 했다.

나는 그들 서로를 소개시켜 주었다.

그는 그녀에게도 고개를 숙이고는 닉의 친구는 곧 자기 친구, 어쩌고 하는 소리를 늘어놓더니 지나가던 웨이터를 불러 세웠다.

"피트, 여기 찰스 씨를 위해 테이블 하나 마련해."

"매일 밤 이렇게 손님이 많나요?"

"어쩌겠나. 여기 한 번 와 보면 또다시 오고야 마는데. 검정색 대리석 타구(唾具) 같은 것도 없지만 말이야. 하긴, 여기서 마시는 건 뱉어낼 필요가 없지. 테이블 준비하는 동안 잠시 바에 있겠나?"

우리는 알겠다고 하고 술을 주문했다.

"넌하임 소식은 들었죠?" 내가 물었다.

그는 뭐라고 말할지 마음을 정하는 듯 잠시 나를 쳐다보더니 이내 입을 열었다.

"으흠. 들었지. 그 놈 여자는 저기 있어. 파티라도 하는 거겠지."

그는 식당 반대편 벽을 향해 고갯짓을 했다.

나는 스터지가 가리키는 방향으로 고개를 돌렸다. 대여섯 명의 남녀와 섞여 테이블에 앉아 있는 붉은 머리 미리엄이 눈에 들어왔다.

"누구 짓인지 들었어요?" 내가 물었다.

"여자 말로는 경찰이 그랬다던데? 너무 많은 걸 알고 있었다고."

"그것 참 웃긴 소리네요."

"웃기지. 자, 테이블이 준비됐군. 바로 앉게나. 곧 돌아오지."

우리는 각자 잔을 들고 테이블로 향했다. 애초에 테이블 하나만 있어야 할 곳에 테이블이 두 개 있었는데 우리의 테이블은 그 사이를 비집고 세워져 있었다. 우리는 최대한 편안히 앉으려 애를 썼다.

노라가 자기 술을 맛보더니 몸을 부르르 떨었다.

"이게 혹시 가로세로 낱말 맞추기에 나온 '쓴야생완두' 맛 아닐까?"

"오, 봐요!" 도로시가 말했다.

우리 모두 고개를 들자 셉 모렐리가 다가오는 게 보였다. 도로시의 관심을 끈 것은 바로 그의 얼굴이었다. 푹 패지 않은 곳은 모조리 부어올라 있었고, 색깔은 한쪽 눈 주변의 짙은 보라색부터 턱에 붙인 반창고의 연한 분홍색까지 총천연색이었다.

그는 우리 테이블로 와 몸을 조금 기울이더니 양쪽 주먹을 그 위에 올려놓았다.

"저, 스터지 말로는 사과를 해야 한다고 해서……."

"에밀리 포스트(에티켓에 대한 책을 쓴 미국 작가 — 옮긴이)가 따로 없다니까."

노라가 중얼거렸다.

모렐리는 엉망이 된 머리를 흔들었다.

"내가 한 짓에 대해 사과를 하는 게 아니야. 화를 내든, 받아들이든, 그건 당한 사람의 몫이니까. 하지만 그렇게 이성을 잃고 법석을 피운 건 정말 미안하게 됐수. 많이 다치지 않았기를 바라고, 내가 보상하기 위해 할 수 있는 게 있다면……"

"됐어요. 여기 앉아서 한 잔 하시오. 여긴 모렐리 씨고, 이쪽은 와이넌트 양."

도로시의 눈이 커지더니 호기심을 띠었다.

모렐리가 의자를 하나 가지고 와 자리에 앉았다.

"그쪽도 너무 나쁘게 생각 안 하면 좋겠는데."

그가 노라를 향해 덧붙였다.

"오, 난 재미있었어요." 노라가 대답했다.

그가 의심스러운 눈초리로 노라를 쳐다보았다.

"보석으로 나온 거요?" 내가 물었다.

"그렇수, 오늘 오후에. 그러느라 상처가 새로 생겼지. 골탕을 먹이려고 그랬는지 풀어주기 전에 한바탕 실랑이를 했거든."

그가 한 손으로 조심스럽게 얼굴을 만지며 대답했다.

"정말 끔찍한 일이네요. 경찰이 정말로……?"

노라가 분개하며 말했다.

나는 아내의 손을 가볍게 두드렸다.

"원래 이쪽 일이 다 그렇지. 다만 날 이렇게 만드는 데 경찰 한둘 가지고는 부족하달까."

그의 부어오른 아랫입술이 조금 움직였다. 경멸이 담긴 미소를 지으려는 것 같았다.

"당신도 저런 짓을 했어요?"

노라가 날 쳐다보았다.

"누구? 나?"

그때 스터지가 의자를 하나 끌고 다가왔다.

"얼굴을 그 모양으로 만들어놨구먼, 엉?"

스터지가 모렐리를 향해 고갯짓을 하며 말했다. 우리는 그가 앉을 수 있도록 의자를 움직였다. 그가 자리에 앉더니 노라와 노라의 술잔을 향해 흡족한 미소를 지었다.

"파크로의 번지르르한 술집에도 그보다 나은 술은 없을 거요. 그리고 여기선 한 잔에 50센트만 내면 되니까."

노라의 미소는 희미했지만 미소는 미소였다. 그녀는 테이블 아래로 내 발을 지그시 밟았다.

"클리블랜드에서 줄리아 울프를 알고 있었소?"

내가 모렐리에게 물었다.

그는 의자에 비스듬히 기대어 앉아 술집 안을 둘러보며 돈이 쌓이는 것을 지켜보던 스터지를 곁눈으로 쳐다보았다.

"그녀가 로다 스튜어트로 통할 때 말이오." 내가 덧붙였다.

그는 이번에는 도로시를 쳐다보았다.

"그렇게 답답하게 굴 필요 없소. 그쪽은 클라이드 와이넌트의 딸이니까."

갑자기 스터지가 둘러보기를 멈추더니 도로시를 향해 환한 미소를 지었다.

"그래? 아버지는 안녕하신가?"

"어릴 때 이후로 아버지를 뵌 적이 없어요."

모렐리는 담배 한쪽 끝에 침을 바르더니 부어오른 입술 사이로 담배를 밀어 넣었다.

"난 클리블랜드 출신이야." 그가 성냥에 불을 붙였다. 그의 눈은 초점이 없었다. 멍하게 보이려고 애쓰는 것 같았다. "그녀의 본명은 로다 스튜어트가 아니었어. 원래 이름은 낸시 케인이지. 아가씨 아버지도 알고 있었고."

그가 마지막 말을 하며 다시 도로시를 쳐다보았다.

"우리 아빠를 알아요?"

"한 번 이야기를 나눈 적이 있지."

"뭐에 관해서였소?" 내가 물었다.

"그 여자."

그의 손에 들려 있던 성냥이 손가락까지 타들어 갔다. 그가 그것을 떨어뜨리더니 다른 것을 하나 더 켜 담배에 불을 붙였다. 그는 나를 향해 한쪽 눈썹을 치켜 올리며 이마에 주름을 잡았다.

"이래도 괜찮은 건가?"

"그렇소. 여기서 말을 가릴 필요가 있는 사람은 없소." 내가 대답했다.

"좋아. 그는 질투에 사로잡혀 어쩔 줄을 몰랐지. 손 좀 봐주려고 했는데 여자가 말리더군. 그래도 괜찮았어. 돈줄이었으니까."

"그게 얼마나 오래 전 일이오?"

"6개월? 8개월쯤?"

"그녀가 죽은 이후로 그를 본 적이 있소?"

그가 고개를 저었다.

"그를 본 건 두 번이 다야. 그리고 방금 이야기한 게 가장 마지막으로 본 거였고."

"여자가 그에게 사기를 치고 있었소?"

"말로는 아니라고 했는데 그랬던 것 같군."

"왜 그랬겠소?"

"머리가 좋거든. 아주 똑똑했지. 어딘지는 몰라도 돈이 나오는 구석도 있었고. 한 번은 5000이 필요하다고 했더니 짠, 하고 바로 현찰을 구해 주더라고."

그가 손가락을 튕기며 딱 소리를 냈다.

나는 그 돈을 갚았느냐고 물으려다 참았다.

"그가 돈을 준 걸 수도 있지 않겠소."

"물론 그럴 수도 있겠지."

"그럼 이 이야길 경찰에 했소이까?"

내 물음에 그는 조롱하듯 웃음을 터뜨렸다.

"날 두들겨 패면 그런 걸 알아낼 수 있을 줄 알았겠지. 지금 한 번 물어보슈, 어떻게 생각하는지. 당신은 괜찮은 사람 같군. 그러니까 말인데……." 그가 뚝 말을 멈추더니 물고 있던 담배를 꺼냈다. "여기 남의 말을 엿듣는 놈이 있군."

그가 다닥다닥 붙은 옆 테이블에 앉아 있던 한 남자의 귀를 툭 건드렸다. 그의 몸은 우리 쪽을 향해 점점 기울어지고 있던 참이었다.

그 남자가 펄쩍 뛸 듯 놀라더니 파랗게 질린 얼굴을 돌려 모렐리를 쳐다보았다.

"귓방망이는 그만 도로 가져가시지. 까딱 잘못했다간 우리 술잔에 빠지겠어."

"뭐, 뭘, 아무것도 아니야, 셉."

그가 더듬거리더니 우리로부터 최대한 멀어지기 위해 테이블에 자기 배를 마구 들이밀었다. 그래도 여전히 가까이에 있는 것은 어쩔 수 없었다.

"그래, 아무것도 아니겠지. 그런데 왜 계속 그렇게 쓸데없는 짓을 하나?" 모렐리가 말하더니 다시 나를 바라보았다. "당신한테라면 다 털어놓겠어. 여자는 죽었으니 이제 더 이상 다칠 일은 없고. 하지만 경찰은 무슨 짓을 해도 나한테 진실을 듣지 못할 거야."

"잘됐군. 그녀에 대해서 이야기해 주시오. 어디에서 처음 만났는지, 그녀가 와이넌트 밑에서 일하기 전에는 무얼 했는지, 그들이 어디에서 만났는지."

"그럼 먼저 한 잔 해야겠는데. 이봐! 거기 등에 뭐 업은 놈!"

그가 앉은 자리에서 몸을 돌려 목청껏 소리쳤다.

그러자 스터지가 피트라고 불렀던 곱사등이 사내가 인파를 뚫고 우리 테이블로 다가오더니 모렐리를 향해 사람 좋은 미소를 지었다.

"뭐 드릴까요?"

그는 말을 마치면서 혀로 이를 훑어 쫙 소리를 냈다.

우리는 주문을 했고 웨이터가 돌아갔다.

"나와 낸시는 한 동네에 살았지. 개 아버지가 길모퉁이에 있는 사탕 가게를 했었고. 아버지 몰래 담배를 훔치다 내게 주곤 했었지." 그가 웃음을 터뜨렸다. "한 번은 철사로 공중전화에서 동전 꺼내는 법, 알잖아. 구식 방법. 그걸 개한테 보여주다가 걔 꼰대한테 들켜 먼지 나게 두들겨 맞은 적도 있었고. 아마 3학년쯤 됐을 땐가." 그가 다시 웃음을 터뜨렸다. 목구멍 깊이 낮게 울리는 소리였다. "그때 동네에서 한창 집들을 짓고 있었는데 거기에서 가구랑 설비 같은 걸 훔쳐다가 걔 아버지 창고에 숨겨놓고 그 동네 경찰인 슐츠한테 찌르려고 했거든. 두들겨 맞은 보답으로 말이야. 그런데 그 애가 말려서 결국 못하고 말았지."

"당신 어릴 때 정말 귀여웠겠어요."

노라가 웃으며 말했다.

"당연하지. 그리고 한 번은 다섯 살인가……"

그때 어디선가 여자 목소리가 들려왔다.

"어쩐지 당신 같더라."

나는 고개를 들었다. 목소리의 주인공은 다름 아닌 붉은 머리 미리엄이었다.

"안녕하십니까." 내가 인사했다.

그녀가 양 손으로 허리를 짚더니 어두운 눈초리로 나를 노려보았다.

"그래, 그가 너무 많은 걸 알고 있었던 거지?"

"그랬을지도 모르죠. 하지만 우리한테 뭘 말해 주기도 전에 신발을 양 손에 쥐고 비상구로 내뺐잖습니까."

"개소리!"

"그래요? 그럼 도대체 뭘 너무 많이 알았던 거죠?"

"와이넌트가 어디에 있는지."

"그래요? 그가 어디 있습니까?"

"난 몰라. 아트가 알았지."

"우리한테 말해 줬으면 얼마나 좋아요. 우리가……"

"개소리! 당신도, 경찰도 알고 있어. 지금 누구한테 거짓말을 하려는 거야?"

그녀가 다시 소리를 질렀다.

"거짓말이 아니에요. 난 와이넌트가 어디에 있는지 모릅니다."

"그 사람 밑에서 일하고 있잖아. 그리고 경찰도 당신과 한통속이고. 개소리로 날 속이려 하지 마. 아트는 아는 걸 가지고 돈을 많이 벌 수 있을 거라고 생각했지. 불쌍한 인간! 무슨 짓을 당할지 몰랐던 거야."

"그가 뭔가 안다고 했나요?" 내가 물었다.

"난 당신 생각처럼 바보천치가 아냐! 뭔가를 알고 있는데 그걸로 큰돈을 벌 수 있다고 했어. 그리고 그런 일이 어떻게 벌어지는지 난 잘 안다고. 2에 2를 더하면 뭐가 나오는지 나도 안다고!"

"어떤 때는 4가 되기도 하지만 어떤 때는 22가 되기도 하죠. 난 와이넌트 밑에서 일하는 게 아닙니다. 자, 또 '개소리!' 이런 말은 말아요. 우릴 도와주고 싶습니……"

"아니. 그는 밀고자였고 정보를 전해야 할 사람들한테 제대로 알려주지 않았어. 그러니 당해도 싸지. 하지만 내가 당신이랑 길드가 아트와 함께 있는 걸 보고 나왔다는 걸 잊지 말라고. 그리고 그가 바로 그 다음에 시체로 발견되었다는 것도."

"당신한테 뭔가를 잊어달라고 한 적 없습니다. 오히려 기억해 주면 좋겠군요……"

"화장실에 가야 해."

그녀는 이렇게 말하곤 가버렸다. 그녀의 걸음걸이는 놀라울 정도로 우아했다.

"저런 여자랑은 절대로 엮이고 싶지 않군. 아주 독해."

스터지가 말했다.

모렐리도 나를 향해 윙크했다.

도로시는 나의 팔을 살짝 건드렸다.

"난 이해 못하겠어요, 닉."

나는 도로시에게 괜찮으니 걱정하지 말라고 말하고 다시 모렐리에게 시선을 돌렸다.

"줄리아 울프에 대해 이야기하고 있었소."

"그렇지. 음, 걔가 열다섯인가 열여섯 살에 고등학교 선생이랑 무슨 일이 있었을 때 꼰대가 얘를 내쫓았지. 그런 다음 그 애는 페이스 페플러라는 남자랑 살림을 차렸어. 입만 다물고 있으면 똑똑한 애였지. 한 번은 나랑 페이스가……." 그가 뚝 말을 멈추더니 헛기침을 했다. "그건 그렇고, 페이스랑 걔가 같이 지낸 건 5년? 6년쯤 되었을 거야. 남자가 군대에 있던 시간을 빼도. 그때 걔는 다른 어떤 남자랑 살았는데…… 이름은 기억이 안 나는데, 딕 오브라이언의 사촌이었고 술을 좋아하는 비쩍 마르고 머리색이 진한 놈이었지. 하지만 페이스가 군에서 나오자 그한테 돌아가서 쭈욱 함께 했을 거야. 결국엔 토론토에서 온 촌놈을 벗겨먹으려다가 붙들리고 말았지. 페이스가 다 뒤집어쓰고 여자는 6개월 만에 출소했어. 마지막으로 듣기론 아직도 감방에 있다고 하더군. 내가 걔를 만난 건 감방에서 나온 다음이었어. 동네를 뜬다면서 200달러를 빌려달라고 하더라고. 그러고 나서 돈을 돌려받을 때 한 번 소식을 들었지. 이제 자기 이름이 줄리아 울프고, 대도시 생활이 마음에 든다고 말이야. 페이스는 계속 그 애 소식을 듣고 있었고. 그래서 28년에 이리로 왔을 때 걔가 어디에 사는지 알아봤었지. 그 애는……."

그때 미리엄이 우리 테이블로 돌아오더니 아까처럼 허리춤에 양 손을 올리고 섰다.

"당신 말을 좀 생각해 봤지. 내가 바본 줄 아나본데."

"아닙니다."

내가 대답했지만 그리 솔직한 건 아니었다.

"당신이 늘어놓는 그 말도 안 되는 소리를 믿지 않을 정도로 내가 바보가 아니라는 건 확실해. 내 눈 앞에 뭐가 있으면 그것 정도는 제대로 볼 수 있단 말이야."

"잘됐군요."

"잘된 게 아니야. 넌 아트를 죽이고……"

"자, 소란 그만 피우고…… 아가씨. 따라와요. 이야기 좀 합시다."

스터지가 자리에서 일어나더니 그녀의 팔을 붙잡았다. 그의 목소리는 아기를 달래듯 부드러웠다. 그가 그녀를 데리고 바깥쪽으로 사라졌다.

모렐리가 또 한 번 내게 윙크를 했다.

"저런 걸 좋아한다니까. 이리로 이사 왔을 때 걔를 찾아봤다고 했지. 만났더니 그러더군. 와이넌트란 사람 비서 노릇을 하고 있는데 자기한테 푹 빠져 있다고, 우아하게 살고 있다고 말이야. 오하이오에서 6개월 형을 살 때 속기를 배운 것 같더라고. 걔도 그게 어딘가 도움이 될 거라 생각했고. 그거 있잖아, 어딘가에 일자리를 얻어 일하다가 사람들이 금고를 열어놓고 나가면 바로 쓱싹! 직업소개소를 통해 와이넌트 밑에서 한 이틀 일을 했는데 가만히 보니까 조금 훔쳐 달아나는 것보다

장기적으로 가치가 있을 것 같더라, 이거지. 그래서 거기에서 일을 하기로 하고 결국에는 그렇고 그런 사이가 된 거야. 걔는 머리가 좋아서 처음부터 '전과가 있다', '지금부터 착실하게 살아보려고 한다', 뭐 그런 이야기를 다 했더라고. 그래야 나중에 혹시라도 알게 됐을 때 난리가 나지 않을 테니까. 자길 못마땅하게 생각하던 그의 변호사가 뒷조사를 해볼 수 있고. 알겠지만 걔가 정확히 무슨 일을 했는지는 나도 잘 몰라. 어차피 자기가 벌인 일이었고, 내 도움 같은 건 따로 필요가 없었고, 또 우리가 친구라고는 해도 내가 와이넌트한테 폭로하거나 그를 해코지할 정보 같은 건 나한테 알려서 좋을 게 없었으니까. 이건 알아두자고. 걔랑 난 애인 사이가 아니었어. 우린 그냥 코흘릴 때부터 함께 놀았던 오랜 친구 사이일 뿐이야. 뭐, 가끔 만나기는 했지. 여기에 자주 왔었고. 하지만 그것도 와이넌트 그 놈이 난리를 쳐서 끝나고 말았지만. 나랑 술 몇 잔 마시겠다고 안락한 생활을 포기할 순 없으니 나랑 노는 것도 그만둬야겠다고 하더라고. 그게 전부야. 그게 아마 10월이었고, 개도 자기 결심을 지켰고. 그 이후로는 만난 적이 없어."

"그녀가 다른 사람은 만나지 않았소?" 내가 물었다.

모렐리는 고개를 흔들었다.

"나도 모르지. 다른 사람 이야기는 별로 안 했거든."

"살해 당시 다이아몬드 약혼반지를 끼고 있었소. 그거에 대해 아는 거 있소이까?"

"나한테 받은 게 아니라는 것 빼고는 아무것도. 나랑 만날 때에는 안 끼고 있었고."

"페플러라는 사람이 출소하면 그와 다시 합칠 생각이었겠소?"

"어쩌면. 그가 감방에 있다는 것에 대해선 별로 걱정을 안 했지만 그랑 같이 일하는 걸 좋아했으니까 아마 다시 합쳤겠지."

"그럼 이 딕 오브라이언의 사촌이라는 사람은 어떻소? 비쩍 마르고 머리색이 진하다는? 그 사람은 어떻게 됐소?"

모렐리는 놀란 눈으로 나를 쳐다보았다.

"나야 모르지."

그때 스터지가 혼자 돌아왔다.

"잘은 몰라도 누군가 저 암소를 제대로 붙잡을 수만 있다면 아주 잘 써먹겠어."

그가 자리에 앉으며 말했다.

"목을 잡아야지, 목을." 모렐리가 덧붙였다.

이 말을 들은 스터지가 사람 좋은 미소를 지었다.

"아니야. 저 여자도 애쓰고 있다고. 노래 교습도 열심히 받고, 그리고……."

모렐리가 자신의 빈 잔을 내려다보았다.

"당신이 파는 이 호랑이 젖이 저 여자 목청에 효과가 좋은가봐. 이봐! 거기 배낭 맨 놈! 같은 거 더 가져와 봐. 우리 모두 내일 합창대회가 있거든!"

그가 머리를 돌려 피트를 향해 고함을 질렀다.

"갑니다, 셉 셉!"

피트가 대답했다. 모렐리와 이야기를 할 때마다 그의 주름진 회색 얼굴에 생기가 돌았다.

그때였다. 미리엄의 테이블에 앉아 있던 거대한 덩치의 금발 남자(머리색이 너무나도 연해 거의 색소 결핍에 가까워 보였다.)가 다가오더니 가늘고 여성스럽게 떨리는 목소리로 말했다.

"그래서 당신이 아트 넌하임을 보내버린 사람……"

그 순간, 모렐리가 그 남자의 포동포동한 배에 펀치 한 방을 날렸다. 자리에서 일어나지 않은 채 가할 수 있는 최고의 펀치였다. 갑자기 벌떡 일어난 스터지도 모렐리 위로 몸을 숙이더니 거대한 주먹으로 그 남자의 얼굴의 갈겼다. 바보 같은 말이지만 나는 그 순간 그가 아직도 왼손으로 싸운다는 것을 알아차렸다. 곱사등이 피트도 그 남자 뒤에서 불쑥 나타나 쟁반으로 있는 힘껏 그의 머리를 내리쳤다. 뚱뚱한 남자는 그대로 뒤로 넘어갔다. 뒤에 있던 테이블과 거기에 앉은 세 명의 사람도 함께. 두 명의 바텐더들도 우리 편이었다. 뚱뚱한 사내가 일어나려고 하자 바텐더 중 한 명이 커다란 맥주잔으로 그를 때려눕혔다. 이제는 앞으로 넘어져 양 손을 짚고 있는 그에게 다른 바텐더가 달려들어 목덜미를 거머쥐었다. 잔뜩 비틀어 잡은 옷깃 때문에 그는 거의 숨을 쉬지 못했다. 모렐리의 도움으로 그들은 뚱뚱한 남자를 일으켜 세워 밖으로 끌고 나갔다.

피트는 그들을 돌아보며 혀로 소리 나게 이를 쭉 빨았다.

"저 망할 스패로 자식. 술만 마셨다 하면 안심할 수가 없다니까요."

그가 내게 설명하듯 말했다.

스터지는 옆 테이블에서 사람들을 일으켜 세우고 떨어진 물건을 주워 주며 수선을 피웠다. 남자가 쓰러지면서 같이 넘어진 테이블이었다.

"이런 건 아니지. 사업에 안 좋다니까. 하지만 선을 그으려면 어디에서 그어야 된단 말이야? 나는 싸구려 술집을 운영하는 건 아니지만 그렇다고 신학교를 운영하는 것도 아니라서 말이야."

스터지가 투덜거렸다.

도로시는 겁에 질려 얼굴이 창백해져 있었고, 눈이 커다랗게 벌어진 노라는 놀랐지만 감탄하는 것 같았다.

"여긴 완전히 정신 병원 같아요. 도대체 왜 그랬대요?"

"나라고 뭐 알겠어?" 내가 말했다.

모렐리와 바텐더들이 돌아왔다. 스스로를 꽤 자랑스러워하는 것 같았다. 모렐리와 스터지가 우리 테이블의 각자의 자리로 돌아갔다.

"정말 충동적이로군." 내가 말했다.

"충동적? 하하하."

스터지가 내 말을 따라하더니 껄껄 웃었다.

하지만 모렐리는 나름대로 진지했다.

"저 놈이 뭔가 시작하려고 하면 무조건 우리가 먼저 시작해야 된다니까. 놈이 발동이 걸렸을 땐 이미 늦지. 저 놈이 이렇게 구는 거 우리 전에 본 적 있지, 안 그래, 스터지?"

"어떤 거 말이오? 아무 짓도 안 했잖소?" 내가 물었다.

"안 했지. 그렇지. 하지만 그 놈이 곧 뭔가 벌일 것 같다는 기분이 들 때가 있단 말이야. 안 그래, 스터지?"

모렐리가 느릿느릿 말했다.

"그렇지. 놈은 감정적이니까."

스터지가 맞장구쳤다.

23

우리가 스터지와 모렐리에게 작별인사를 하고 피지런 클럽을 나섰을 때는 대략 새벽 2시쯤이었다.

택시 한쪽 구석에 웅크리고 앉은 도로시가 입을 열었다.

"나 토할 거예요. 정말이에요." 그녀가 단언했다.

"그 술 정말……. 난 취했어요, 닉. 무슨 일이 벌어진 건지 나한테 다 설명해 줘야 해요. 지금은 말고 내일. 조금 전에 나온 말이니, 행동이니 하나도 이해를 못 하겠다니까요. 정말 대단한 사람들이야."

노라가 내 어깨에 머리를 얹으며 말했다.

"있잖아요. 이 상태로는 엘리스 고모 네 못 가요. 난리가 날 거라고요."

도로시였다.

"그 뚱뚱한 남자를 그렇게 때려선 안 되는 거였어요. 조금 웃기긴 했지만."

노라가 말했다.

"난 우리 집으로 가는 게 낫겠어요." 도로시가 말했다.

"귓방망이는 도대체 뭐예요? 귀 말하는 거죠, 닉?"

노라가 물었다.

"그렇지." 내가 대답했다.

"열쇠를 깜빡하고 나와서 고모를 깨워야 한단 말이에요. 고모가 이 꼴을 볼 거라고요."

도로시가 투덜거렸다.

"사랑해요, 닉. 당신은 좋은 냄새가 나고 재미있는 사람들도 많이 알고."

노라가 말했다.

"날 집까지 데려다주는 거 괜찮아요? 그리 멀리 돌지 않죠?"

"괜찮아."

도로시의 물음에 내가 대답하고 택시기사에게 미미의 집 주소를 알려주었다.

"우리랑 같이 우리 집에 가자." 노라가 제안했다.

"안, 안 돼요. 안 그러는 게 낫겠어요." 도로시가 대답했다.

"왜 안 돼?"

"음, 저……. 그러면 안 될 것 같아요."

노라와 도로시 사이의 실랑이는 택시가 코틀랜드 앞에서 설 때까지 계속되었다.

나는 택시에서 내려 도로시가 내리는 것을 도왔다. 그녀는 내 팔에 거의 매달려 있었다.

"부디 올라와요. 잠깐만이라도." 도로시가 애원했다.

"그럼 잠깐만 있다 가지, 뭐."

노라가 대답하더니 택시에서 내렸다.

나는 택시기사에게 기다리라고 말하곤 위로 올라갔다. 도로시가 초인종을 누르자 잠옷에 가운 차림의 길버트가 문을 열어주었다. 그는 경고의 표시로 한 손을 들어 올리더니 낮은 목소리로 말했다.

"경찰이 와 있어요."

"누가 왔니, 길버트?"

미미의 목소리가 거실에서 들려왔다.

"찰스 씨 부부랑 누나요."

우리가 들어가자 미미가 맞으러 나왔다.

"누군가가 이렇게 반가운 적이 없었어요. 도대체 누구한테 기대야 할지 모르겠더라니까."

미미는 분홍빛이 도는 실크 잠옷 위에 역시 분홍빛이 도는 새틴 가운을 입었다. 그녀의 분홍빛 얼굴은 어딜 보아도 기분 상한 기색은 없었다. 그녀는 도로시를 무시하고 노라와 나의 손을 번갈아 붙잡았다.

"이제 걱정 없이 당신한테 맡겨도 되겠어요, 닉. 이 불쌍하고 어리석은 여자한테 어떻게 해야 할지 알려줘요."

내 뒤에 서 있던 도로시가 속삭이듯 "헛소리!"라고 했지만 감정이 담겨 있지는 않았다.

미미는 딸의 말을 듣지 못한 것 같았다. 아니, 말을 들었다 해도 못들은 척했다. 아직도 손을 잡고 있던 그녀는 거실로 우리를 잡아끌었다.

"길드 형사님 알죠? 지금까지 정말 상냥하게 대해 주셨어요. 그런데 아마 내가 인내심의 한계를 느끼게 하고 있나 봐요.

아까부터 난…… 음, 그러니까, 어찌할 바를 모르고 있었거든요. 근데 이제 당신이 왔으니…….."

우리는 거실로 들어갔다.

길드가 내게는 "오셨습니까."라고, 그리고 노라에게는 "안녕하십니까, 부인."이라고 인사했다. 모렐리가 들이닥쳤던 날 그와 함께 우리 방을 뒤졌던 앤디라는 형사도 옆에 서 있다가 웅얼거리며 우리에게 인사했다.

"무슨 일입니까?" 내가 물었다.

길드가 곁눈으로 미미를 힐끔 쳐다보고 다시 나를 보며 입을 열었다.

"보스턴 경찰이 조젠슨인지, 로즈워턴지, 아니면 또 다른 이름이 있는지, 그 놈을 첫 번째 아내 집에서 붙들어 우리 대신 질문을 몇 가지 했답니다. 답변의 요점은 줄리아 울프가 죽은 거랑 본인은 아무 관련이 없고, 조젠슨 부인이 그걸 증명해 줄 수 있다는 건데, 그 이유는 그녀가 와이넌트가 범인이라고 할 수 있는 증거를 숨기고 있기 때문이라는 겁니다." 그의 눈이 다시 살짝 돌아가 미미에게 초점을 맞췄다. "그런데 이 숙녀 분께서는 긍정도, 부정도 하지 않고 답변을 거부하고 있단 말씀이죠. 솔직히 말하자면, 찰스 씨, 이젠 이 여자 분이 무슨 생각을 하고 있는지도 모르겠습니다."

길드의 말이 무슨 뜻인지 난 충분히 이해할 수 있었다.

"겁이 났나 보죠." 내가 말했다.

그러자 미미가 겁이 난 사람처럼 보이려고 애쓰는 것이 느껴졌다.

"그는 첫 번째 부인과 이혼했답니까?" 내가 물었다.

"첫 번째 부인 말에 따르면 아니라더군요." 길드가 대답했다.

"그 여자 거짓말하는 거예요." 미미가 끼어들었다.

"쉬잇. 그래서 조젠슨은 뉴욕으로 돌아오는 겁니까?" 내가 물었다.

"송환 명령을 내려야 할 것 같습니다. 보스턴 쪽 말로는 변호사를 고용해 골탕 먹이겠다고 큰소리를 치고 있다더군요."

"그 사람이 그렇게 절실히 필요한가요?" 내가 다시 물었다.

길드가 자신의 커다란 어깨를 으쓱였다.

"그를 불러들이는 게 이 사건을 해결하는 데 도움이 된다면요. 옛날 사건이나 중혼 죄 같은 건 별로 상관하지 않습니다. 내 담당도 아닌 사건으로 사람을 잡아넣는 건 제 취향이 아니거든요."

"자, 그럼 이야기를 좀 해주시죠?" 내가 미미에게 말했다.

"단둘이 할 수 있어요?" 미미가 내게 물었다.

그에 대한 대답으로 나는 길드를 쳐다보았다.

"도움이 된다면 얼마든지." 길드가 대답했다.

그때 도로시가 내 팔을 잡았다.

"닉, 그 전에 내 말부터 들어요. 난……."

그녀의 말이 뚝 멈췄다. 모두가 그녀를 쳐다보고 있었다.

"뭔데?" 내가 물었다.

"당, 당신한테 먼저 말할 게 있어요."

"하렴."

"단둘이서요."

"그럼 조금 이따가."

내가 그녀의 손을 도닥였다.

미미가 나를 데리고 자기 침실로 들어가더니 조용히 문을 닫았다. 나는 침대 위에 걸터앉아 담배에 불을 붙였다. 미미가 방문에 기대어 서서 믿음이 가득 담긴 부드러운 미소를 지었다. 그런 상태로 30여 초가 흘렀다.

곧 그녀가 입을 열었다.

"닉, 당신 나 좋아하죠." 내가 아무 말 하지 않자 그녀가 다시 물었다. "안 그래요?"

"아니."

그녀가 깔깔 웃더니 문에서 떨어져 내게 다가왔다.

"내 행동이 마음에 안 든다는 거겠지. 하지만 날 도와줄 정도로는 좋아하잖아요."

그녀가 내 옆에 앉았다.

"그거야 상황에 따라 다르지."

"무슨 상황……"

그때 문이 벌컥 열리더니 도로시가 들어왔다.

"닉, 나 정말 당신한테 할 말이……"

미미가 벌컥 일어서더니 딸을 막고 섰다.

"여기서 나가."

그녀가 앙다문 이 사이로 말했다.

도로시가 몸을 움찔 했지만 그 자리에서 버텼다.

"안 나가요. 여기서 소란을 피울 수는 없을 걸……"

미미가 오른 손등으로 도로시의 입을 갈겼다.

"여기서 나가."

도로시가 비명을 지르며 한 손으로 입을 감싸쥐었다. 그녀는 겁에 질린 눈을 미미의 얼굴에 고정시킨 채 뒷걸음질로 방을 나갔다.

미미가 다시 문을 닫았다.

"우리 집에 종종 놀러와야겠군요. 올 때 채찍 잊지 말고."

하지만 그녀는 내 말을 못 들은 것 같았다. 그녀의 눈은 무거운 듯 시무룩하게 반쯤 감겨 있었고, 입술은 미소를 지을 것처럼 살짝 벌어져 튀어나와 있었다.

"우리 딸은 당신을 사랑하고 있어요."

입을 연 그녀의 목소리는 평소보다도 더 무겁고 허스키했다.

"말도 안 되는 소리."

"아니, 그리고 날 질투해요. 내가 당신한테 조금이라도 가까이 다가가면 아주 발작을 한다니까."

그녀는 마치 다른 생각을 하고 있는 것처럼 말했다.

"말도 안 돼요. 열두 살 때 철없던 감정이 조금 남아 있을지는 모르지. 하지만 그게 전부일 겁니다."

미미가 고개를 저었다.

"당신이 틀렸어요. 하지만 그건 됐어요. 일단 이번 일로 날 도와줘야 해요. 난……."

그녀가 다시 내 옆에 앉았다.

"그러죠. 당신은 용감한 남자의 보호가 필요한 연약한 꽃송이니까."

"오, 그건 쟤 말하는 건가요?" 그녀가 도로시가 나간 방문을 향해 한 손을 흔들며 말했다. "쟤한테서 그런 쪽으론 아무것도 못 얻고 있죠? 오, 그런 표정 하지 말아요. 아무것도 모르는 순진한 사람처럼! 걱정할 건 없어요. 도로시를 원하면 가져요. 대신 감상적으로 굴진 말고. 지금은 일단 그 걱정은 접어 둬요. 물론 난 연약한 꽃송이가 아니에요. 당신도 날 그렇게 생각한 적 한 번도 없으면서."

그녀가 아까처럼 무거운 눈으로 반쯤 미소를 지으며 말했다.

"그건 그렇죠."

"그럼 그건 됐고."

그녀가 이제 결정이 났다는 투로 말했다.

"뭐가 됐단 말입니까?"

"나하고 장난칠 생각 말아요. 내 말 무슨 뜻인지 알잖아요. 내가 당신을 이해하는 것처럼 당신도 날 잘 이해하고 있다고요."

"겨우 이해하고 있죠. 하지만 정작 장난을 치고 있는 건 당신……"

"나도 알아요. 그건 게임이었어요. 하지만 지금은 노는 게 아니에요. 크리스천 그 개자식이 날 바보로 만들었다고요, 닉. 바보 중의 바보 말이에요. 그런데 이제 자기가 곤경에 처하니까 나더러 도와주길 바라고 있어요. 그러니 그를 돕도록 하죠." 그녀가 잠깐 말을 멈추더니 한 손을 내 무릎에 얹었다. 그녀의 뾰족한 손톱이 내 살을 파고들었다. "경찰은 날 믿지 않아요. 그가 거짓말을 하고 있는 거라고, 내가 살인 사건에 대해 이미 이야기한 것 말고는 아는 게 없다고 믿게 만들려면 어떻게 해야 하죠?"

"그럴 수 없을 겁니다. 특히 몇 시간 전 당신이 내게 말한 걸 되풀이하고 있을 뿐인 지금에 와선."

내가 천천히 말했다.

그녀의 숨이 잠깐 멈췄다. 그리고 손톱이 다시 한 번 나의 살을 파고들었다.

"경찰한테 그 이야기를 했어요?"

"아직은."

나는 대답과 함께 그녀의 손을 내 무릎에서 치웠다.

그녀가 안도의 한숨을 내쉬었다.

"그럼 안 할 거죠?"

"왜 하지 말아야 하지?"

"그건 거짓말이니까. 그도 거짓말을 했고 나도 거짓말을 했어요. 난 아무것도 못 찾았어요. 아무것도."

"원점으로 돌아왔군. 난 지금도 아까 당신을 믿었던 것만큼만 당신을 믿소. 내가 당신을 이해한다, 당신도 나를 이해한다, 장난도, 게임도 없다, 그 이야긴 어떻게 된 거지?"

그녀가 가볍게 내 손을 찰싹 때렸다.

"좋아요. 솔직히 뭔가 찾긴 찾았어요. 대단한 건 아니지만 찾은 건 찾은 거죠. 하지만 그 개자식을 돕기 위해 증거를 내놓진 않을 거예요. 내 기분이 어떨지 당신은 이해하죠, 닉? 그런 상황이라면 당신도 똑같이……."

"어쩌면. 하지만 지금 상황으로 봐선 내가 당신과 한 패가 되어야 할 이유는 없지. 당신의 크리스천은 나의 적이 아니니까. 당신이 그를 모함하는 걸 도와도 내겐 득 될 것이 하나도 없거든."

그녀가 한숨을 쉬었다.

"나도 생각을 많이 했어요. 내가 돈을 줘도 당신에겐 별 것 아니겠죠? 나의 이 아름답고 새하얀 몸도 말이에요. 하지만 당신은 클라이드를 구하는 덴 관심이 있지 않나요?"

그녀가 입술 한쪽 끝을 올리며 미소 지었다.

"꼭 그런 건 아니지."

그녀는 나의 대답을 듣고 웃음을 터뜨렸다.

"그게 무슨 소린지 모르겠어요."

"그를 구하는 것이 불필요할 수도 있다는 거요. 지금 경찰에 그에게 불리한 증거 같은 건 별로 없소. 그는 별난 사람이고, 줄리아가 죽던 날 이 동네에 있었고, 그녀가 그에게 사기를 치고 있었고. 이 정도로는 그를 체포할 수가 없단 말이지."

그녀가 다시 웃음을 터뜨렸다.

"하지만 내가 무언가를 알려준다면?"

"난 모르겠소. 그게 뭔데?" 난 그렇게 물었지만 계속 말을 이었다. 어차피 대답이 나오리라 기대하지 않았으니까. "그게 뭐든 당신은 지금 바보처럼 굴고 있소, 미미. 중혼 죄로 크리스천을 꼼짝없이 집어넣을 수도 있잖소. 그걸로 혼내 주시오. 무리할 필요는……"

그녀가 달콤한 미소를 지었다.

"그건 그가 이번 사태를 무사히 넘길 때를 대비해 간직하고 있을 건데요?"

"그가 살인 혐의를 벗으면 나중에 따로 혼내주겠다고, 엉? 흠, 그런 식으론 안 풀릴 거요. 한 사흘쯤 감방에 들어가긴 하겠지. 그때쯤이면 지방검사가 심문을 끝내고, 그가 줄리아를 죽이지 않았다는 거, 그리고 당신이 지방검사를 놀려먹고 있었다는 것쯤은 알아냈겠지. 그래서 당신이 후에 그를 중혼 죄로 고발하면 지방검사는 당신한테 엿이나 먹으라고 할 거고 그를 기소하기를 거부할 거라 이 말이지."

"그럴 순 없는 거잖아요, 닉!"

"오, 그럴 수 있고 분명 그렇게 할 거요. 그리고 당신이 조그만 증거라도 숨기고 있었다는 걸 혹시라도 알아낸다면 당신을 아주 힘들게 만들어줄 거고."

그녀가 아랫입술을 잘근잘근 씹었다.

"거짓말하는 거 아니죠?"

"정확히 무슨 일이 벌어질지 당신한테 알려주고 있는 거요. 지방검사라는 사람들이 그동안 확 달라지지 않았다면 말이지."

그녀가 아랫입술을 더 씹어댔다.

"그가 그냥 풀려나길 바라지는 않아요. 그렇다고 나한테 문제가 생기는 것도 싫고. 혹시라도 당신, 나한테 거짓말 하는 거라면……."

그녀가 나를 올려다보았다.

"날 믿든가, 믿지 않든가, 그건 당신 마음이지. 하지만 지금 그것 말고 다른 길이 있나?"

그녀가 씩 미소를 짓더니 한 손으로 내 뺨을 붙잡고 내게 입을 맞췄다. 그리고 자리에서 일어섰다.

"당신 정말 나쁜 놈이에요. 뭐, 당신을 믿어보죠."

그녀는 방 반대편으로 걸어갔다가 다시 돌아왔다. 그녀의 눈이 반짝반짝 빛나고 얼굴은 기분 좋게 상기되어 있었다.

"길드를 부르겠소." 내가 말했다.

"아니, 기다려요. 먼저…… 먼저 당신 생각을 듣고 싶어요."

"좋소. 하지만 더 이상 어리석은 짓은 하지 마시오."

"당신 정말 겁쟁이군요. 하지만 걱정 마요. 더 이상 속이지 않을 테니."

나는 그거 잘 됐다고, 이제 뭘 숨기고 있든 보여주는 게 어떻겠느냐고 말했다.

그녀는 침대를 돌아 벽장으로 갔다. 그리고 문을 열어 안에 든 옷가지를 옆으로 젖히더니 옷 뒤로 손을 넣었다.

"이거, 이상하네." 그녀가 말했다.

"이상해? 난리가 날 텐데. 길드가 바닥을 데굴데굴 구를 거란 말이오."

나는 이렇게 말하고 문으로 다가갔다.

"너무 성질내지 말아요. 아, 찾았어요."

그녀가 뭉친 손수건을 들고 나를 향해 돌아섰다. 내가 다가가자 그녀가 손수건을 열어 안에 든 것을 보여주었다. 그것은 7~8센티미터 길이의 시계 체인으로 한쪽은 끊어져 있고 다른 한쪽은 작은 금 나이프가 달려 있었다. 여자 것으로 보이는 손수건에는 갈색 얼룩이 묻어 있었다.

"뭐요?" 내가 물었다.

"그 여자 손에 쥐어져 있었어요. 나만 남겨두고 모두 나갔을 때 발견하고 그것이 클라이드의 것인 줄 알아챘죠. 그래서 가져왔어요."

"그의 것이 확실한 거요?"

"그래요. 봐요, 고리가 금, 은, 구리로 되어 있죠? 그가 발명한 제련 기술을 이용해 처음 뽑아낸 것으로 만든 거예요. 그를 조금이라도 아는 사람이라면 이게 누구 건지 알 걸요. 이거랑 똑같은 제품은 없으니까."

그녀가 나이프를 뒤집어 반대편에 새겨진 C.M.W라는 머리글자를 보여주었다.

"그의 머리글자잖아요. 이 나이프를 본 적은 없지만 이 체인은 어디서든 알아볼 수 있어요. 클라이드가 오랫동안 이걸 차고 있었으니까."

"그걸 다시 보지 않고도 묘사할 수 있을 정도요?"

"물론이죠."

"그 손수건은 당신 거요?"

"그래요."

"그리고 그 얼룩은 피고?"

"맞아요. 말했잖아요. 체인이 그 여자 손에 있었다니까. 손에 피가 묻어 있었고요. 당신 설마…… 마치 날 믿지 않는 것처럼 구는군요."

그녀가 나를 향해 얼굴을 찌푸렸다.

"꼭 그런 건 아니오. 다만 이번만큼은 솔직하게 이야기하고 있다는 걸 확실히 할 필요가 있을 것 같아서."

그녀가 답답하다는 듯 발을 굴렀다.

"당신 정말……!" 하지만 다음 순간 그녀가 웃음을 터뜨렸다. 화난 기색도 표정에서 사라졌다. "당신, 마음만 먹으면 세상에서 가장 못된 남자가 될 수도 있겠어요. 지금 난 진실을 말하고 있는 거예요, 닉. 일어난 일을 정확히, 있는 그대로 다 이야기한 거라고요."

"그러길 바라오. 이제 그럴 때도 됐지. 단둘이 있는 동안 줄리아가 정신을 차리지 않은 거 확실한 거요? 무슨 말이든 하지 않았다는 거?"

"나 또 화가 나려고 해요. 당연히 확실하죠."

"좋소. 여기서 기다리시오. 길드를 데리고 올 테니. 이것만 말해 주겠소. 이 체인이 줄리아의 손에 있었고 그때 그녀가 아직 숨을 거두기 전이라고? 그렇다면 길드 형사가 아마 이런 점을 궁금해 할 거요. 당신이 그걸 손에서 빼내려고 그녀를 거칠게 다루진 않았는지."

그녀의 눈이 커졌다.

"뭐라고 말해야 하죠?"

나는 아무 말 없이 밖으로 나가 문을 닫았다.

24

조금 졸린 눈을 한 노라가 거실에서 길드, 앤디와 이야기를 나누고 있었다. 와이넌트 남매는 보이지 않았다.

"들어가 봐요. 왼쪽으로 첫 번째 문입니다. 그녀가 당신이랑 이야기를 할 준비가 된 것 같아요."

내가 길드에게 말했다.

"드디어 털어놓은 겁니까?"

그의 질문에 고개를 끄덕였다.

"뭘 알아냈어요?"

"당신도 가서 이것저것 알아내 봐요. 그런 다음에 각자 알아낸 걸 합쳐서 이야기가 어떻게 되는지 한 번 봅시다."

내가 말했다.

"좋아요. 가지, 앤디." 두 남자가 함께 나갔다.

"도로시는 어디 있지?" 내가 물었다.

노라가 하품을 했다.

"당신이랑 그 애 엄마랑 같이 있는 줄 알았는데. 길버트는 여기 어딘가 있어요. 조금 전까지만 해도 같이 있었는데. 아직 더 있어야 해요?"

"조금만 더."

나는 복도를 따라 미미의 방을 지나 다른 방 앞에 멈춰 섰다. 방 문은 열려 있었다. 안을 들여다보니 아무도 없었다. 맞은편 방 문은 닫혀 있었다. 나는 그 문을 두드렸다.

"누구세요?" 도로시의 목소리가 들렸다.

"닉."

그렇게 대답하고 안으로 들어갔다.

도로시는 침대에 모로 누워 있었다. 신발을 벗고 슬리퍼로 갈아 신은 것 외에는 외출복 그대로였다. 길버트는 그녀 옆, 침대 위에 앉아 있었다. 도로시의 입술은 약간 부은 것 같지만 운 것 때문일 수도 있었다. 눈은 온통 충혈 되어 있었다. 그녀가 머리를 들더니 부루퉁한 표정으로 날 물끄러미 바라보았다.

"아직도 나랑 이야기하고 싶니?" 내가 물었다.

길버트가 침대에서 일어섰다.

"엄마는 어디 있어요?"

"경찰하고 이야기하고 있지."

그는 알아들을 수 없는 말을 남기고 방을 나갔다.

도로시가 몸을 부르르 떨었다.

"쟨 가끔 소름이 끼친다니까요."

그녀가 내게 불쑥 말하더니 기억나기라도 한 것처럼 다시 부루퉁하게 날 쳐다보았다.

"아직도 나랑 이야기하고 싶어?"

"왜 그렇게 내게 등을 돌렸죠?"

"말도 안 되는 소리 마. 엄마가 발견했다는 나이프랑 체인에 대해 아는 거 있니?"

나는 이렇게 물으며 길버트가 앉아 있던 곳에 엉덩이를 붙였다.

"아니요. 어디서 발견했는데요?"

"나한테 무슨 말 하려고 했는데?"

"아무것도 아니에요, 이젠. 입술에 묻은 엄마 립스틱이나 좀 닦아요."

도로시가 불쾌하다는 듯 말했다.

나는 손수건을 꺼내 입을 닦았다. 그녀가 내 손에서 손수건을 채가더니 몸을 굴려 침대 옆 협탁에서 성냥을 꺼냈다. 그녀가 성냥에 불을 붙였다.

"그러면 냄새가 진동을 할 텐데."

"상관없어요."

도로시가 이렇게 말했지만 결국 훅, 불어 성냥을 껐다. 나는 손수건을 도로 빼앗아 창가로 가서 창문을 열고는 손수건을 바깥에 떨어뜨리고 창문을 닫았다. 그리고 침대 위 내 자리로 돌아갔다.

"이렇게 해서 기분이 조금이나마 나아진다면."

"엄마가 뭐라고 해요? 나에 대해서?"

"네가 나를 사랑한다고 하더구나."

도로시가 자리에서 벌떡 일어났다.

"그래서 뭐라고 했어요?"

"어릴 때부터 날 좋아했다고 했지."

그녀의 아랫입술이 신경질적으로 떨렸다.

"당, 당신 정말 그렇게 생각해요?"

"그게 아니면 뭐겠어?"

"모르겠어요. 그거에 대해 모두가 날 너무 놀려요. 엄마랑, 길버트랑, 해리슨이랑…… 난 정말……."

도로시가 울기 시작했다.

나는 팔로 그녀를 감싸 안았다.

"그런 사람들 신경 쓰지 마."

조금 뒤 도로시가 입을 열었다.

"엄마도 당신을 사랑하죠?"

"세상에, 아니야! 네 엄마는 남자를 증오하지. 내가 아는 여자 중에 레즈비언을 제외하고는 가장 남자를 증오할 걸."

"하지만 언제나 남자가 있는 걸요."

"그건 육체적인 거지. 그런 걸로 속지 말렴. 미미는 남자를, 우리 모두를 증오해. 그것도 아주 지독하게."

이제 도로시는 울음을 멈췄다. 그녀가 이마에 주름을 잡았다.

"이해가 안 돼요. 당신은 엄마를 증오해요?"

"항상 그런 건 아니야."

"지금은요?"

"아닌 것 같다. 어리석게 굴고 있고, 본인도 자기가 그리 현명하지 못하다는 걸 알지. 물론 그게 무척이나 성가시긴 하지만 난 미미를 증오하진 않아."

"난 그래요." 도로시가 말했다.

"지난주에도 그렇게 말했잖니. 한 가지 물어볼 게 있다. 오늘 밤 클럽에서 들은 아트 넌하임이라는 남자를 알거나 만난 적이 있었니?"

그녀는 날카로운 눈초리로 날 쳐다보았다.

"지금 화제를 바꾸려는 거죠?"

"궁금해서 그래. 알았니?"

"아니요."

"그 사람은 신문에도 났었어. 모렐리가 줄리아 울프를 알고 있었다고 경찰에 이야기한 사람이기도 하지."

"그의 이름은 기억이 안 나요. 그의 이름을 들은 기억도 없어요."

나는 그의 인상착의를 설명했다.

"본 적 없니?"

"없어요."

"앨버트 노먼이라는 이름으로도 불렸었는데. 그 이름은 알겠니?"

"아니요."

"오늘 스터지의 술집에서 본 사람 중 아는 사람 있었니? 아니면 그들에 관해서 들은 건?"

"아니요. 닉, 솔직히 조금이라도 당신에게 도움이 될 걸 안다면 다 말해 주겠죠."

"그것 때문에 다른 사람이 다치더라도?"

"그래요. 그런데 그게 무슨 뜻이에요?"

그녀가 되물었다.

"무슨 뜻인지 잘 알잖니."

도로시가 양 손으로 얼굴을 감쌌다.

"난 두려워요, 닉. 난……."

그녀의 목소리는 거의 들리지 않았다. 그때였다. 누군가 문을 두드리는 소리에 그녀가 깜짝 놀라 손을 내렸다.

"네." 내가 대답했다.

앤디가 문을 조금 열더니 고개를 들이밀었다. 그는 호기심을 감추려 애쓰며 입을 열었다.

"형사님이 보자십니다."

"금방 나갈게요." 내가 말했다.

하지만 그가 문을 더 열었다.

"지금 기다리고 계세요."

그는 의미심장한 윙크 같은 것을 하는 것처럼 보였지만 눈보다 입 한쪽이 더 크게 움직이는 바람에 표정은 거의 우스꽝스러웠다.

"금방 올게."

도로시에게 말하고 난 그를 따라 밖으로 나갔다.

앤디가 내 뒤에서 문을 닫더니 내 귀 가까이에 입술을 갖다 댔다.

"남자 애가 열쇠 구멍으로 엿듣고 있었습니다."

그가 속삭였다.

"길버트요?"

"예. 내가 오는 걸 듣고 후다닥 도망치긴 했지만 엿듣고 있었던 건 확실해요."

"걔는 그 정도면 약과인 겁니다. 조젠슨 부인하고는 어떻게 됐어요?"

그가 두꺼운 입술을 내밀어 O 모양을 만들더니 휘파람을 불었다.

"정말 대단한 여자더군요!"

25

우리는 미미의 침실로 들어갔다. 그녀는 매우 뿌듯한 표정을 짓고 창가의 폭신한 의자에 앉아 있었다. 그녀가 나를 보고 기쁨의 미소를 지었다.

"이제 내 영혼은 얼룩 한 점 없어요. 모든 걸 고백했거든요."

길드는 테이블 옆에 서서 손수건으로 얼굴을 닦고 있었다. 관자놀이 부근에는 아직도 땀방울이 남아 있었고 그의 얼굴은 갑자기 늙어버린 듯 피곤해 보였다. 나이프와 체인, 그리고 그것이 싸여 있었던 손수건이 모두 테이블 위에 놓여 있었다.

"끝났습니까?" 내가 물었다.

"모르겠어요, 솔직히. 끝났다고 해도 되겠습니까?"

길드가 미미를 향해 묻자 그녀가 웃음을 터뜨렸다.

"더 할 게 있을 것 같진 않네요."

"음, 그렇다면 찰스 씨와 이야기를 하고 싶군요. 잠시 자리를 비켜주신다면."

길드가 조금 아쉽다는 표정으로 천천히 말했다. 그는 자신의 손수건을 조심스럽게 접어 주머니 안에 넣었다.

"여기에서 이야기 하세요. 내가 나가서 찰스 부인과 이야기를 하고 있을 테니."

그녀가 자리에서 일어섰다. 그리고 나를 지나치면서 검지 끝으로 장난스럽게 내 볼을 건드렸다.

"나에 대해서 안 좋은 말 들어도 믿지 말아요, 닉."

앤디가 그녀를 위해 문을 열어주었다. 그러곤 문을 닫고 입을 O자로 오므려 휘파람을 불었다.

나는 침대에 앉아 비스듬히 기댔다.

"자, 어떻게 됐습니까?" 내가 물었다.

길드가 헛기침을 하고 입을 열었다.

"여기 이 체인과 나이프를 바닥에서 주웠다고 하더군요. 아마도 줄리아 울프가 와이넌트와 몸싸움을 하다가 끊어져 떨어진 것이겠죠. 그리고 지금까지 이걸 숨겨온 이유를 말해 줬습니다. 탐정님과 저 사이니까 하는 말인데 합리적으로 판단하면 전혀 말이 되지 않아요. 물론 이 사건에서 합리적인 판단 같은 건 통하지 않을지도 모르지요. 탁 터놓고 말해서 그녀를 어떻게 판단해야 할지 감이 안 옵니다. 정말이에요."

"중요한 건 그녀의 수작에 말려들지 않는 겁니다. 거짓말을 하는 걸 잡아내면 그녀는 순순히 인정하고 또 다른 거짓말을 지어내지요. 그래서 그걸 또 잡아내면 거짓말이라는 걸 인정하고 또 다른 거짓말을 합니다. 그렇게 계속되는 거죠. 사람은 대부분, 심지어 여자들도 세 번째나 네 번째 거짓말을 들키면 진실을 털어놓거나 아예 입을 다물기 마련인데 미미는 아니에요. 계속해서 다른 거짓말을 지어낼 겁니다. 그러니까 조심해야 해요. 안 그러면 자기도 모르게 그녀의 말을 믿게 될 테니까. 그것도 그녀가 진실을 말한다고 판단해서가 아니라 단순히 그녀를 불신하는 데 질려버리기 때문에."

"으흠. 그럴 수도 있겠군요. 그럼 당신은 미미가 그 여자를 죽였다고 생각하십니까?"

길드가 손가락을 넣어 자기 옷깃을 잡아당겼다. 여간 불편해 보이는 게 아니었다.

그때 난 앤디를 보았다. 날 너무나도 뚫어지게 쳐다보고 있어 금방이라도 눈알이 튀어나올 것만 같았다. 나는 침대에서 몸을 일으켜 바닥에 다리를 내려놓았다.

"저도 알았으면 좋겠군요. 아무래도 체인은 미미가 조작한 것 같습니다. 하지만……. 와이넌트가 정말 그렇게 생긴 체인이 있었는지, 혹시 지금도 가지고 있진 않은지 알아볼 수는 있겠지요. 그녀가 말한 것처럼 그 체인을 잘 기억하고 있다면 보석상에 주문을 해 똑같은 것을 만들지 못할 이유가 없어요. 나이프 역시 누구든 사서 머리글자를 새겨 넣을 수도 있는 거고. 물론 그렇게까지 했을 가능성은 그리 크지 않다고 봅니다. 정말 증거를 조작한 거라면 본래 와이넌트의 것을 가지고 있었을 확률이 높지요. 어쩌면 오랫동안 가지고 있었을 수도 있고. 그건 모두 여러분께서 조사를 해봐야 할 일이겠죠."

"최선을 다하고 있습니다. 그러니까 그녀의 짓이라고 생각하시는 거죠?"

길드가 조바심을 내며 물었다.

"살인 말인가요? 아직까지 그리 멀리 가진 않았는데요. 넌하임은 어떻게 됐습니까? 총알이 일치하던가요?"

"여자를 쏜 총과 일치했습니다. 다섯 발 모두요."

"다섯 발이나 맞았어요?"

"그랬죠. 거리도 가까워 옷이 그을릴 정도였습니다."

"그의 여자 친구, 그 붉은 머리에 덩치가 큰 여자를 만났어요. 오늘 밤 밀주집에서. 그가 너무 많은 걸 알고 있어서 당신과 내가 죽인 거라고 하더군요."

"으흠. 어느 술집이었습니까? 저도 만나서 이야기를 한 번 했으면 하는데."

"스터지 버크가 운영하는 피지런 클럽이요. 모렐리도 주로 거기에서 놀더군요. 줄리아 울프의 본명이 낸시 케인이고, 오하이오에서 형을 살고 있는 페이스 페플러라는 남자친구가 있다는 말도 해줬습니다."

나는 이 말과 함께 피지런 클럽의 주소를 알려주었다.

"그래요? 그것 말고 또 뭘 알아내셨습니까?"

길드가 대꾸했다. 말투로 미루어보아 페플러나 줄리아의 과거에 대해 이미 알고 있는 것 같았다.

"홍보 쪽에서 일하는 내 친구 래리 크라울리 말로 조젠슨이 어제 오후 6번가의 전당포에서 나오는 걸 봤답니다."

"그래요?"

"제 말에 그다지 흥미를 보이지 않으시는 것 같군요. 제가……"

그때 미미가 문을 열더니 잔과 위스키, 광천수를 쟁반에 받쳐 들고 들어왔다.

"술이 필요하실 것 같아서."

그녀의 목소리는 쾌활했다.

우리는 고맙다고 대답했다.

그녀가 쟁반을 테이블 위에 올려놓았다.

"방해하려던 건 아니었어요."

그녀는 남자들의 모임에 대해 여자들이 보이는 아량 같은 분위기를 풍기곤 방에서 나갔다.

"무슨 말인가 하려던 참 아니었습니까?"

길드가 내게 물었다.

"그저…… 내가 아는 걸 솔직히 털어놓지 않는다고 생각하신다면 그렇다고 말씀하시라는 겁니다. 지금까지 함께 일을 해 왔는데 이제와 제가……."

"아니, 아닙니다. 그런 게 아니에요. 찰스 씨. 제가…… 사실은 국장님이 확실한 결과를 내야 한다고 닦달을 하셔서……. 저도 모르게 그런 기색을 보였나 봅니다. 두 번째 살인 사건 때문에 일이 힘들어졌거든요. 술은 어떻게 드시겠습니까?"

그의 얼굴이 조금 붉어졌다. 말을 마친 그가 테이블에 놓인 쟁반 쪽으로 몸을 돌렸다.

"스트레이트로요. 고맙습니다. 단서는 없고요?"

"같은 총이고 여러 발이 발사됐다는 건 울프 사건과 같지만 그게 전붑니다. 사건 현장은 두 가게 사이에 있는 하숙집 복도였는데 거기 누구도 넌하임이나 와이넌트, 아니면 이 사건과 연관 지을 수 있는 사람을 알지 못한다고 했습니다. 문은 안 잠겨 있었으니 누구든 들어갈 수 있었고요. 하지만 그것도 곰곰이 생각해 보면 말이 안 됩니다."

"뭘 보거나 들은 사람이 전혀 없다고요?"

"물론 총소리를 듣기는 했죠. 하지만 총을 쏜 사람을 본 목격자가 없어요."

그가 내게 위스키 잔을 건넸다.

"빈 탄피는 없었습니까?"

그가 고개를 저었다.

"두 사건 다 없습니다. 아마 리볼버였던 듯싶군요."

"그리고 공이 아래 약실이 비어 있었다면 두 사건 모두 총에 든 총알이 다 떨어질 때까지 퍼부어댄 겁니다. 전화기를 맞춘 것까지 포함시키면요."

그 말을 들은 길드가 입으로 가져가려던 잔을 잠시 내렸다.

"그런 식으로 총을 쐈다는 이유만으로 중국인 쪽으로 수사의 방향을 돌리는 건 아니겠죠?"

"아니죠. 어떤 식으로든 수사의 방향이나 있으면 좋겠습니다. 여자가 죽던 오후 넌하임이 어디에 있었는지는 알아내셨습니까?"

"네. 그 여자의 아파트 건물 주변을 어슬렁거렸더군요. 물론 오후 내내는 아니고. 건물 정면과 뒷문 쪽 모두에서 목격되었습니다. 목격자들이 당시 그것에 대해선 별로 신경을 쓰지 않았지만 목격 사실에 대해 거짓말을 할 이유는 딱히 없죠. 그리고 엘리베이터 보이의 말에 따르면 넌하임은 사건 전날 그 여자의 집에 올라갔었습니다. 그 사람 말로는 올라갔다가 곧장 내려왔고, 그 여자 집에 들어갔었는지 못 들어갔는지는 모른다고 하고요."

"그렇군요. 그러면 미리엄의 말이 맞을지도 모르겠습니다. 그가 너무 많은 걸 알고 있었다고 말이죠. 매컬리가 주었다던 돈과 클라이드 와이넌트가 받았다던 돈 사이의 차액 4000달러는 어떻게 됐는지 알아내셨습니까?"

"아니요."

"모렐리는 그녀가 늘 돈이 많았다고 했습니다. 한 번은 현찰로 5000달러를 빌려주기도 했다는군요."

"그래요?"

길드가 한쪽 눈썹을 치켜 올렸다.

"네. 그리고 와이넌트가 그녀의 전과에 대해서도 알고 있었다고 했어요."

"모렐리가 당신에게는 꽤 많은 이야기를 한 것 같군요."

길드가 느릿느릿 말했다.

"말하기를 좋아하더라고요. 와이넌트가 자취를 감추기 전 무슨 연구를 하고 있었는지, 아니면 무슨 연구를 하러 사라진 건지는 알아내셨습니까?"

"아니요. 탐정님은 그의 작업실에 관심이 많군요."

"당연하지요. 그는 발명가였고 그 작업실은 그가 일을 하던 곳이었으니까요. 언제 한 번 들러보고 싶습니다."

"그러세요. 그럼 모렐리에 대해서 조금 더 이야기해 주시죠. 어떻게 그의 입을 열었는지도."

"말하기를 좋아한다니까요. 혹시 스패로란 친구 아십니까? 뚱뚱하고 창백한데 목소리는 꼭 여자 같은?"

"아니요, 왜 그러십니까?"

길드가 얼굴을 찌푸렸다.

"그가 거기 미리엄과 함께 있었습니다. 나를 혼내주고 싶어 했는데 다른 사람들이 막아줬지요."

"대체 왜 그랬답니까?"

"모르죠. 아마 내가 넌하임을 죽이는 데 일조했다고, 당신을 돕고 있다고 미리엄한테 들었겠죠."

"오."

길드가 엄지손톱으로 턱을 긁적이며 말했다. 그러고 나서 손목시계를 내려다보았다.

"시간이 많이 늦었군요. 내일, 그러니까 오늘 잠깐 들르실 수 있겠습니까?"

"그러죠."

내 머릿속에서는 이런저런 생각이 오고갔지만 나는 일단 그렇게 대답하고 그와 앤디를 향해 고개를 끄덕였다. 그러고 나서 거실로 나갔다.

노라가 소파에 누워 자고 있었다. 미미가 읽고 있던 책을 내려놓았다.

"비밀회의는 끝난 건가요?"

"예."

나는 소파로 다가갔다.

"잠깐 자게 둬요, 닉. 경찰 아저씨들이 간 후에도 조금 더 있을 거죠?"

"그럽시다. 먼저 도로시를 한 번 더 봐야겠군요."

"자고 있을 텐데."

"괜찮아요. 깨우면 되니까."

"하지만……."

그때 길드와 앤디가 거실로 들어오더니 돌아가겠다고 인사했다. 길드는 안타까운 눈길로 자고 있는 노라를 쳐다보았다. 그들이 마침내 떠났다.

"경찰이라면 이제 아주 질렸어."

미미가 한숨을 쉬며 말했다.

그때 길버트가 들어왔다.

"경찰은 정말로 크리스천의 짓이라고 생각하는 거예요?"

길버트가 물었다.

"아니." 내가 대답했다.

"그럼 누구라고 생각한대요?"

"어제라면 말해 줄 수 있었지만 오늘은 안 되겠는데."

"그건 말도 안 돼요. 클라이드 짓이라는 건 그들도, 당신도 아주 잘 알잖아요." 미미가 끼어든 말에 내가 아무 대꾸도 하지 않자 그녀가 말을 반복했다. 이번에는 조금 더 날카로운 어투였다. "클라이드 짓이라는 거 당신 아주 잘 알잖아요."

"그의 짓이 아닙니다." 내가 말했다.

그러자 승리의 기쁨 같은 표정이 그녀의 얼굴을 환히 밝혔다.

"당신, 그 사람한테 고용되어 있는 거 맞죠? 그렇죠?"

아니라고 대답했지만 그녀에게는 아무런 효과도 없었다.

"아버지가 왜 아닌데요?"

길버트가 물었다. 따지는 것이 아니라 다만 진실을 궁금해하는 것 같았다.

"그럴 수는 있었지만 그러지 않았다. 그랬다면 중요한 증거를 숨겨 그를 돕고 있던 미미에게 의심을 품게 만들 그런 편지를 썼을까?"

"하지만 엄마가 증거를 숨기고 있었다는 걸 몰랐을 수도 있잖아요. 어쩌면 경찰이 아는 걸 모두 털어놓지 않았다고 생각했을 수도 있고. 경찰이 원래 그런 사람들 아닌가요? 아니면 엄마의 평판을 깎아내려 경찰이 엄마를 믿지 않게 만들려 했을 수도……"

"바로 그거야. 클라이드가 한 짓이 바로 그거라니까요, 닉."

미미가 끼어들었다.

"너도 그의 소행이 아니라고 생각하잖니."

내가 길버트에게 말했다.

"그렇죠. 아버지가 한 건 아니라고 생각해요. 하지만 전 아저씨가 그렇게 생각하는 이유를 알고 싶어요. 있잖아요, 아저씨의 사고방식에 대해서."

"나도 네 사고방식이 궁금하구나."

그의 얼굴이 조금 붉어지더니 미소에서 쑥스러움이 묻어났다.

"오, 그건 좀 다르잖아요."

"쟤는 누가 그녀를 죽였는지 똑똑히 알고 있어요."

그때 도로시가 문간에 서서 말했다. 그녀는 아직도 외출복 차림이었다. 그녀는 다른 사람을 보기가 두려운 것처럼 나만 뚫어져라 쳐다보았다. 얼굴은 창백했고 작은 몸은 뻣뻣하게 굳어 있었다.

도로시의 목소리를 들은 노라가 눈을 뜨더니 팔꿈치로 짚고 상체를 일으켰다.

"뭐예요?"

그녀가 졸린 목소리로 물었지만 아무도 대답하지 않았다.

"도로시, 또 바보 같은 쇼 벌이지 말자꾸나."

미미가 말했다.

"이분들 돌아간 다음에 날 때려도 좋아요. 어차피 그럴 거니까."

도로시가 여전히 시선을 내게서 떼지 않은 채 말했다.

미미는 도로시가 무슨 말을 하는 건지 도통 모르겠다는 표정을 지으려 애썼다.

"그가 알고 있다는 살인자가 누구지?" 내가 물었다.

"무슨 짓이야, 창피만 당하고 있잖아. 누나는 정말……."

길버트였다.

"그냥 둬. 무슨 말을 하고 싶은 건지 하게 두라고. 누가 그녀를 죽인 거지, 도로시?"

내가 물었다.

도로시는 길버트를 쳐다보더니 시선을 떨어뜨렸다. 몸도 더 이상 빳빳하지 않았다. 바닥만 쳐다보며 그녀가 웅얼거렸다.

"몰라요. 쟤만 알아요."

그녀가 눈을 들어 나와 맞추더니 몸을 떨기 시작했다.

"내가 두려워하는 걸 모르겠어요? 엄마와 길버트가 무섭다고요. 날 여기서 데려가줘요. 그럼 말할게요. 저 사람들이 무서워요."

도로시가 울부짖었다.

미미가 나를 향해 웃음을 터뜨렸다.

"당신이 자초한 거예요. 당해도 싸."

"정말 창피해."

길버트는 얼굴을 붉히며 중얼거렸다.

"물론이지. 널 데려가마. 하지만 여기 이렇게 모두 모여 있을 때 듣고 싶구나."

내 말에도 도로시가 고개를 절레절레 흔들었다

"무서워요."

"그렇게 오냐오냐 받아주지 않으면 좋겠어요, 닉. 쟤 어리광만 점점 더 심해진다고요. 쟤는…….”

미미였다.

"당신은 어때?"

내가 노라에게 물었다.

노라가 자리에서 일어서더니 팔을 들어 올리지 않은 채 기지개를 켰다. 자고 나면 언제나 그렇듯 분홍빛을 띤 노라의 얼굴은 아름다웠다. 그녀가 내게 졸음이 가득 담긴 미소를 보냈다.

"집에 가요. 이 사람들 마음에 들지 않아. 자, 모자랑 코트 가져와, 도로시."

"침대로 가."

미미가 도로시에게 명령했다.

도로시는 왼손가락을 입에 댄 채 그 사이로 웅얼거렸다.

"제발 날 때리지 못하게 해줘요, 닉."

나는 미미를 보고 있었다. 그녀의 얼굴에는 평온한 미소가 어려 있었지만 숨 쉬는 것에 따라 콧구멍이 커졌다 줄어들었다 했다. 그리고 그녀의 숨소리가 내 귀에 들렸다.

노라가 도로시에게 다가갔다.

"자, 가서 세수하자. 그리고…….”

그때였다. 미미의 목구멍 깊은 곳에서 동물 소리가 터져 나왔다. 그녀의 목 뒷덜미에 두꺼운 근육이 잡히더니 그녀는 금방이라도 뛰어오를 것처럼 발에 힘을 주었다.

노라가 미미와 도로시 사이를 막아섰다. 나는 막 앞으로 달려들려는 미미의 어깨를 붙들고 다른 한 팔로 뒤에서 허리를 감아 그녀를 들어 올렸다. 그녀는 비명을 지르며 주먹으로 나를 때렸다. 그녀의 날카롭고 딱딱한 하이힐 굽이 내 정강이를 파고들었다.

노라는 도로시를 방 밖으로 밀어내고는 문간에 서서 우리를 지켜보았다. 노라의 얼굴은 너무나도 생생했다. 내 눈에는 그것만이 선명하게 보일 뿐 다른 것들은 모두 흐릿했다. 누군가 서툰 손씨로 나의 등과 어깨를 두들기는 것을 느낀 나는 몸을 돌렸다. 길버트가 내 몸을 때려대고 있었다. 어렴풋하게나마 그를 볼 수는 있었지만 그를 옆으로 밀어낼 때의 감촉은 거의 느낄 수 없었다.

"그만 해. 널 다치게 하고 싶지 않다, 길버트."

나는 미미를 들고 소파로 가 그녀를 철푸덕 내려놓고는 양손에 그녀의 손목을 쥐고 그녀의 무릎 위에 앉아 내리눌렀다.

길버트가 다시 날 공격하고 나섰다. 나는 그의 무릎을 때리려 했지만 너무 낮게 차는 바람에 그를 넘어뜨리고 말았다. 그가 다리가 꼬인 채 바닥에 쓰러졌다. 나는 그를 향해 다시 발길질을 했지만 제대로 맞히지 못했다.

"싸움은 조금 이따가도 할 수 있어. 물을 가져와라."

미미의 얼굴이 보라색으로 변해가고 있었다. 초점 없이 벌어져 번들거리는 그녀의 눈이 커다랗게 튀어나올 듯 열려 있었다. 앙다문 이 사이로 숨을 쉴 때마다 침이 거품을 만들며 소리를 냈고, 붉게 달아오른 그녀의 목과 몸 전체에는 마치 금방이라도 터질 것처럼 핏줄과 근육이 곤두서 있었다. 내 손에 잡힌 그녀의 손목은 뜨거웠고 땀 때문에 제대로 붙잡고 있기가 힘들었다.

그때 물 잔을 들고 나타난 노라의 모습은 그 어느 때보다도 반가웠다.

"얼굴에 뿌려."

노라가 그녀의 얼굴을 물을 뿌렸다. 미미는 입을 열어 헉 소리를 내더니 눈을 감았다. 그녀의 머리가 이쪽저쪽으로 격렬히 움직였지만 몸의 뒤틀림은 조금 잦아든 것 같았다.

"한 번 더."

두 번째로 물이 얼굴을 적시자 미미가 물을 푸푸 뿜으며 뭐라고 투덜거렸고 이내 몸에서 저항의 기운이 점차 사라졌다. 그녀는 숨을 헐떡거리며 축 늘어져 바닥에 누웠다.

나는 그녀의 손목을 놓아주고 자리에서 일어섰다. 길버트는 방금 내게 맞은 다리를 문지르며 한 다리로 테이블에 기대어 서 있었다. 창백한 얼굴에 눈을 커다랗게 뜨고 이 장면을 지켜보고 있던 도로시는 들어와야 할지, 아니면 도망쳐 숨어야 할지 마음을 정하지 못하고 있었다. 한 손에 빈 잔을 들고 옆에 있던 노라가 물었다.

"괜찮은 거 같아요?"

"그럼."

곧 미미가 눈에 들어간 물을 빼내기 위해 눈을 깜빡였다. 나는 그녀의 손에 손수건을 쥐어주었다. 그녀가 그걸로 얼굴을 닦고 길게 한숨을 내쉬더니 소파에 앉은 채 몸을 세웠다. 그리고 아직도 눈을 깜빡이며 방 안을 둘러보았다. 이윽고 나를 발견하자 그녀는 힘없이 미소를 지었다. 미소에 죄책감이 담겨 있었지만 후회라든가 자책 같은 것은 찾아볼 수 없었다. 그녀는 아직 떨리는 한 손을 들어 머리를 만져보았다.

"완전히 물에 빠진 꼴이네요."

"언젠가 한 번 더 이런 일이 있으면 당신은 영영 정신을 차리지 못할 것 같군."

그녀는 나를 지나쳐 아들을 바라보았다.

"길버트, 넌 왜 그러니?" 그녀가 물었다.

길버트는 다리를 만지고 있던 손을 후다닥 치우고 발을 내려놓았다.

"난…… 어…… 아무것도 아니에요. 전 괜찮아요."

그가 더듬거리며 머리를 빗어 내리고 넥타이를 만지작거렸다.

그녀가 깔깔 웃기 시작했다.

"오, 길버트. 정말로 날 보호하려고 그랬니? 그것도 닉으로부터? 정말 착하구나. 하지만 정말 바보 같은 짓이기도 해. 그는 괴물이거든, 길버트. 그 누구도 그를……."

그녀의 웃음소리는 점점 커졌다. 마침내 그녀는 손수건으로 입을 막고 발작적으로 몸을 흔들어대기 시작했다.

나는 곁눈으로 노라를 쳐다보았다. 노라의 입은 굳어 있었고 눈은 분노로 거의 검정색처럼 보였다. 나는 그녀의 팔을 건드렸다.

"그만 가자고. 엄마한테 술 한 잔 드리렴, 길버트. 1, 2분만 있으면 괜찮아지실 거야."

손에 모자와 코트를 든 도로시가 살금살금 현관으로 나갔다. 노라와 나도 모자와 코트를 찾아 그녀를 따라 나섰다. 미미는 여전히 소파 위에서 내 손수건으로 입을 막고 미친 듯 웃고 있었다.

노르망디로 돌아가는 택시 안에서 우리 셋 다 거의 말을 하지 않았다. 노라는 생각에 잠겨 있었고, 도로시는 아직도 꽤 겁에 질린 것 같았으며, 나는 피곤했다. 정말 긴 하루였다.

집에 도착했을 때는 거의 5시가 다 되었다. 아스타가 시끌벅적하게 우릴 반겼다. 내가 바닥에 드러누워 개와 놀아주는 동안 노라는 커피를 준비하러 갔다. 도로시는 또 한 번 어렸을 때 자신에게 일어난 일에 대해 들려주려고 애썼다.

"아니, 월요일 날도 그랬었잖니. 대체 무슨 일이야? 입이 막히기라도 한 거니? 자, 너무 늦었구나. 집에서 무슨 말을 하려다 못 한 거지? 뭐가 그리 두려운 거야?"

"하지만 어릴 때 이야기를 들으면 훨씬 더 잘 이해할 수 있을……"

"그 이야기는 월요일에도 했잖니. 난 정신과 의사가 아니야. 어린 시절의 영향력에 대해서는 아는 게 하나도 없다고. 상관도 안 하고. 난 피곤해. 하루 종일 힘든 일만 하고 다녔어."

그녀가 나를 향해 입을 비쭉 내밀었다.

"날 최대한 불편하게 만들려고 하는 것 같아요."

"잘 들어, 도로시. 미미와 길버트 앞에서 말하기를 두려워하는 것이 정말 있든, 아니면 다 지어냈든 지금 털어놓는 게 좋을 거야. 이해 못하는 것이 있으면 뭐든지 내가 물어볼 거고."

그녀는 치맛자락을 한 줌 비틀어 움켜쥐고 뾰로통한 얼굴로 그것을 쳐다보았다. 하지만 다시 눈을 들자 눈은 흥분하여 밝게 빛나고 있었다. 그녀는 속삭이듯 말했지만 그 소리는 방 안에 있는 사람 누구든 들을 수 있을 정도였다.

"길버트는 지금까지 몰래 아버지를 만나고 있었어요. 오늘도 봤는데 누가 울프 양을 죽였는지 아버지가 알려줬대요."

"누군데?"

그녀가 고개를 흔들었다.

"말 안 해 줬어요. 그것만 이야기해 준 거예요."

"그게 길버트와 미미 앞에서 말하기가 무섭다는 거였니?"

"예. 어릴 때 내게 무슨 일이 있었는지 들려줄게요. 그럼 당신도……"

"이해할 거라고? 글쎄, 듣고 싶지 않으니 그만 해. 그것 말고 길버트가 또 무슨 말을 했지?"

"아무것도요."

"넌하임에 대해서도?"

"예. 아무것도."

"아버지는 어디에 있지?"

"길버트가 안 알려줘요."

"둘이 언제 만난 거지?"

"길버트가 말 안 해 줬어요. 제발…… 화내지 마요, 닉. 길버트한테 들은 건 모두 말했다고요."

"그것 참 대단히 많은 이야기로구나. 이런 말은 언제 들은 거지?"

"오늘 밤에요. 당신이 방에 들어왔을 때 그 이야기를 하고 있었어요. 정말이에요. 그게 길버트가 말한 전부예요."

"무엇이든 괜찮아. 단 한 번만이라도 너희 가족 중 한 명이 분명하고 완벽한 진술을 한다면 정말 좋겠구나."

내가 투덜거렸다.

그때 노라가 커피를 가지고 들어왔다.

"이제 또 뭐가 걱정이에요?" 노라가 물었다.

"여러 가지. 수수께끼, 거짓말, 그리고 그런 걸 재미로 느끼기엔 내가 너무 나이 들고 피곤하다는 사실. 샌프란시스코로 돌아가 버리자고."

"새해가 오기 전에?"

"내일, 그러니까 오늘."

"나야 좋죠. 당신만 원한다면 비행기 타고 가도 돼요. 그럼 새해 전야에 맞출 수 있으니까."

노라가 내게 잔을 건넸다.

"당신한테 거짓말한 게 아니에요, 닉. 모두 다 말했다고요. 난…… 제발, 제발 나한테 화내지 마요. 난 너무……."

그녀가 떨리는 목소리로 말하더니 이내 말을 멈추고 울기 시작했다.

나는 아스타의 머리를 문지르며 한숨과 신음을 내뱉었다.

"지금 우리 모두 피곤하고 신경이 곤두서 있어요. 개는 아래층으로 내려 보내고 일단 잠이나 자죠. 이야기는 휴식을 취한 다음에 하도록 하고. 자, 도로시, 가자. 네 커피는 침실로 가지고 가. 입을 옷을 줄 테니."

노라의 말에 도로시가 자리에서 일어났다.

"잘 자요. 바보 같이 굴어서 미안해요."

이 말과 함께 도로시는 노라를 따라 밖으로 나갔다.

노라가 다시 돌아와 내 옆 바닥에 앉았다.

"우리 도로시, 한참을 울고 투덜거렸네요. 물론 지금 당장은 사는 게 정말 힘들겠지만, 그래도……. 그 무서운 비밀이라는 게 대체 뭐래요?"

노라가 하품을 했다.

나는 도로시한테 방금 들은 이야기를 들려주었다.

"그런데 터무니없는 소리 같아."

"왜요?"

"당연하잖아. 지금까지 그들한테 들은 다른 이야기도 몽땅 엉망이었으니까."

노라가 다시 하품을 했다.

"탐정 나리께선 그 정도로 그렇게 믿을 수 있겠지만 난 아니에요. 있잖아요, 모든 용의자와 모든 동기, 그리고 단서를 모조리 적어서 하나씩 확인해 보는 게……"

"당신이나 해. 난 자러 갈 테니. 그런데 단서라니?"

"오늘 밤 나 혼자 거실에 있을 때 길버트가 내가 잔다고 생각하고 살금살금 전화기로 가더니 교환수에게 아침까지 전화를 하나도 연결하지 말라고 한 것 말이에요."

"저런, 저런."

"또 있어요. 도로시가 엘리스 고모 집 열쇠를 처음부터 가지고 있었던 것이라든가."

"저런, 저런."

"그리고 모렐리가 말한…… 그게 누구였죠? 줄리아 울프가 알았다던 딕 오브라이언의 주정뱅이 사촌에 대해 이야기할 때 스터지가 테이블 밑으로 모렐리의 다리를 쿡쿡 찔렀던 것도……."

나는 일어서서 우리 잔을 테이블에 올려놓았다.

"당신 같은 아내가 없는 탐정들은 도대체 어떻게 수사를 하나 몰라. 하지만 당신, 상상력이 지나쳐. 내가 볼 때 스터지가 모렐리를 쿡쿡 찌르는 것 같은 일은 그리 걱정할 것이 없다고. 차라리 스패로를 두들겨 패준 것이 내가 다치는 걸 막기 위해서였는지, 아니면 내가 무슨 정보를 얻는 걸 막기 위해서였는지가 궁금하군. 난 졸려."

"나도 그래요. 자기 전에 이거 하나만 말해 줘요, 닉. 당신 미미랑 몸싸움 하고 있을 때 성적으로 흥분되지 않았어요?"

"오, 조금."

그녀가 깔깔대며 바닥에서 일어섰다.

"정말 역겨운 호색한 아저씨라니까! 오, 봐요! 해가 떴어요."

26

10시 15분, 노라가 날 흔들어 깨웠다.

"전화 받아요. 허버트 매컬린데 중요한 일이래요."

나는 전화를 받기 위해 침실로 들어갔다. 난 거실에서 잤고 방에서는 도로시가 새근새근 잠들어 있었다. 나는 전화기에 대고 "여보세요?"라고 웅얼거렸다.

"점심을 먹기엔 너무 이르지만 자네를 당장 만나야겠네. 지금 올라가도 되나?"

"그럼. 올라와서 같이 아침 먹지."

"아침은 먹었네. 자네나 얼른 먹지. 15분 이따가 올라가겠네."

"좋아."

도로시가 눈을 게슴츠레 뜨더니 "늦었나 봐." 하고 중얼거리고는 반대편으로 몸을 뒤집어 다시 잠에 빠졌다.

나는 찬물로 얼굴과 손을 씻고, 이를 닦고, 머리를 빗은 다음 거실로 돌아갔다.

"그가 올라온대. 아침은 먹었다니 커피나 좀 주문해 주면 좋겠군. 나는 닭 간 요리 시켜주고."

"나도 끼어도 되는 건가요, 아니면……."

"물론이지. 당신 매컬리는 한 번도 못 만났지? 꽤 괜찮은 사람이야. 보(Vaux) 근처에서 며칠 동안 그의 부대에 배속된 적이 있었는데 전쟁이 끝나고 다시 만났지. 그가 두어 번 일거리를 소개해 준 적도 있고. 와이넌트 일을 포함해서 말이야. 정신이 나게 한 잔 하는 건 어떨까?"

"오늘은 맨 정신으로 지내는 게 어때요?"

"우리가 맨 정신으로 지내려고 뉴욕에까지 온 건가? 오늘 밤에 하키 게임이나 보러 갈까?"

"좋아요."

그녀가 내게 술을 따라주고 아침 식사를 주문하러 갔다.

나는 조간신문을 훑어보았다. 조젠슨이 보스턴 경찰에 체포된 것과 넌하임이 살해된 기사가 있긴 했지만 타블로이드 신문들이 '헬스 키친 갱 전쟁'이라 부르던 사건과 '마이크 왕자'(자신이 죽은 러시아 황제의 사촌인 미하일 로마노프라고 속여 사기를 친 리투아니아 이민자 해리 거거슨의 별명 — 옮긴이) 거거슨의 체포, 그리고 린드버그 유괴 사건에서 협상을 담당한 '재프시'(1932년 찰스 린드버그 가족과 린드버그의 어린 아들을 유괴한 브루노 하웁트먼 사이에서 중재인 역할을 했던 브롱크스 출신의 존 F. 콘돈의 별명 — 옮긴이)와의 인터뷰가 더 넓은 지면을 차지하고 있었다.

매컬리는 아스타를 데리고 온 벨보이와 함께 도착했다. 아스타는 매컬리를 좋아했다. 그가 아스타를 쓰다듬을 때마다 몸을 기대거나 지그시 밟을 곳을 대어주기 때문이었다.

오늘 아침 그는 입가에 주름이 져 있고 볼에는 분홍빛 생기가 사라져 있었다.

"경찰의 이 새로운 수사 방향은 어디서 어떻게 나온 건가? 정말로……?"

그가 물었다가 노라가 들어오는 것을 보자 입을 다물었다. 노라는 어느새 옷을 갈아입고 있었다.

"노라, 여기는 허버트 매컬리 씨. 이쪽은 내 아내."

내가 둘을 소개했다.

악수가 끝나자 노라가 물었다.

"이 이가 커피만 주문하라고 했는데 그것 말고 다른 건……"

"아니, 괜찮습니다. 방금 아침을 먹었어요."

"그래, 경찰이 뭐 어쨌다고?" 내가 물었다.

하지만 그는 곧장 입을 열지 못하고 잠시 주저했다.

"노라는 내가 아는 것이라면 사실상 거의 전부 알고 있네. 그러니 자네가 피하고 싶은 게 아니라면……"

"아니, 아니. 그런 건 아닐세. 이건 다만, 음…… 찰스 부인을 위해서야. 괜히 걱정 끼치고 싶지 않아서 말이지."

"그럼 그냥 이야기하게. 아내가 걱정하는 건 자신이 모르는 일뿐이니까. 그 새로운 수사 방향이라는 게 뭔가?"

"길드 형사가 오늘 아침에 다녀갔는데……. 먼저 나이프가 달린 시계 체인을 보여주더니 본 적이 있느냐 묻더군. 본 적이 있었네. 와이넌트의 것이거든. 그래서 그렇다고 대답했지. 와이넌트의 것 같다고 말이야. 그랬더니 그게 혹시 다른 사람 손에 들어갈 수 있는 길이 있느냐고, 내가 아는 바가 있냐고 묻더군. 그런 식으로 한참을 에둘러 말하는 걸 듣고 나서야 그가 자네나 미미에 대해 묻고 있음을 깨달았네. 그래서 당연히 그럴 수 있다고 했지. 와이넌트가 둘 중 한 사람에게 직접 주었을 수도 있고, 자네가 그걸 훔치든가, 길에서 줍든가, 아니면 그걸 훔친 사람한테 받거나, 아니면 그걸 길에서 주운 사람한테 받거나, 아니면 그걸 와이넌트한테서 받은 사람한테 받거나 말이야. 물론 자네가 그걸 손에 넣을 다른 길도 있겠지. 하지만 내가 진담이 아니라는 걸 알았는지 더 이상 말을 못하게 하더군."

노라의 볼이 붉으락푸르락 달아오르고 눈도 어두워졌다.

"나쁜 사람!"

"자, 자. 당신한테 미리 말해 뒀어야 하는 건데. 길드 형사는 어젯밤부터 그쪽 방향으로 가고 있었어. 아마 친애하는 미미가 넌지시 찔러주었겠지. 그래, 그가 뭘 또 캐려던가?"

"이렇게 묻더군. '닉 찰스와 줄리아 울프가 여전히 놀아나고 있었습니까? 아니면 이미 끝난 일입니까?'"

"그것도 미미 솜씨로군. 그래서 뭐라고 했나?"

"둘이 '여전히' 놀아나고 있는지 모르겠다고 했지. 둘이 놀아난 적이 있었는지도 몰랐거든. 그리고 자네가 오랫동안 뉴욕을 떠나 있었던 사실도 상기시켜 주었고."

"정말 그랬어요?" 노라가 내게 물었다.

"괜히 매컬리만 거짓말쟁이 만들지 말자고. 그랬더니 뭐라던가?"

"아무 말도. 조젠슨이 자네와 미미 사이를 아는 것 같았냐고 묻기에 자네와 미미가 뭘 어쨌느냐고 했더니 나보고 순진한 척 말라더군. 그래서 더 이상 별 말은 하지 못했지. 그리고 내가 자네를 언제, 어디서 만났는지 아주 궁금해 하더라고. 그것도 아주 상세하게."

"그거 잘됐군. 내 알리바이는 아주 약하거든."

그때 웨이터가 주문한 음식을 가지고 들어왔다. 우리는 그가 테이블을 차리고 나갈 때까지 별 것 아닌 이야기를 늘어놓았다.

"자넨 걱정할 거 하나 없네. 와이넌트를 경찰에 넘길 생각이니까."

매컬리가 말했다. 그의 목소리는 어딘가 불안정하고 금방이라도 울 것 같았다.

"그의 짓이 확실한가? 난 확신을 못하겠네."

"난 알아. 내가 틀릴 가능성이 천 분의 일이라도 있다 해도, 아니, 그럴 가능성은 없어. 그는 미쳤네. 저대로 놓아둬선 안 돼."

"그 말이 맞겠지. 그리고 자네가 안다면……"

"난 알아. 그녀가 죽은 오후 그를 보았네. 살인이 벌어지고 단 30분도 안 지났을 거야. 물론 당시에는 몰랐지. 그녀가 죽은 것조차 몰랐으니까. 난…… 그러니까 지금은 아네."

"그를 허먼의 사무실에서 만난 건가?"

"뭐라고?"

"자네 그날 3시쯤부터 약 4시까지 57번가에 있는 허먼이라는 사람의 사무실에 있었다고 하지 않았나. 경찰한테 그렇게 들었는데."

"맞네. 그러니까 내 말은, 경찰은 그렇게 알고 있지. 사실은 이렇네. 플라자에서 와이넌트를 만나지도, 그의 소식을 듣지도 못해서 사무실과 줄리아에게 전화를 걸었지만 거기서도 그렇다할 소식을 듣지 못했네. 그래서 일단 포기하고 허먼의 사무실 쪽으로 걸어가기 시작했지. 허먼은 광산 기술자로 내 고객 중 하나라네. 그가 부탁한 법인 관련 조항 작성을 막 마쳤고 조금 수정할 사항이 있었지. 57번가에 다다랐을 때 갑자기 누군가 날 미행하고 있다는 기분이 들었네. 그런 기분 알잖나. 미행당할 이유를 도통 떠올릴 수는 없었지만 난 변호사가 아닌가. 그럴 이유는 언제든지 있을 수 있는 법이니까. 어쨌든 내 기분이 맞는 건지 확인하고 싶어서 57번가에서 동쪽으로 방향을 틀어 매디슨 쪽으로 갔네. 하지만 그런데도 알아낼 수가 없었지. 그런데 거기에는 플라자 근처에서 본 것 같은 작고 안색 나쁜 남자가 있었지. 내가 미행을 당하고 있는지 아닌지 확인할 수 있는 가장 빠른 방법은 택시를 타는 거였고, 그래서 나는 택시를 타고 기사한테 동쪽으로 가자고 했지. 그런데 도로에 차가 너무 많아서 이 조그만 사내든 누구든 나를 따라 택시에 탔는지 제대로 알아볼 수가 없더군. 그래서 택시를 3번가에서 남쪽으로 돌리게 한 다음 56번가에서 다시 동쪽으로, 그리고 2번가에서 다시 남쪽으로 틀게 했지. 그쯤 되니 노란 택시 한 대가 나를 따라오고 있다는 게 거의 확실해졌네. 물론 그 안에 그 조그만 남자가 타고 있는지는 알아볼 수 없었어. 거리가 제법 되었거든. 그런데 다음 번 모퉁이에서 빨간 불에 차가 멈췄을 때 와이넌트를 보았네. 55번가에서 택시를 타고 서쪽으로 향하고 있더란 말이지. 당연히 그리 놀랄 일은 아니었네. 거긴 줄리아의 집에서 겨우 두 블록 떨어진 곳이었고, 그가 거기 갔다면 내가 전화했을 때 줄리아가 그가 있다는 사실을 밝히지 않으려 했을 것이고, 이제 그가 나를 만나러 플라자로 가는 길이라고 생각했거든. 그는 시간을 잘 지키는 사람이 아니니까. 그래서 나는 기사에게 다시 서쪽으로 차를 돌리라고 했네. 우리 차는 와이넌트의 차보다 반 블록 정도 뒤에서 가고 있었는데 그가 탄 택시가 렉싱턴로에서 남쪽으로 꺾는 게 아닌가. 그건 플라자로 가는 길이 아니고, 내 사무실로 가는 길도 아니지. 그래서 난 와이넌트는 잠시 접어치우고 날 따라오는 택시에만 신경을 집중하기로 했네. 그런데 그 택시는 이미 사라지고 없더군. 허먼의 사무실로 가는 길 내내 뒤를 주시했지만 나를 따라오는 사람은 찾을 수 없었고."

"와이넌트를 본 게 몇 시였나?" 내가 물었다.

"3시 15분이나 20분쯤 되었을 걸세. 허먼의 사무실에 도착했을 때 3시 40분이었고, 가는 길이 20분에서 25분 정도 걸린 것 같거든. 갔더니 허먼의 비서인 루이즈 제이콥스, 기억나지? 지난 밤 만났을 때 나와 함께 있던 여자 말일세. 루이즈 말이 그가 오후 내내 회의실에 갇혀 있는데 몇 분만 있으면 끝날 것 같다고 하더군. 그녀의 말대로 조금 뒤 그가 나왔고 나는 10분에서 15분 만에 그와 일을 마치고 사무실로 돌아갔네."

"와이넌트와 거리는 그리 가깝지 않았겠지? 그래서 그가 흥분했다거나, 시계 체인을 걸고 있었다거나, 화약 냄새가 났다거나, 하는 것들은 알 수 없었겠지?"

"맞네. 내가 본 거라고는 휙 지나가는 그의 모습뿐이었으니까. 하지만 그가 맞다고 확신하지 못하는 건 아니야."

"그건 의심 않네. 계속 하지."

"그는 다시 전화하지 않았네. 사무실에 돌아가 한 시간쯤 지나니 경찰에서 전화가 왔네. 줄리아가 죽었다는 거야. 자넨 내가 와이넌트를 의심하지 않았다는 사실을 이해해야만 하네. 단 한순간도 난 그가 줄리아를 죽였다고 생각지 않았어. 그리고 자넨 아직도 그가 그랬다고 생각지 않지. 경찰서로 가 그에 대한 질문을 받으니 그가 의심받고 있다는 걸 알겠더군. 그래서 나는 변호사 백 명 중 아흔아홉 명이 자신의 고객을 위해 할 법한 행동을 했네. 살인이 일어날 즈음 그 동네에서 그를 봤다는 사실을 말하지 않은 거지. 자네한테 이야기한 것처럼 만날 약속을 했는데 그가 나타나지 않았다는 이야기만 하고, 난 플라자에서 곧장 허먼의 사무실로 간 것처럼 생각하게 만들었지."

"그건 이해가 가네. 와이넌트로부터 직접 설명을 듣기 전까지 자네가 굳이 입을 열 이유는 없지."

"그러니까 말일세. 그런데 문제는 내가 그의 말을 전혀 듣지 못했다는 거지. 난 그가 직접 나타나거나, 내게 전화를 하거나, 어떻게든 할 줄 알았는데 전혀 그러지 않더군. 그런데 화요일에 필라델피아에서 온 그의 편지를 받았을 때도 편지에는 금요일 날 만나러 오지 않은 것이나 사건에 대해 한 마디도 없었지. 자네도 편지를 봤잖아. 어떻게 생각하나?"

"편지에 죄책감이 담겨 있는 것 같았냐고?"

"그래."

"특별히 그런 것 같진 않았네. 죄가 없는 사람이 쓸 법한 전형적인 편지였으니까. 경찰의 의심에 대해 자신의 일에 방해가 될 거라는 것 말고는 특별히 걱정하지 않았고, 큰 불편이 없도록 혐의가 모두 풀리기를 바라고 있었잖은가. 다른 사람이 쓴 편지라면 그리 현명한 건 아니겠지만 그가 조금 괴짜라는 사실을 감안하면 납득할 만하지. 아마 그걸 보낼 때만 해도 그로서 최선의 길은 사건 당일 무슨 일을 했는지 설명하는 것이라는 사실은 꿈에도 몰랐을 걸세. 그를 보았을 때 그가 줄리아의 집에서 오는 것이었다는 건 확실한가?"

"이제는 확실하다고 생각하네. 처음에는 그럴 수도 있다고만 생각했지. 그때는 작업실에 들른 것일 수도 있다고 생각했거든. 1번가니까 내가 그를 본 데서 단 몇 블록 떨어진 곳이지. 그리고 그가 떠난 뒤 닫혀 있긴 했지만 마침 지난달에 임대 계약을 갱신했고, 작업실의 모든 게 그가 돌아오기만을 기다리고 있었으니까. 그가 그날 오후 거기 들를 가능성도 얼마든지 있었고 말일세. 경찰에서는 그가 거기 있었는지 입증할 것을 찾지는 못했지만."

"전부터 물어보려고 했었는데, 그가 구레나룻을 길렀다는 말이 있었는데 정말인가?"

"아니. 여전히 길고 수척한 얼굴에 거의 백발에 가까운 콧

수염 약간이 전부지."

"한 가지 더. 어제 넌하임이라는 친구 하나가 살해당했네. 덩치가 작고……"

"나도 그 이야기를 하려고 했는데."

"자네를 미행했을지도 모르는 그 조그만 사내에 대해 생각해 봤는데 말이야."

매컬리가 날 노려보았다.

"그게 넌하임이었을 수도 있다는 뜻인가?"

"나도 모르지. 다만 궁금해 하고 있었지."

"나도 모르네. 넌하임이라는 사람을 본 적이 없거든. 내가 알기론……"

"그는 체구가 작아. 키가 약 160센티미터에 몸무게도 54킬로그램 정도밖에 안 나갈 걸세. 나이는 서른대여섯? 안색이 나쁘고, 진한 색 머리와 눈동자. 눈은 사이가 좁고, 입이 크고, 길고 축 늘어진 코에, 박쥐 날개 같은 귀. 한 마디로 의뭉스럽게 생겼지."

"그 사람일 수도 있겠는데. 하지만 제대로 볼 정도로 가까이 가질 못했지. 경찰이 그의 얼굴을 보게 해준다면……. 하지만 이젠 그것도 소용이 없겠지. 어디까지 했었지? 오, 그래. 와이넌트와 연락을 못 하고 있었다고 했지. 그 덕분에 내 입장이 곤란해졌네. 경찰은 내가 분명 그와 연락을 하면서 거짓말을 한다고 생각하고 있었거든. 자네도 그러지 않았나?"

"그건 그랬지." 내가 솔직히 대답했다.

"그리고 자네도 경찰처럼 내가 사건 당일 플라자에서든 그 이후 다른 데서든 그를 만났다고 생각했을 거야."

"그럴 수 있어 보였거든."

"그렇지. 물론 자네의 생각이 어느 정도 맞았네. 최소한 그를 보긴 했으니까. 그리고 경찰 눈에 정말 '유죄'라고 보일 법한 장소와 시각에 그를 보았으니까. 예전에는 본능과 추론에 따라 거짓말을 해 본 적이 있지만 이번에는 직접적으로, 그리고 의도적으로 거짓말을 했네. 허먼은 그날 오후 내내 회의실에 묶여 있느라 내가 얼마나 기다렸는지 모르지. 루이즈 제이콥스는 나와 친하네. 그래서 내가 3시 1, 2분쯤 거기 도착했다고 이야기해 주면 내 고객을 돕는 셈이 될 거라고 했네. 그녀는 쉽게 그러마고 해주었지. 문제가 생길 경우를 대비해 나는 조금이라도 일이 어긋나면 원래는 내가 정확히 몇 시에 도착했는지 기억을 못했었는데 다음 날 내가 지나가는 말로 3시쯤 왔다고 이야기를 했고, 나를 의심할 필요가 없었다고 대답하라고 했네. 모든 책임을 내게 미루게 한 거지. 하지만 이제는 그 무엇도 중요치 않아. 중요한 건 오늘 아침에 와이넌트한테 연락이 왔다는 걸세."

그가 심호흡을 하며 말을 마쳤다.

"이번에도 괴상한 편지가?" 내가 물었다.

"아니, 전화를 했더군. 오늘 밤에 만나기로 했지. 자네와 함께 말이야. 직접 만나기 전까지 자네가 그를 위해 일을 할 생각이 없다고 전했더니 오늘 밤 만나자고 하더군. 물론 경찰도 데리고 갈 걸세. 더 이상은 그를 이런 식으로 보호할 핑계를 찾을 수가 없거든. 정신 이상을 근거로 정신 병원 감금 정도로 마무리 지을 수 있을지도 모르니까. 그게 내가 할 수 있는, 하고 싶은 전부야."

"경찰한테도 이야기했나?"

"아니. 전화 온 게 그들이 떠난 직후였네. 어쨌든 자네를 먼저 만나고 싶었어. 자네한테 빚진 걸 잊지 않았다고 알려주고 싶었거든. 그리고……"

"그런 말 말게."

"아니야." 그가 노라를 향해 물었다. "그가 포탄 구멍에서 내 목숨을 구해 준 이야기는 안 했겠죠?"

"이 친구 바보라니까. 이 사람이 누굴 쐈는데 못 맞혔고, 나는 그를 쏴서 맞혔거든. 그게 전부야. 그건 그렇고 경찰은 조금 기다리게 하는 게 어떤가? 자네랑 나만 먼저 나가서 그가 하는 말을 들어보자고. 그가 살인자라고 확신이 들면 그때 가서 그를 깔고 앉아 호루라기를 불어도 괜찮잖아."

내 제안에 매컬리가 피곤한 기색으로 미소를 지었다.

"자넨 아직도 의심하는군. 물론 그게 자네가 원하는 식이라면 그렇게 할 용의가 있네. 비록 조금 쓸데없어 보이기는 하지만. 우리가 전화로 무슨 이야기를 했는지 들으면 자네도 마음이 바뀔지 몰라."

그때였다. 도로시가 하품을 하며 치렁치렁한 노라의 잠옷과 가운을 질질 끌고 들어왔다.

"오!" 그녀가 매컬리를 보고 작은 소리를 냈다. 하지만 이내 그를 알아보았다. "오, 안녕하세요, 매컬리 씨. 여기 계신 줄 몰랐네요. 아버지 소식은 없나요?"

그가 나를 쳐다보았다. 나는 살짝 고개를 저었다.

"아직은 없어요. 하지만 어쩌면 오늘 소식을 듣게 될지도 모르겠군요."

그가 도로시에게 대답했다.

"도로시도 소식을 좀 들었지. 누굴 통해서긴 하지만. 매컬리에게 길버트 이야기를 해주지 그래?"

내가 말했다.

"아버지…… 아버지에 대해서요?"

도로시가 머뭇거리며 물었다. 갑자기 그녀의 시선이 바닥으로 내려갔다.

"오, 이런……." 내가 말했다.

붉어진 그녀의 얼굴이 올라오더니 나무라듯 나를 쳐다보았다. 하지만 다음 순간, 그녀가 다급한 말을 쏟아내었다.

"어제 길버트가 아버지를 봤대요. 그리고 아버지가 길버트한테 누가 울프 양을 죽였는지 알려줬대요."

"뭐라고요?"

도로시가 네다섯 번 정도 열정적으로 고개를 끄덕였다.

매컬리가 당황한 눈으로 나를 쳐다보았다.

"그게 정말이라는 법은 없네. 길버트의 말이 그렇다는 거지."

내가 설명했다.

"그렇군. 그럼 자네는 그가……"

"사건이 터진 이후로 그 가족과 별로 이야기를 안 해 봤군, 자네?"

"그렇지."

"이것도 다 경험이지. 그들은 모두 섹스에 미친 것 같아. 그게 머리를 가득 채우고 있어서 말이지. 처음에는……"

그 말에 도로시가 화를 내며 소리쳤다.

"당신 정말 못됐어요. 난 최선을 다했단……"

"왜 그러는 거지? 이번에는 기회를 주고 있잖아. 길버트가 네게 그런 말을 했다는 걸 기꺼이 믿어주겠다고. 나한테 너무 많은 걸 기대하진 마."

내가 도로시에게 말했다.

"그래서 누가 그녀를 죽인 건가요?" 매컬리가 물었다.

"저도 몰라요. 길버트가 말을 안 해 줘요."

"동생은 아버지를 자주 만난답니까?"

"얼마나 자주 보는지는 모르겠어요. 그냥 얼마 전부터 만나 왔다고 했어요."

"혹시…… 넌하임이라는 사람에 대한 말도 있었나요?"

"아니요. 닉도 그걸 물어봤었어요. 아버지를 봤단 것 말고 다른 말은 없었어요."

나는 노라와 눈을 맞추고 신호를 보냈다. 노라가 자리에서 일어섰다.

"도로시, 방으로 들어가자. 이분들이 무슨 일을 하고 있는지는 몰라도 할 기회를 드려야지."

도로시는 내키지 않은 것 같았지만 어쨌든 노라와 함께 방으로 갔다.

"예쁘게 자랐군. 자네 아내가 괜히 걱정하지 않길……."

매컬리가 헛기침을 하며 말했다.

"됐네. 노라는 괜찮아. 와이넌트랑 무슨 이야기를 했는지 말하려던 참이었지?"

"경찰이 가고 난 직후에 전화를 해서 《타임스》에 난 광고를 보았다면서 뭘 원하느냐고 묻더군. 그래서 자네가 그의 문제에 별로 말려들고 싶어 하지 않는다고, 먼저 이야기를 하지 않고는 전혀 손을 대지 않겠다고 했다고 전했지. 그래서 오늘 밤에 만날 약속을 정했네. 그러고 나선 나더러 미미를 보았느냐고 묻기에 그녀가 유럽에서 돌아온 이후로 한두 번 정도 보았다고, 도로시도 만났다고 했지. 그랬더니 그가 이러더군. '아내가 돈을 달라고 하거든 합리적인 한도에서 얼마든지 주게.'"

"놀랄 노자로군."

내 말에 매컬리가 고개를 끄덕였다.

"나도 동감일세. 왜냐고 물으니까 조간신문을 읽었는데 미미가 로즈워터와 공모를 한 게 아니라 그에게 속아 넘어간 것이 분명하다고 생각했다더군. 그리고 그녀가 자신에게 '친절한 행동'을 했다고 믿을 이유가 있다는 걸세. 나는 그가 무슨 생각을 하고 있는지 알아채고 그녀가 이미 나이프와 체인을 경찰에 넘겼다는 걸 알려주었네. 그랬더니 그가 뭐라고 했는지 아나?"

"모르겠는데."

"잠시 에헴, 흠흠, 거리더니 너무나도 매끄럽게 이러는 걸세. '수리해 달라고 줄리아에게 맡겨둔 그 체인과 나이프 말인가?'"

나는 그 말을 듣고 웃었다.

"그래서 뭐라고 했나?"

"난 크게 당황했지. 그래서 대꾸할 말을 못 찾고 있는데 그가 다시 말하더군. '그건 오늘 밤 만나면 더 상세히 의논하도록 하지.' 그래서 언제, 어디에서 만날 거냐고 물었더니 어디에 있을지 모르겠다면서 다시 전화하겠다고 하더군. 10시에 우리 집으로 전화를 하기로 했네. 처음에는 꽤 여유가 있어 보였는데 갑자기 서두르면서 내가 묻는 것들에 대해 대답할 시간이 없는 것처럼 구는 게 아닌가. 그렇게 전화를 끊고 곧장 자네한테 전화를 한 걸세. 이제 그가 얼마나 결백하다고 생각하나?"

"전보다는 덜 결백해 보이는군. 그가 과연 오늘 밤 10시에 전화를 걸까? 얼마나 확신하나?"

"나도 자네만큼이나 잘 못 믿겠네."

매컬리가 어깨를 으쓱했다.

"내가 자네라면 이 정신 나간 사람을 단단히 붙들어 경찰에 넘길 준비를 마칠 때까진 경찰을 부르지 않을 걸세. 이 이야기를 들으면 그리 반기지 않을 거거든. 자넬 당장 감방에 처넣진 않는다 해도 와이넌트가 오늘 밤 빠져나가 버리면 분명 자넬 힘들게 할 거라고."

"나도 아네. 하지만 이 짐을 얼른 벗어버리고 싶단 말이지."

"몇 시간 더 기다린다고 해서 크게 달라지진 않을 걸세. 플라자에 안 나타난 것에 대해서도 이야기했나? 자네든, 그든?"

"아니. 그건 물을 기회가 없었어. 음, 자네가 기다리자고 하면 기다리겠네. 하지만……"

"일단은 오늘 밤까지 기다려보자고. 그가 전화를 할 때까지 말이야. 경찰을 데리고 갈지 말지는 그때 가서 결정하자고."

"그가 전화를 안 할 거라 생각하나?"

"잘 모르겠네. 지난 번 자네와의 약속도 지키지 않았고, 미미가 체인과 나이프를 경찰에 넘겼다는 걸 알자마자 곧장 말을 얼버무리지 않았나. 나라면 그리 기대하지 않겠네. 일단 두고 보자고. 그럼 9시쯤 자네 집으로 갈까?"

"와서 저녁 함께 들지."

"그건 안 돼. 하지만 최대한 빨리 가겠네. 그가 일찍 나타날 걸 대비해서. 우린 빠르게 움직여야 할 걸세. 자네 집이 어딘가?"

매컬리는 스카스데일에 있는 집주소를 알려주고 자리에서 일어섰다.

"부인께 인사 전해 주겠나. 오, 그건 그렇고. 지난 밤 해리슨 퀸에 대한 내 말 괜스레 오해하지 않았으면 좋겠네. 그저 그의 조언을 듣고 시장에서 운이 별로였다는 말을 한 것뿐이니까. 무슨 문제가 있다거나, 그가 다른 고객들한테도 손해를 끼쳤다는 뜻은 아니었네."

"이해하네."

내가 대답하고 노라를 불렀다.

노라와 매컬리는 악수를 하고 서로 예의바른 인사를 나누었다. 그리고 그가 아스타를 이리저리 쓰다듬더니 내게 "최대한 일찍 오게."라고 하고는 떠났다.

"하키 게임은 못 가게 됐군. 당신이 같이 갈 사람을 따로 못 찾으면 말이야."

내 말에 노라가 물었다.

"내가 얼마나 놓쳤나요?"

"별로. 그리고 내가 어떻게 생각하는지는 제발 묻지 마. 나도 모르니까. 와이넌트가 정신 나간 건 알지만 그는 지금 정신 나간 사람이나 살인자가 아니라 일종의 게임을 하고 있는 사람처럼 굴고 있단 말이야. 그게 무슨 게임인지는 하느님만 알겠지."

나는 이렇게 말하고 매컬리한테 들은 이야기를 그대로 들려주었다.

"내 생각에는 와이넌트가 누군가를 감싸고 있는 것 같아요."

"그의 짓이라고 생각 안 하는 이유는 뭐지?"

"당신이 안 하니까요."

노라가 당연한 것 아니냐는 투로 대답했다.

나는 그거 훌륭한 생각이라고 말했다.

"그 누군가가 누굴까?"

"나도 아직은 모르겠어요. 자, 나 놀리지 말아요. 사실 그것에 대해 생각을 좀 해봤어요. 매컬리는 아닐 거예요. 와이넌트가 그 누군가를 감싸기 위해 매컬리를 이용하고 있으니까."

"그럼 나도 아니겠군. 그는 나도 이용하고 싶어 하니까."

"맞아요. 내가 당신보다 먼저 맞힐지도 모르니까 놀리지 말아요. 미미나 조젠슨도 아닐 거예요. 와이넌트는 그들이 의심을 받게 만들려고 했으니까. 넌하임도 아니겠죠. 그는 아마도 같은 살인자의 손에 당했을 거고, 이젠 더 이상 감싸줄 이유도 없으니까. 모렐리도 아닐 거예요. 와이넌트는 그를 질투했고 말다툼을 벌이기도 했으니까. 스패로라는 뚱뚱한 남자랑 그 덩치 좋은 붉은 머리 여자에 대해서 조금 더 알아냈으면 좋았을 걸."

노라가 나를 향해 얼굴을 찌푸렸다.

"도로시와 길버트는?"

"안 그래도 물어보려고 했어요. 와이넌트가 부성애가 강하다고 생각해요?"

"아니."

"당신 아무래도 날 포기시키려는 것 같은데. 음, 우린 그들을 알아서 그들 중 누군가가 살인을 저질렀다고 보기는 힘들어요. 하지만 개인적 감정은 접어두고 논리에만 충실하기로 했어요. 어젯밤에 잠들기 전에 목록을 만들어봤는데……"

"불면증을 쫓아버리기에 논리에 충실한 것 이상이 없지. 그건 마치……"

"그렇게 잘난 척 말아요. 지금까지 당신이 한 일도 대단치는 못하니까."

"그래도 누군가에게 해코지 하려고 하진 않았잖아. 그거 새 옷인가?"

나는 이 말과 함께 아내에게 입을 맞췄다.

"아! 또 화제를 돌리는 건가요? 이 겁쟁이!"

27

오후 일찍 길드를 만나러 갔다. 악수를 마치자마자 나는 단도직입적으로 말했다.

"변호사는 안 데려왔습니다. 나 혼자 오는 게 더 나아보일 거라고 생각했거든요."

그는 이마에 주름을 잡더니 마치 내가 그의 마음을 다치게 했다는 듯 고개를 흔들었다.

"자, 자, 그런 게 아니었습니다." 그가 말했다.

"많이 그런 것 같던데요."

그가 한숨을 쉬었다.

"다른 사람들처럼 우리가 경찰이라는 이유만으로 속단하지는 않으실 줄 알았는데. 모든 각도로 사건을 보아야 한다는 건 아시잖습니까, 찰스 씨."

"그거 어디서 많이 들어본 말인데요. 그래서, 뭐가 알고 싶으신 겁니까?"

"제가 알고 싶은 건 누가 그녀를, 그리고 그를 죽였느냐입니다."

"길버트한테 물어보세요."

내 말에 그가 입술을 앙다물었다.

"왜죠?"

"누가 그랬는지 안다고, 와이넌트한테 직접 들었다고 누나한테 말했답니다."

"그럼 그가 지금껏 아버지를 만나고 있었다는 겁니까?"

"도로시 말로는요. 아직 그 애한테 직접 물어볼 기회는 없었습니다."

그는 연한 색 눈을 가늘게 뜨고 나를 쳐다보았다.

"대체 그 집안은 뭐가 문제랍니까, 찰스 씨?"

"조젠슨 씨 댁이요? 저도 형사님만큼이나 아는 게 없을 걸요."

"전 아무것도 모릅니다. 그게 사실이고요. 그 사람들을 전혀 판단할 수가 없어요. 이 조젠슨 부인이라는 사람은 도대체 정체가 뭡니까?"

"금발 여자죠."

그가 침울하게 고개를 끄덕였다.

"그렇죠. 그리고 그게 제가 아는 전붑니다. 하지만 이것 보세요. 당신은 그들을 꽤 오랫동안 알고 지냈고 그녀 말에 의하면 당신이랑 그녀는……."

"그리고 나랑 그녀 딸도 있죠. 나랑 줄리아 울프도 있고, 나랑 애스터 부인도 있고……. 어디 제 여자가 한둘입니까."

그가 내 말을 막듯 한 손을 들어 올렸다.

"조젠슨 부인 말을 모두 믿는다는 게 아닙니다. 그리고 그것 때문에 괜히 마음 상하실 필요도 없어요. 그런 태도로 나오시면 안 됩니다. 마치 우리가 당신을 잡아들이려 혈안이 되어 있는 것처럼 행동하시잖아요. 그건 아닙니다. 전부 아니에요."

"그럴지도 모르죠. 하지만 지금껏 제게 하는 말과 다른 사람들한테 하는 말이 다르시지 않습니까……."

그는 나를 물끄러미 쳐다보다가 침착하게 입을 열었다.

"전 경찰입니다. 해야 할 임무가 있는 사람이라고요."

"옳은 말씀이군요. 들르라고 하셨죠? 용건이 뭡니까?"

"제가 언제 들르라고 했습니까? 들러주십사 부탁드린 거지."

"아, 알겠어요. 용건이 뭐냐고요."

"이런 걸 원한 게 아닙니다. 이런 건 아니라고요. 지금까지 남자 대 남자로 쭉 이야기를 나눴고, 앞으로도 그런 식으로 이어가고 싶단 말입니다."

"상황이 달라진 건 형사님 때문이죠."

"그건 사실이 아니죠. 이보십시오, 찰스 씨. 그럼 당신도 처음부터 지금까지 쭉 제게 모든 걸 내보이셨다고 맹세할 수 있습니까? 제 눈을 쳐다보고 똑바로 말할 수 있어요?"

거기다 대고 그렇다고 말하는 건 아무 소용이 없었다. 어차피 날 믿지 않을 테니까.

"실질적으로 그렇죠."

"실질적으로 그래요? 그렇죠. 지금까지 모든 사람들이 내게 '실질적 진실'을 말했었죠. 내가 원하는 건 망할 놈의 실질적 진실이 아니라 결과를 내 줄 무언가란 말입니다."

나는 그가 어떤 기분일지 알 수 있었다.

"어쩌면 지금까지 형사님이 찾아낸 사람 중 진실 전체를 아는 사람은 없었을지도 모르죠."

이 말을 들은 그가 불편하다는 표정을 지었다.

"아마도 그럴 겁니다. 그렇죠? 이보세요, 찰스 씨. 전 지금까지 제가 찾아낼 수 있는 모든 사람과 이야기를 나눴습니다. 당신이 조금 더 찾아주실 수 있다면 그들과도 기꺼이 이야기를 하겠습니다. 그래, 와이넌트도 그래요. 지금 그를 찾아내기 위해 전 부서 모든 사람이 밤이고 낮이고 일하고 있지 않을 거라 생각하십니까?"

그림자 없는 남자 287

"그의 아들이 있지 않습니까?"

"그렇죠. 아들이 있죠."

그가 대꾸하더니 얼굴이 가무잡잡하고 다리가 굽은 클라인이라는 사람과 앤디를 불러들였다.

"그 길버트 와이넌트라는 애를 데려와. 이야기를 해야겠으니."

그들이 밖으로 나갔다.

"보십시오. 전 사람들과 이야기를 하고 싶다고요."

그가 불만스럽게 말했다.

"오늘 꽤 신경이 날카로우시군요. 아닙니까? 조젠슨도 보스턴에서 소환해 오고 있습니까?"

그가 커다란 어깨를 으쓱했다.

"그쪽 이야기도 엉터리는 아닌 것 같더군요. 난 모르겠습니다. 들려드릴 테니 어떻게 생각하시는지 말씀해 주시겠어요?"

"그러죠."

"오늘 오후에 제가 좀 신경질적인 건 사실입니다. 어젯밤에 한 숨도 못 잤거든요. 사는 게 참 고달프죠. 내가 왜 이 고생을 하면서 이 일을 고집하는지 나도 모르겠습니다. 땅 조금 사서 울타리나 치고 은빛 여우 몇 마리나 키우면서 살 수도 있는 건데……. 어쨌거나, 지난 25년에 당신네 사람들이 조젠슨을 쫓아버렸을 때 그는 독일로 갔다고 합니다. 자세한 이야기는 없었지만 아내는 나 몰라라 하고 버렸나 봐요. 그리고 당신네가 찾기 어렵게 하려고 이름도 바꿨고. 같은 이유로 평범한 일자리를 찾는 것도 겁이 났다고 하더군요. 자기 입으로 기술자 비슷한 일을 했다고 했으니 아마 벌이도 시원찮았을 겁니다. 잡히는 대로 이런 일도 했다가, 저런 일도 했다고 제 입으로 털어놓더군요. 하지만 내가 알아낸 바에 의하면 거의 여자들이나 등쳐먹고 살았던 것 같아요. 무슨 뜻인지 알겠죠? 하지만 돈 많은 여자를 건지는 것도 그리 쉽지는 않았던 모양입니다. 아무튼, 27년인가 28년쯤 이탈리아의 밀라노에 있었는데 파리 《헤럴드》에 클라이드 밀러 와이넌트와 이혼한 지 얼마 안 된 미미가 파리에 왔다는 기사가 난 겁니다. 둘은 서로를 몰랐지만 그는 소문을 통해 그녀가 아찔한 금발 머리에, 남자를 좋아하고, 노는 데 둘째가라면 서럽고, 별로 지각도 없다는 건 알고 있었죠. 그는 이혼 덕분에 와이넌트의 재산 중 상당 부분이 그녀 차지가 되었을 거라고 생각했습니다. 어차피 미미한테서 돈을 뜯는다 해도 와이넌트한테 속아 놓쳐버린 큰돈보다는 적겠지만 본래 자기 것이어야 할 것 중 일부를 되찾아 오는 것도 나쁘지 않다고 생각했겠죠. 그래서 그는 파리로 갈 차비를 긁어모아 그리로 갔습니다. 지금까지 괜찮은 것 같죠?"

"그런 것 같네요."

"그럴 줄 알았습니다. 직접 나섰는지, 누굴 통해 소개를 받앉는지 몰라도 파리에서 그녀와 만나는 데는 문제가 없었답니다. 거기서부터 나머지 역시 쉬웠죠. 그의 말에 의하면 여자가 첫 눈에 제대로 넘어갔답니다. 여자가 금세 결혼할 생각을 하더라 이거죠. 당연히 그는 말릴 생각이 없었고. 여자는 와이넌트한테 매달 생활비를 받는 대신 한 번에 왕창 돈을 받았습니다. 20만 달러, 맙소사! 매달 돈을 받다가 재혼을 하면 못 받을 수도 있으니까 말입니다. 조젠슨은 현금이 가득 담긴 서랍 열쇠를 얻은 셈이 된 거죠. 그렇게 결혼을 했습니다. 그의 말을 빌리면 결혼은 스페인과 프랑스 사이 무슨 산맥에서 한 가짜랍니다. 둘을 결혼시킨 건 스페인 신부였는데 결혼한 땅은 사실 프랑스 영토였으니 결혼은 법적으로 성사가 안 된 거라고 하더군요. 아마 중혼 죄를 피하려고 그런 것 같습니다. 개인적으로 저는 중혼이든 아니든 신경도 안 써요. 중요한 건 그가 돈을 손에 넣었다는 거고 그렇게 돈이 홀랑 떨어질 때까지 화려하게 살았다는 겁니다. 그러는 내내 그녀는 그가 파리에서 만난 크리스천 조젠슨인 줄만 알았고, 우리가 보스턴에서 그를 잡아들일 때까지도 전혀 몰랐다고 하더군요. 여기까지도 그럴 듯하게 들립니까?"

"그렇군요. 결혼 이야기도 제가 볼 땐 사실인 것 같습니다."
내가 대답했다.

"그런가요. 뭐, 그렇다고 뭐가 달라지겠습니까. 어쨌든, 겨울이 오고 잔고도 점점 줄어드니까 그는 남은 돈을 챙겨서 여자를 버릴 준비를 했죠. 그런데 그 즈음 여자가 미국으로 돌아가 와이넌트한테 돈을 조금 더 받아낼 수 있을지도 모른다고 한 겁니다. 그는 그럴 수만 있다면 그것도 괜찮겠다고 생각했고, 그녀는 분명 그렇게 할 수 있으리라 믿었으니 함께 돌아오는 배를 탄 거죠."

"아, 그런데 거기서 이야기에 허점이 조금 생기는군요."

"왜 그렇게 생각하시죠? 그도 첫 번째 아내가 사는 보스턴에는 갈 생각이 아니었을 겁니다. 그를 아는 몇 사람, 특히 와이넌트를 피할 수만 있으면 괜찮다고 생각했겠죠. 거기다가 7년이나 지나 공소 시효가 소멸된 것도 유리하게 작용했고요. 큰 위험 부담이 없다고 생각했답니다. 어차피 여기 오래 머물 것도 아니었고."

"그래도 그 부분이 조금 마음에 걸리는군요. 계속하세요."
내가 말했다.

"그런데 여기 도착한 둘째 날, 그러니까 아직도 와이넌트를 찾으려 애쓰고 있을 때 재수 없는 일이 벌어진 거죠. 첫 번째 아내의 친구인 올가 펜턴을 우연히 길에서 마주쳤는데 그 여자가 그를 알아본 겁니다. 본래 아내한테 알리려는 걸 겨우 막고는 자기가 지어낸 영화 스토리를 가지고 한 이틀을 더 끌었대요. 상상력도 참 대단하지 않습니까? 하지만 오래 속일 수는 없었죠. 그 여자가 자기 교구 목사한테 가서 그 이야기를 하고는 어떻게 해야 할지 물었더니 목사가 본래 부인한테 말해 주어야 마땅하다고 했다네요. 그래서 그 여잔 그렇게 했고, 다음 번 조젠슨을 만났을 때 자기가 무슨 짓을 했는지 알려주었습니다. 그 이야길 들은 조젠슨이 첫 번째 아내가 문제를 일으키는 걸 막기 위해 냉큼 보스턴으로 달려갔고 우린 거기서 그를 잡아들인 겁니다."

"전당포에 간 건 무엇 때문이었답니까?" 내가 물었다.

"그것도 보스턴에 간 거랑 상관이 있더군요. 보스턴으로 가는 기차가 몇 분만 있으면 출발하는데 마침 가진 돈이 하나도 없고, 집에 다녀올 시간도 없었다고 하더라고요. 첫 번째 아내를 조용히 시킬 때까지 두 번째 아내 얼굴을 보기도 불안했겠죠. 은행도 문을 닫았고. 그래서 가지고 있던 시계를 전당포에 맡겼다고 하더군요. 확인 결과 사실이었습니다."

"그 시곈 보셨습니까?"

"볼 수 있죠. 왜요?"

"그냥 궁금해서요. 그게 혹시 미미가 경찰에 제출한 그 체인 끝에 달려 있었던 건 아닐까요?"

그가 몸을 똑바로 세웠다.

"이런 세상에!" 그런 다음 그가 의심스러운 눈초리로 날 쳐다보았다. "혹시 그것에 대해 아는 게 있는 겁니까, 아니면 그냐……?"

"아니요. 그냥 궁금했을 뿐입니다. 살인 사건에 대해선 뭐라고 합니까? 누가 저지른 짓 같대요?"

"와이넌트요. 한동안은 미미를 의심했다고 털어놓더군요. 하지만 여자의 말을 들은 후 아니라고 믿었답니다. 그는 미미가 가지고 있던 와이넌트에게 불리한 증거가 무엇인지 못 들었다고 주장하고 있어요. 자기한테 문제가 생기는 걸 막기 위해서 그러는 걸 수도 있죠. 하지만 그들이 그에게 돈을 뜯어내기 위해 그걸 이용하려 했다는 점에는 의심의 여지가 없다고 봅니다."

"그럼 나이프와 체인이 조작된 게 아니라고 보시는 겁니까?"

이 말을 들은 길드가 입 꼬리를 축 내렸다.

"그를 협박하기 위해 그랬을 수 있죠. 그게 뭐가 잘못된 겁니까?"

"저 같은 사람이 이해하기엔 조금 복잡해서요. 페이스 페플러가 아직도 오하이오 교도소에 있는지는 알아내셨나요?"

내가 물었다.

"네. 다음 주가 출소랍니다. 다이아몬드 반지도 확인이 됐어요. 감옥 바깥에 친구가 있어서 그 자를 통해 여자한테 반지를 보냈다고 하더군요. 출소하면 결혼해 둘이서 새 출발을 하기로 했다나, 뭐 그렇습니다. 교도관 말로는 그런 내용의 편지가 오가는 걸 봤대요. 이 페플러라는 친구가 우리한테 도움이 될 만한 건 아무 이야기도 하지 않고 있고, 교도관도 편지 속에 소용이 될 내용은 떠오르는 게 없답니다. 물론 이 정도도 살인의 동기 쪽으로는 어느 정도 도움이 되지요. 와이넌트가 질투에 사로잡혀 있고, 이 여자가 다른 놈이 준 반지를 끼고선 놈이 나오면 함께 떠날 준비를 하고 있다고 치면 말입니다. 그거라면……."

그때 전화가 울렸다.

"그래…… 그래……. 뭐? 물론…… 그렇지……. 거기 누구 좀 남겨두고……. 그렇지." 그가 전화를 끊고 한쪽으로 밀었다. "별 거 아닙니다. 어제 웨스트 29번가 살인 사건에 대해 엉뚱한 제보가 하나 더……"

"오, 와이넌트의 이름이 들린 것 같은데……. 아닌가요? 전화 반대편 소리도 밖으로 들린다는 거 아시잖습니까?"

내 말을 들은 그가 얼굴을 붉히더니 헛기침을 했다.

"아닌데요. 그 이름하고 비슷한 소리를 했나……. 아, 와이어트라고 했습니다. 아, 맞아요. 와이어트. 참, 까먹을 뻔했네. 말씀하신 스패로라는 친구에 대해 좀 알아봤습니다."

"뭘 알아내셨습니까?" 내가 물었다.

"그 친구는 아무 상관이 없는 것 같습니다. 그의 이름은 짐 브로피입니다. 아마 넌하임의 애인이었던 그 여자한테 잘 보이려고 했던 것 같아요. 그 여자가 당신한테 삐쳐 있었는데 마침 술도 좀 마셨겠다, 당신한테 한 방 날려주면 잘 보일 수 있을 거라고 생각했던 모양입니다."

"그럴듯하긴 하네요. 스터지한테 불편을 끼치신 건 아닌지 모르겠습니다."

"친구 사입니까? 전과잔 건 아시죠? 전과도 아마 탐정님 팔 만큼이나 길걸요."

"그렇죠. 저도 그를 감방에 보낸 적이 한 번 있으니. 바쁘신 것 같으니 저는 이만……."

나는 코트와 모자를 집어 들었다.

"아니, 아닙니다. 시간만 괜찮으시면 좀 더 계시죠. 흥미로운 게 두어 가지 더 있고, 길버트란 애가 오면 도와주시면 좋잖아요." 나는 다시 자리에 앉았다. "술이나 한 잔 어떠십니까?"

그가 책상 서랍을 열었다. 하지만 지금껏 경찰이 권한 술 치고 괜찮은 건 하나도 없었다.

"아니, 됐습니다."

그때 그의 전화가 다시 울렸다.

"그래…… 그래……. 괜찮아. 들어오지."

이번에는 반대편의 말이 전혀 들리지 않았다.

그가 의자에 기대더니 두 발을 책상 위에 올렸다.

"있잖습니까. 아까 말한 은빛 여우 기르는 거 농담이 아니었습니다. 캘리포니아 어디 괜찮은 데 모르십니까?"

캘리포니아 남쪽에 있는 사자와 타조 농장에 대해서 알려줄까 말까 생각하고 있는데 문이 열리더니 뚱뚱한 붉은 머리 남자가 길버트 와이넌트를 데리고 들어왔다. 길버트의 한쪽 눈은 퉁퉁 부어서 완전히 감겨 있고, 왼쪽 무릎은 바지자락이 찢어져 살이 그대로 보였다.

28

"데리고 들어오라면 정말 득달같이 데리고 들어오는군요."
내가 길드에게 말했다.
"잠깐, 이건 생각하시는 거 이상입니다. 자, 플린트. 이야기해 보게."
그가 그 뚱뚱한 붉은 머리 남자를 향해 말했다.
플린트라는 형사가 손등으로 자기 입을 훔쳤다.
"어린 친구가 아주 대단하더라고요. 보기엔 별 거 아닌데, 젠장. 따라오기 싫어 했다는 거 하난 확실합니다. 거기다 뛰긴 또 얼마나 잘 뛰던지!"
"그래, 자네 영웅이야. 국장님한테 말씀드려 당장 훈장 달아 주라고 하지. 일단 그건 됐고 진지하게 이야기나 해 봐."

"제가 대단한 일을 했다는 건 아니고요. 그냥……"

"네가 무슨 짓을 했는지는 됐다니까. 쟤가 무슨 일을 한 건지 알고 싶다고!"

길드가 호통을 쳤다.

"네. 그 이야기 곧 하려던 참이었습니다. 오늘 아침 8시에 모건하고 교대를 한 이후 모든 게 평상시처럼 조용했죠. 흔히 말하는 것처럼 쥐새끼 한 마리 없었으니까. 그런데 2시 10분쯤에 문에서 열쇠 돌리는 소리가 들리지 뭡니까?"

그가 입술을 빨며 우리한테 놀라는 시늉을 할 시간을 주었다.

"그 줄리아 울프의 아파트 말입니다. 저한테 짚이는 구석이 있었거든요."

길드가 끼어들어 내게 설명했다.

"그거 참 대단한 육감 아닙니까! 젠장, 육감 대단하죠!" 플린트가 감탄을 했다. 하지만 길드가 곧장 그를 노려보자 그가 서둘러 말을 이었다. "예, 예. 열쇠 이야기까지 했죠. 그리고 문이 열리더니 이 어린 친구가 들어오더라, 이 말입니다. 아주 겁에 질려 보이더라고요. 그래서 잡으려고 하니까 잽싸게 뛰어나가더니 번개처럼 사라지더라고요. 1층에 도착해서야 겨우 잡았습니다. 그런데 세상에나, 이 녀석이 난리법석을 피워서 못 움직이게 하느라 눈에 한 방 먹였죠. 생긴 건 빌빌댈 거 같은

데……."

"아파트에서 무슨 짓을 했기에?" 길드가 물었다.

"뭐 할 틈도 없었죠. 제가 잽싸게……!"

"그럼 그가 무슨 짓을 하러 온 건지 확인도 않고 바로 덮쳤다는 거야?"

길드의 목이 칼라 바깥으로 비집고 나올 것처럼 붉어지고 얼굴은 플린트의 머리색만큼 붉어졌다.

"어물거리다 놓치면 안 되잖아요."

길드는 분노와 황당함이 가득 담긴 눈으로 날 멍하니 쳐다보았다. 나는 아무런 표정을 짓지 않기 위해 애를 썼다.

"그럼 됐어, 플린트. 나가서 기다리게."

길드의 목소리는 거의 신음에 가까웠다.

플린트는 어리둥절한 것 같았다.

"예. 알겠습니다. 참, 여기 열쇠……." 그가 길드의 책상에 열쇠를 내려놓고 문으로 다가갔다. 그러더니 고개를 돌려 어깨 너머로 이쪽을 보았다. "참, 자기가 클라이드 와이넌트의 아들이랍니다."

그가 말을 마치며 웃겨 죽겠다는 듯 껄껄 웃었다.

"오, 그래? 그러던가?"

길드의 목소리는 아직도 정상으로 돌아오지 않았다.

"예. 사실 어디서 본 것 같긴 해요. 땅딸보 돌런의 패거리에 있던 놈 같기도 하고……. 분명히 어디서 봤단 말입……"

"나가!"

길드가 버럭 소리를 질렀다. 플린트가 후다닥 밖으로 나갔다. 길드의 커다란 몸 깊숙한 곳으로부터 신음 소리가 새어나왔다.

"저 놈은 아무튼……. 땅딸보 돌런? 맙소사……." 그가 고개를 절레절레 젓고는 길버트를 향해 물었다. "그래, 어떻게 된 거지?"

"그러면 안 되는 거 알아요."

길버트가 순순히 대답했다.

"시작은 좋구나. 우리는 모두 실수를 하지. 의자 가져와서 앉아라. 어떻게 이 문제를 해결하면 좋을지 이야기해 보자. 눈에 얼음이라도 댈래?"

길드가 온화한 투로 길버트에게 말했다. 그의 얼굴은 어느새 평상시처럼 돌아오고 있었다.

"아니, 괜찮아요. 별로 아프지 않아요."

길버트가 길드 쪽으로 의자를 조금 당겨 앉았다.

"아까 저 놈이 이유 없이 때리던?"

"아니, 아니요. 제 잘못이에요. 제가…… 제가 저항을 했어요."

"그래, 뭐. 체포되는 걸 좋아하는 사람은 없으니까. 자, 그런데 왜 그런 거지?"

길버트는 성한 한쪽 눈으로 나를 쳐다보았다.

"여기 길드 형사님께서 마음만 먹으면 널 크게 고생시킬 수 있다. 솔직하게 나와야 일이 쉽게 해결될 수 있어."

내 말에 길드가 고개를 끄덕였다.

"그렇지. 그 열쇠는 어디서 났지?"

길드가 의자에 편안히 몸을 묻으며 친근한 투로 물었다.

"아버지가 편지와 함께 보내주셨어요."

그가 주머니에서 흰 봉투를 꺼내 길드에게 건넸다.

나는 길드 뒤로 다가가 그의 어깨 너머로 봉투를 쳐다보았다. 주소는 '코틀랜드, 길버트 와이넌트 앞'이라고 타자기로 쳐져 있고, 우표는 붙어 있지 않았다.

"언제 받았지?" 내가 물었다.

"어젯밤 10시쯤 들어가니까 1층 데스크에 있었어요. 언제 온 거냐고 물어보진 않았지만 아저씨와 함께 나갔을 땐 오기 전이었을 거예요. 아니라면 나한테 전해 주었을 테니까."

봉투 안에는 낯익은 타이핑으로 뒤덮인 종이 두 장이 들어 있었다. 길드와 나는 함께 읽기 시작했다.

길버트에게

너와 연락을 주고받지 못한 채 이렇게 오랜 세월이 흘러간

것은 네 어머니가 그러기를 바랐기 때문이란다. 이제와 침묵을 깨고 네게 도움을 부탁하는 것은 네 어머니의 바람을 저버려야 할 큰 일이 생겼기 때문이구나. 그리고 너도 이제 당당한 남자가 되었으니 우리가 이대로 남남처럼 지낼 것인지, 아니면 혈육으로서 마음이 이끄는 대로 움직일 것인지는 네가 결정할 일이라고 생각한단다. 줄리아 울프의 살인 사건으로 인해 현재 내가 수치스러운 상황에 처해 있음은 너도 안다고 믿는단다. 그리고 모든 면에서 나의 결백을 믿어줄 정도로 네가 아직 내게 애정을 품고 있으리라고도 믿는단다. 그것이 사실이란다. 그래서 처음이자 마지막으로 경찰과 세상 모두에게 나의 결백을 입증하는 데 네 도움을 부탁하고 싶구나. 설사 나를 향한 네 애정에 기댈 수 없다고 하더라도 네 아비의 이름일 뿐 아니라 너의 것이자 네 누나의 것이기도 한 와이넌트라는 이름을 더럽히지 않기 위해 최선을 다하리라고 믿겠다. 나에게는 나의 결백을 믿을 뿐 아니라 그것을 증명하기 위해 가능한 모든 조사를 하고 있는 유능한 변호사가 있고 닉 찰스를 이 일에 관여시킬 수 있을 것이라는 희망도 있지만 이 일만큼은 차마 그들에게 부탁할 수가 없구나. 분명 불법일 뿐 아니라 너 말고는 솔직하게 털어놓을 사람이 없기 때문이란다. 네가 해주었으면 하는 일은 이렇다. 내일 이스트 54번가 411번지에 있는 줄리아 울프의 아파트로 가거라. 동봉한 열쇠를 쓰면 안으로 들어갈 수 있을 게다. 그리고 『위대한 양식(The Grand Manner)』(연극 비평가이자 에세이 작가, 시인인 루이스 크로넨버거의 1929년 출간 도서, 그는 해밋의 친구이기도 하다 - 옮긴이)이라는 책 속에 어떤 서류가 들어 있을 게다. 그것을 읽고 즉시 없애버리도록 하렴. 재 하나도 남겨선 안 된다. 그걸 읽고 나면 왜 이 일을 해야만 하는지, 왜 내가 이 일을 너에게 맡겼는지 알게 될 것이야. 혹시라도 계획을 변경해야 할 경우가 생기면 오늘 밤 늦게 전화를 걸도록 하마. 오늘 밤 전화가 없으면 내일 저녁 전화를 해 네가 이 일을 실행에 옮겼는지 확인하고 만날 약속을 잡도록 하겠다. 이것이 정말로 큰 책임이라는 걸, 그리고 나의 믿음이 틀리지 않았다는 걸 네가 분명히 깨달을 것이라 믿어 의심치 않는단다.

사랑을 담아
아버지가

'아버지가' 밑에는 잉크로 쓰인 와이넌트의 서명이 있었다.

길드는 내가 무언가 말을 꺼내기를 기다렸다. 나는 그가 먼저 입을 열기를 기다렸다. 조금 시간이 흐른 뒤 그가 길버트에게 물었다.

"그래서 그가 전화를 했나?"

"아니요."

"어떻게 알지? 전화 연결시키지 말라고 교환수한테 이야기하지 않았었니?"

내가 물었다.

"그, 그랬죠. 아저씨가 집에 있는 동안 전화가 오면 혹시 누군지 알아차릴까 봐 걱정이 됐어요. 전화를 했으면 교환수한테 일종의 메시지라도 남겨놨겠죠. 하지만 메모는 없었어요."

"그럼 지금까지 아버지를 만나왔던 게 아닌 거냐?"

"네."

"아버지가 줄리아 울프를 죽인 게 누구인지 알려주지도 않았고?"

"네."

"그럼 도로시한테 거짓말을 한 거니?"

길버트는 고개를 떨어뜨리고 바닥을 향해 끄덕였다.

"저는…… 그건…… 사실은 제가 샘이 났던 거 같아요."

그가 고개를 들어 나를 쳐다보았다. 얼굴이 분홍색으로 물들어 있었다.

"누난 나를 존경했어요. 내가 세상 거의 모든 것에 대해 그 누구보다도 잘 안다고 생각했죠. 그런 거 있잖아요. 궁금한 게 있으면 언제든 나를 찾고, 항상 내가 시키는 대로 하고……. 그런데 아저씨를 만나고 달라졌어요. 저보다 아저씨를 존경하고 우러러 보고……. 물론 그러는 게 맞죠. 그러지 않는다면 오히려 바보일 거예요. 아저씨랑 저를 비교한다는 것 자체가 우스우니까. 하지만 저는…… 전 그게 샘이 나고 싫었나 봐요. 아니, 싫었던 건 아니에요. 저도 아저씨를 존경하니까요. 하지만 다시 누나한테 인정받기 위해, 그러니까 한 마디로 잘난 척하기 위해 무언가 하고 싶었어요. 그래서 그 편지를 받았을 때 지금까지 아버지를 만나고 있었던 것처럼 말했어요. 누구 짓인지 아버지가 알려주었다고도 말했고요. 그럼 아저씨도 모르는 걸 제가 알고 있다고 생각할 거 아니에요."

그가 말을 멈추고 숨을 몰아쉬더니 손수건을 꺼내 얼굴을 훔쳤다.

나는 다시 한 번 길드가 입을 열 때까지 기다렸다.

"알겠다. 뭐, 그 일로 대단한 문제가 생긴 건 아닌 것 같구나. 혹시 우리가 알아야 할 다른 걸 더 숨기고 있는 게 아니라면 말이지."

길드가 말했다.

길버트가 고개를 흔들었다.

"아니에요. 아무것도 숨기는 게 없어요."

"네 어머니가 제출한 나이프와 체인에 대해서도 모르고?"

"네. 어머니가 그걸 내놓을 때까지 전혀 몰랐어요."

"엄마는 어떠시니?" 내가 물었다.

"오, 괜찮으세요. 그런 것 같아요. 하지만 오늘은 누워 있겠다고 하셨어요."

길드가 눈을 가늘게 뜨고 내게 물었다.

"무슨 일인데요?"

"심하게 흥분을 했거든요. 어젯밤에 딸이랑 말다툼을 하고는 폭발했지요."

"무엇 때문에?"

"누가 알겠습니까. 알잖아요, 여자들이 만들어내는 희한한 생각 같은 거요."

"으흠."

길드가 말하고는 턱을 긁적였다.

"네가 종이를 찾을 시간이 없었다는 플린트의 말이 사실이니?"

내가 물었다.

"네. 채 문을 닫지도 못했는데 그가 덤벼들었어요."

"내 밑에서 일하는 형사들 정말 대단하지 않습니까? 뛰어나오면서 '까꿍!' 하지는 않던? 아니, 그건 됐다. 자, 이제부터 내가 할 수 있는 일에는 두 가지가 있는데 어느 쪽이 되느냐는 너한테 달렸다. 너를 잠시 여기 묶어둘 수도 있고 아니면 아버지가 연락을 해오면 바로 내게 알려주는 조건으로 널 보내줄 수도 있어. 그가 무슨 말을 했는지, 어디서 만나기로 했는지, 이런 것 말이지."

길드가 낮은 소리로 말했다.

"길버트에게 그런 걸 부탁할 순 없습니다. 그 애의 아버지잖아요."

길버트가 대답하기 전에 내가 끼어들었다.

"못 하겠다? 아버지가 결백하다면 그를 위해서 오히려 좋은 거 아닙니까?"

그가 나를 향해 얼굴을 찡그리며 대꾸했다.

나는 아무 말도 하지 않았다.

길드의 얼굴이 조금씩 펴졌다.

"좋다. 그러면 이걸 일종의 가석방이라고 해두지. 아버지나 다른 누군가가 네게 뭘 해달라고 하면 그렇게 할 수 없다고 대답할 수 있니? 나한테 약속할 수 있겠니?"

길버트가 나를 쳐다보았다.

"그 정도면 합리적이군요." 내가 말했다.

"예. 알겠어요. 약속할게요." 길버트가 말했다.

"좋아. 그럼 가봐라."

길버트가 자리에서 일어섰다.

"고맙습니다. 저기, 오늘 혹시……?"

길버트가 나를 향해 물었다.

"밖에서 기다릴래? 바쁘지 않으면." 내가 말했다.

"기다릴게요. 안녕히 계세요. 길드 형사님. 감사합니다."

길버트가 나갔다.

길드가 전화기를 붙잡더니 『위대한 양식』이라는 책과 그 속에 들었다는 종이를 찾아 당장 가져오라고 명령했다. 전화를 마치자 그가 머리 뒤에서 양손을 깍지 끼고 몸을 앞뒤로 흔들었다.

"그럼 이제 어떻게 되는 겁니까?" 그가 물었다.

"누군들 알겠습니까." 내가 대답했다.

"혹시 아직도 와이넌트 짓이 아니라고 생각하시는 겁니까?"

"제가 무슨 생각을 하든 뭐가 달라지겠어요? 이제 미미가 내놓은 증거도 있으니 그에게 불리한 증거는 많지 않습니까."

"많이 달라지죠. 당신이 무슨 생각을 하는지, 그리고 왜 그렇게 생각하는지 전 정말 알고 싶거든요."

"아내는 그가 누군가를 감싸고 있다고 생각하더군요."

"그래요? 으흠. 제가 원래 여자의 육감을 높이 평가하는 사람입니다. 그리고 이런 말씀 드려도 될지 모르겠는데, 찰스 부인은 정말 영리하신 분이죠. 그래서 부인은 누구 짓이라고 생각하시는데요?"

"마지막으로 듣기로는 아직 누구 한 사람을 집어내진 못한 것 같더군요."

그가 한숨을 쉬었다.

"뭐, 그 종이를 찾아내면 뭐가 알아낼 수 있을지도 모르죠."

하지만 그날 오후, 그 종이는 우리에게 아무것도 알려주지 못했다. 길드의 부하들은 종이를 발견하지 못했다. 죽은 여자의 아파트에 『위대한 양식』이라는 책은 없었으니까.

29

길드는 붉은 머리 플린트를 다시 불러들여 들들 볶았다. 그는 땀을 한 바가지 쏟으면서도 길버트가 아파트에 들어와 아무 짓도 할 기회가 없었고, 자신이 지키는 동안 아무도 아무것도 건드리지 않았다고 주장했다. '위대한 양식'이라는 책을 본 기억이 없다고도 했지만 그는 애초에 책 제목 같은 걸 기억할 사람이 아니었다. 그는 어떻게든 도움이 되려고 애쓰면서 계속해서 바보 같은 소리만 늘어놓았다. 결국 길드가 그를 쫓아냈다.

"애가 바깥에서 저를 기다리고 있을 겁니다. 한 번 더 이야기를 해보고 싶으시다면요."

내가 말했다.

"그러고 싶으세요?"

"아니요."

"음, 그러면……. 젠장, 누군가 그 책을 가져간 게 확실하다면 이걸 그냥……!"

"왜일까요?" 내가 물었다.

"뭐가요?"

"왜 그게 거기 있었을까요? 누구더러 가져가라고?"

그가 턱을 긁적였다.

"그게 무슨 소립니까?"

"그는 사건이 있던 날 플라자에서 매컬리를 만나지 않았어요. 앨런타운에서 자살을 하지도 않았죠. 줄리아 울프로부터 5000달러를 받아갔을 거라 생각했지만 1000달러밖에 못 받았다고 했습니다. 우리는 둘이 애인 사이였을 거라고 생각했지만 그는 단지 친구였다고 했고요. 그의 말을 믿기에는 지금까지 실망이 너무 컸습니다."

"그가 자진해서 출두하든지 완전히 달아나버리든지 둘 중 하나를 택하면 차라리 난 이해가 더 잘 되겠습니다. 이렇게 괜스레 일만 망치면서 주변을 어슬렁거리니까 전 도무지 퍼즐을 끼워 맞출 수가 없어요."

길드가 말했다.

"그의 작업실도 감시 중입니까?"

"지켜보고는 있죠. 왜 물으십니까?"

"잘 모르겠어요. 그저 그가 여기저기 가리키긴 했는데 그런 곳을 뒤져서는 아무것도 못 얻어내지 않았습니까. 그러니 이제는 그가 가리키지 않은 곳에 조금 더 신경을 써야 할 때가 아닐까요. 작업실도 그런 곳 중 하나고요."

"흐음."

"그럼 고민 좀 해보십쇼. 혹시 밤늦게 연락을 할 일이 생기면 어떻게 하면 됩니까?"

내가 모자를 쓰고 코트를 입으며 물었다.

그가 자신의 집 전화번호를 적어주었다. 악수를 하고 나는 그곳을 나왔다.

길버트가 복도에서 나를 기다리고 있었다. 우리는 택시에 탈 때까지 한 마디 말도 꺼내지 않았다.

"형사님은 내가 사실을 이야기했다고 생각하시죠?"

"그럼. 아니었니?"

"오, 맞아요. 하지만 사람들은 원래 남을 잘 안 믿잖아요. 엄마한테는 이 일에 대해서 말씀 안 하실 거죠?"

"그러길 바란다면."

"고맙습니다. 아저씨 생각을 묻고 싶은데요, 저 같은 젊은이에게는 여기 동부보다 서부에 기회가 더 많을까요?"

나는 잠시 길버트가 길드의 여우 농장에서 일하는 모습을 상상했다.

"지금은 아니지. 왜, 서부로 가려고?"

"모르겠어요. 뭔가 하고 싶긴 해요. 조금 웃긴 질문인데……. 근친상간이라는 거…… 흔하게 일어날까요?"

그가 넥타이를 만지작거리며 물었다.

"일부 있긴 하지. 그러니까 그런 명칭이 존재하는 것 아니겠니?" 그가 얼굴을 붉혔다. "널 놀리는 게 아니란다. 그런 건 아무도 모르는 거야. 알아낼 수 있는 길이 없으니까."

두 블록을 더 지나는 동안 우리는 아무 말도 하지 않았다. 이윽고 그가 입을 열었다.

"또 웃긴 질문이 하나 있어요. 저에 대해서 어떻게 생각하세요?"

이렇게 묻는 그 애는 어젯밤의 엘리스 퀸보다도 쑥스러워하는 것 같았다.

"넌 괜찮은 아이지. 그리고 잘못 생각하고 있는 게 많단다."

"전 너무 어려요."

길버트가 고개를 돌려 창밖을 내다보았다.

조금 더 침묵이 이어졌다. 그러다가 그가 기침을 했다. 그의 입술 한쪽에서 피가 조금 흘러나왔다.

"그 사람한테 많이 맞았구나."

그가 부끄러운 듯 고개를 끄덕이며 손수건으로 입을 막았다.

"전 강하지 못해요."

택시가 코틀랜드에 도착했다. 그는 혼자 할 수 있다며 내리는 것을 도우려는 나를 한사코 막았다. 하지만 나는 그 애와 함께 집으로 올라갔다. 그렇게라도 하지 않으면 지금 몸 상태에 대해서 아무한테도 말하지 않을 것이 분명하기 때문이었다.

길버트가 열쇠를 꺼내기 전에 내가 먼저 초인종을 눌렀다. 미미가 문을 열어주었다. 검게 멍든 그의 눈을 본 미미의 눈이 휘둥그레졌다.

"애가 다쳤어요. 일단 눕히고 의사를 불러요." 내가 말했다.

"무슨 일이에요?"

"와이넌트가 애한테 무슨 일을 시켰더군요."

"무슨 일을?"

"먼저 길버트부터 눕힙시다."

"클라이드가 방금 다녀갔단 말이에요. 그래서 당신한테 전화한 거고요."

"뭐라고요?"

"다녀갔다고요, 그가. 길버트가 어디 있느냐고도 물었어요. 한 한 시간 정도 있다가 갔는데. 나간 지 10분도 안 됐어요."

"알겠어요. 애를 침대에 눕힙시다."

길버트는 도와주지 않아도 된다고 고집스럽게 말했다. 그래서 나는 미미와 그를 침실에 놔두고 밖으로 나와 전화기로 갔다.

"전화 온 데 없었어?"

노라가 전화를 받자 내가 물었다.

"예, 사장 나리. 매컬리 씨와 길드 씨가 전화 부탁했고, 조젠슨 부인과 퀸 부인도 전화 달라고 했습니다. 아직까지는 어른들만 전화를 했네요."

"길드 전화는 언제?"

"한 5분 전쯤? 당신 저녁 혼자 먹어도 되겠어요? 래리가 새로 나온 오스굿 퍼킨스 연극(「다시 안녕(Goodbye Again)」이라는 연극으로 오스굿은 바람기 있는 소설가 역할을 맡았다. — 옮긴이) 같이 보러가자고 해서요."

"그러지. 나중에 보자고."

나는 전화를 끊고 허버트 매컬리에게 전화를 걸었다.

"만나기로 한 건 취소됐네. 결국 클라이드한테 전화가 왔어. 도대체 무슨 꿍꿍인지 모르겠단 말이지. 난 경찰에 갈 생각이네. 더 이상은 못 해먹겠어."

매컬리가 전화를 받자마자 말했다.

"이제는 그 길밖에 없겠지. 나도 경찰한테 전화를 걸려는 참이었네. 지금 미미의 집에 있는데 그가 몇 분 전까지 여기 있었다는군. 나도 아슬아슬하게 놓쳤어."

"거기서 대체 뭘 하고 있었지?"

"나도 이제부터 알아내려고."

"경찰에 전화하려고 했다는 말 진심인가?"

"그럼."

"그럼 그렇게 하게. 나도 곧 갈 테니."

"좋아. 이따 보세."

전화를 끊고 나는 다시 길드에 전화를 걸었다.

"탐정님이 나간 다음 새로운 뉴스가 하나 들어왔습니다. 지금 들을 수 있습니까?"

길드가 물었다.

"지금 조젠슨 부인의 집에 있어요. 길버트를 데리고 와야 했습니다. 그 붉은 머리 부하 분이 제대로 손봐준 모양이에요. 내출혈이 조금 있는 것 같습니다."

"그 놈을 죽여 놓겠습니다. 일단 지금은 말을 않는 게 낫겠군요."

"저도 알려드릴 게 있어요. 조젠슨 부인 말에 따르면 와이넌트가 여기 한 시간 정도 있다가 제가 여기 도착하기 몇 분 전에 나갔다는군요."

상대편은 잠시 아무 말이 없었다.

"거기 가만히 계십쇼. 당장 달려갈 테니."

전화를 끊고 퀸의 집 전화번호를 찾고 있는데 미미가 거실로 들어왔다.

"길버트가 심각하게 다친 것 같아요?" 그녀가 물었다.

"모르겠어요. 하지만 의사부터 부르는 게 낫겠군요."

나는 이 말과 함께 전화기를 그녀 쪽으로 밀었다. 그녀가 의사를 부르고 전화를 끊자 내가 말했다.

"와이넌트가 다녀갔다고 경찰에 이야기했어요."

그녀가 고개를 끄덕였다.

"그래서 나도 당신한테 전화를 한 거예요. 어떻게 해야 할지 물으려고."

"매컬리한테도 전화했어요. 지금 오고 있습니다."

"그는 아무 짓도 못 할 거예요. 클라이드가 자진해서 준 거란 말이에요. 내 거라고요."

그녀가 발끈했다.

"뭐가요?"

"채권 말이에요. 돈이랑."

"무슨 채권? 무슨 돈?"

그녀가 테이블로 다가가더니 서랍을 열었다.

"보여요?"

서랍 속에는 두꺼운 고무 밴드로 묶어놓은 채권 세 뭉치가 들어 있었다. 그리고 그 위에는 미미 조젠슨 앞으로 발행된 파크로 신탁의 분홍색 수표가 놓여 있었다. 금액은 1만 달러, 클라이드 밀러 와이넌트의 이름으로 서명이 되어 있었으며 묘하게도 날짜는 1933년 1월 3일로 기재되어 있었다.

"앞으로 닷새 후로 쓰여 있군. 이게 도대체 무슨 경웁니까?"

"지금 통장에 그만한 돈이 없다고, 앞으로 한 이틀 간 입금을 못 할지도 모른다고 했어요."

"이 일로 엄청난 파장이 있을 겁니다. 당신 준비가 되어 있길 바라요."

내가 경고했다.

"이유를 모르겠군요. 남편이, 내 말은 전 남편이 원하기만 한다면 아내와 자식들을 부양하지 못할 이유가 뭐예요, 대체?"

"그만 하시오. 그한테 뭘 팔아 넘겼소."

"팔아요?"

"그렇소. 앞으로 며칠 안에 뭘 해주기로 했소? 약속대로 안 하면 수표가 소용없도록 날짜를 그렇게 쓴 거 아니오?"

그녀가 짜증스러운 표정을 지었다.

"닉, 정말 이럴 거예요? 어떤 때는 이렇게 말도 안 되는 의심만 하는 바보 같다니까."

"그런 바보가 되려고 열심히 공부 중이지. 세 과목만 더 들으면 졸업장을 딸 예정이고. 당신한테 경고한 거 기억나? 언젠가 감옥에 갇힌 신세가 되고 말 거라……"

"그런 말 좀 하지 마요!" 그녀가 황급히 내 입을 막았다. "그런 말 계속 해야 해요? 내가 얼마나 무서워하는지 알잖아요. 내가 요즘 어떤 기분인지 알 거 아니에요, 닉? 조금만 더 상냥하게 대해 주면 안 돼요?"

그녀의 목소리가 점점 부드럽고 달콤해졌다.

"내 걱정은 집어치우시지. 경찰 걱정이나 하쇼."

나는 다시 전화기로 다가가 엘리스 퀸에게 전화를 했다.

"닉이에요. 노라 말로는 전화했었다고……."

"그래요. 혹시 해리슨 봤어요?"

"그때 집에 데려다준 이후로 못 봤는데요."

"그래요. 혹시 보거든 내가 한 말은 그한테 하지 않을 거죠? 진심이 아니었어요. 한 마디도 진심이 아니었다고요."

"그럴 거라고 생각했어요. 어쨌든 그 말은 옮기지 않을 거였어요. 그는 어때요?"

"떠났어요."

"뭐라고요?"

"떠났다고요. 날 버렸어요."

"전에도 그런 적 있잖아요. 다시 돌아올 겁니다."

"알아요. 하지만 이번에는 왠지 겁이 나요. 출근도 안 했어요. 그냥 술에 취해 어딘가 쓰러져 있는 거면 차라리 좋겠어요. 그런데 이번에는 정말 겁이 나요. 닉, 그 이가 정말 그 여자애를 사랑하는 거 같아요?"

"그는 그렇게 생각하더군요."

"자기 입으로 그러던가요?"

"그렇다고 해도 그건 아무 의미 없어요."

"내가 그 여자애랑 이야기를 해보면 좋을까요?"

"아니요."

"왜요? 그 여자애도 그 이를 좋아하는 것 같아요?"

"아니요."

"당신 왜 그래요?"

그녀가 답답하다는 듯 물었다.

"아니, 그냥 여기가 집이 아니라서……"

"뭐라고요? 오, 말하기 불편한 곳에 있다는 말인가요?"

"바로 그거예요."

"혹시…… 혹시 그 여자애 집에 있는 거예요?"

"네."

"그 여자애도 있어요?"

"아니에요."

"그 이랑 같이 있는 걸까요?"

"몰라요. 하지만 아닐 겁니다."

"이야기할 수 있게 되면 전화 주겠어요? 아니, 집으로 올 수 있어요?"

"그러죠."

나는 이렇게 약속하고 전화를 끊었다.

미미가 재미있다는 표정으로 나를 물끄러미 쳐다보고 있었다.

"누군가 우리 아이를 진지하게 생각하고 있군요?" 내가 아

아무런 대꾸를 하지 않자 그녀가 깔깔 웃었다. "도로시가 아직도 위험에 빠진 공주님 노릇을 하고 있는 건가요?"

"그런 것 같소."

"받아주는 사람이 있는 한 계속해서 그럴 거예요, 그 애는. 게다가 다른 사람도 아닌 당신이 그런 데 넘어가다니! 내가 한 순간이라도 진실을 말하고 있다고는 믿지 않는 당신이!"

"그거 흥미롭군."

내가 말을 더 잇기 전에 초인종이 울렸다.

미미가 나가 의사를 데리고 들어왔다. 그는 등이 굽고 뒤뚱거리며 걷는 땅딸막한 늙은이였다. 그녀가 의사를 데리고 길버트의 방으로 들어갔다.

나는 탁자 서랍을 다시 열고 안에 든 채권을 살펴보았다. 우편, 전신 전보 5s, 상파울로 시티 6 1/2s, 아메리칸 타입 파운더스 6s, 서튼-티드 프로덕트 5 1/2s, 어퍼 오스트리아 6 1/2s, 유나이티드 드러그 5s, 필리핀 철도 4s, 토키오 전기 조명 6s, 총 액면가 6만 달러 상당의 채권으로 시장에서는 그의 4분의 1에서 3분의 1 가량의 가치가 있을 것이었다.

초인종이 울리자 나는 서랍을 닫고 매컬리를 맞았다.

그는 피곤해 보였다. 그가 코트를 입은 채 털썩 의자에 앉았다.

"자, 최악의 소식을 들려주게. 그가 여기서 뭘 하고 있었나?"

"아직은 모르겠네. 미미에게 채권과 수표를 주었다는 것만 빼고."

"그건 알아."

그가 주머니를 뒤지더니 편지 한 통을 보여주었다.

허버트에게

오늘 미미 조젠슨에게 아래 적힌 유가 증권과 파크로 신탁에서 1월 3일자로 발행되는 1만 달러 수표를 줄 예정이네. 그러니 날짜에 맞춰 충분한 금액이 입금되도록 해주게나. 공익 기업 채권 일부를 팔면 좋을 것 같다만 자네가 알아서 판단하도록 하고. 현재로서는 더 이상 뉴욕에서 시간을 보낼 수 없을 것 같고 아마 앞으로 몇 달간 돌아오지 못할 걸세. 하지만 종종 연락할 테니 걱정하지 말게. 오늘 밤 자네와 닉 찰스를 만나지 못하는 점 미안하게 생각하네.

클라이드 밀러 와이넌트

휘갈겨 쓴 서명 밑에는 채권 목록이 적혀 있었다.

"편지는 어떻게 받았나?"

"사람을 보냈더군. 왜 그녀한테 돈을 준다고 생각하나?"

나는 고개를 저었다.

"나도 알아내려고 했지. 그녀 말로는 '아내와 자식들을 부양하는 것'이라고 하더군."

"그럴 가능성은 그녀가 사실을 말하고 있을 가능성이랑 비슷해 보이는데."

"이 채권들은 뭔가? 그의 자산은 모두 자네가 관리하고 있는 줄 알았는데?"

"나도 그런 줄만 알았지. 하지만 이것들은 나한테서 나온 것도 아니고, 그가 이런 걸 가지고 있는 줄도 몰랐네. 내가 모르는 것이 이렇게 줄줄이 나온다면……."

그가 무릎에 양쪽 팔꿈치를 기대고 양손에 얼굴을 묻었다.

30

미미가 의사와 함께 들어왔다.

"오 안녕하세요."

그녀가 약간 뻣뻣하게 매컬리에게 인사하더니 그와 악수를 했다.

"여기는 그랜트 의사 선생님. 이쪽은 매컬리 씨, 그리고 찰스 씨예요."

"환자는 어떻습니까?" 내가 물었다.

의사는 헛기침을 하고는 길버트에게 큰 문제는 없는 것 같다고 말했다. 다만 두들겨 맞은 후유증에 약간 출혈이 있으니 한동안 안정을 취해야 한다고 했다. 그는 다시 한 번 헛기침을 하고는 만나서 반가웠다고 인사했다. 미미가 그를 배웅했다.

"길버트는 무슨 일인가?" 매컬리가 내게 물었다.

"말도 안 되는 와이넌트의 부탁으로 줄리아의 아파트에 갔다가 터프한 경찰과 맞닥뜨렸지."

미미가 돌아왔다.

"찰스 씨한테 채권과 수표 이야기는 들으셨나요?"

그녀가 매컬리에게 물었다.

"그걸 당신에게 넘긴다는 와이넌트 씨의 편지를 받았습니다."

매컬리가 대답했다.

"그럼 아무······"

"문제요? 제가 알기론 없습니다."

그녀는 조금 긴장을 풀었다. 눈에서도 서늘한 기색이 조금 사라졌다.

"물론 저도 문제가 있을 이유가 없다고 생각했지만 저 사람이 원체 절 겁주는 걸 좋아하거든요."

그녀가 손가락으로 날 가리키며 말했다.

매컬리가 예의 바르게 미소 지었다.

"와이넌트 씨가 자신의 계획에 대해선 아무 말 없던가요?"

"어디론가 떠난다는 말은 했지만 아마 제가 집중해 듣지 않았나 봐요. 어디로, 언제 가는지는 들은 기억이 없네요."

나는 못 믿겠다는 표시로 끙 소리를 냈다. 매컬리는 그녀의 말을 믿는 척했다.

"줄리아 울프나 지금의 문제, 아니면 살인 사건과 관련해 와이넌트 씨가 아무 말 안 했습니까? 저한테 알려주실 수 없나요?"

그녀가 이해한다는 표정을 지었지만 고개를 흔들었다.

"알려주고 자시고 할 것도 없어요. 아무 말도 안 했거든요. 물어보긴 했지만 그 사람이 마음만 먹으면 얼마나 비협조적으로 나오는지 잘 아시잖아요. 그 일에 대해서라면 단 한 마디도 못 들었어요."

나는 매컬리가 예의상 참고 있었던 질문을 던졌다.

"그가 무슨 말을 했죠?"

"아무것도요. 정말이에요. 우리 둘 이야기랑 아이들 이야기, 특히 길버트에 대해서만. 길버트를 꼭 만나야 한다고 한 시간 가까이 기다렸어요. 도로시에 대해서도 물었지만 그렇게 관심을 보이는 것 같진 않았고요."

"길버트에게 보낸 편지에 대해서는 아무 말 없었나요?"

"한 마디도요. 원하신다면 대화 전체를 그대로 들려드리죠. 난 그가 오는 것도 몰랐어요. 아래에서 전화를 걸지도 않았고요. 그냥 초인종이 울리기에 나가봤더니 그가 있지 않겠어요? 마지막으로 보았을 때보다도 훨씬 늙고 말라 보였어요. 그래서 '어머, 클라이드!' 뭐, 이렇게 말했더니 그가 '혼자 있나?'하고 물어서 그렇다고 했고, 그가 들어왔죠. 그런 다음엔……"

그때 초인종이 울려 그녀가 문을 열러 나갔다.

"어떻게 생각하나?" 매컬리가 낮은 목소리로 내게 물었다.

"내가 미미의 말을 믿는 날이 오면 최소한 그걸 인정하지 않을 정도의 정신은 있길 바라네."

그녀가 길드와 앤디를 데리고 돌아왔다. 길드는 내게 고개를 끄덕이고 매컬리와 악수를 한 다음 미미를 향했다.

"부인, 꼭 여쭤볼 것이……"

그때 매컬리가 끼어들었다.

"제가 먼저 한 말씀 드려도 될까요? 조젠슨 부인보다 먼저 해야 합니다. 그리고……"

길드가 커다란 손을 휘휘 저었다.

"그러십쇼."

그가 소파 한쪽 끄트머리에 앉았다.

매컬리는 아침에 내게 말했던 것을 그에게도 전했다. 나에게 이미 이야기를 해 주었다는 것을 언급한 순간 길드는 심히 못 마땅하다는 표정으로 나를 한 번 쓱 쳐다보고는 그 이후로 나를 완전히 무시했다. 길드는 아무 말 없이 매컬리의 말을 들었고 매컬리는 조리 있고 간결하게 말을 이었다. 두 번쯤 미미가 무언가 말하려 하다가 말을 멈추고 귀를 기울였다. 마침내 매컬리가 말을 마치고 채권과 수표에 대한 이야기가 적힌 편지를 길드에게 건넸다.

"사람 편으로 오늘 오후에 이걸 받았습니다."

길드가 그 편지를 자세히 읽더니 미미 쪽을 보았다.

"그러면 조젠슨 부인, 말씀하시죠."

그녀는 와이넌트가 다녀간 일에 대해 우리에게 했던 것을 그에게도 이야기했다. 길드가 침착하게 질문을 던지자 자세한 부분을 더욱 세밀하게 답변하긴 했지만 줄리아 울프나 살인과 관련된 것은 한 마디도 없었고, 채권과 수표를 준 것은 단지 그녀와 아이들을 부양하기 위해서이며, 그가 어디론가 간다고는 했지만 언제, 어디로 가는지는 모른다는 이야기를 고수했다. 모두가 못 믿겠다는 표정을 지었지만 그녀는 전혀 개의치 않는 것 같았다. 말을 마친 그녀가 생글생글 미소를 지었다.

"그는 여러 가지 면에서 정말 착한 사람이에요. 꽤 미치긴 했지만."

"그가 정말 미쳤다는 말입니까? 그냥 괴짜가 아니라?"

길드가 물었다.

"그래요."

"왜 그렇게 생각하시죠?"

"오, 같이 살아보면 알아요."

그녀가 대수롭지 않다는 투로 대답했다.

길드는 어딘가 불만족스러워 보였다.

"무슨 옷을 입고 있었습니까?"

"갈색 정장에 갈색 코트와 모자, 그리고 신발도 갈색이었던 것 같아요. 흰색 셔츠에 빨강인가 적갈색 무늬가 있는 회색 넥타이를 맸고요."

길드가 앤디를 향해 고갯짓을 했다.

"나가서 알려줘."

앤디가 밖으로 나갔다.

길드는 턱을 긁적이며 생각에 잠겨 얼굴을 찌푸렸다. 우리들은 그저 그를 쳐다보았다. 그가 턱 긁기를 멈추고 미미와 매컬리를 차례대로 바라보았지만 절대 내 쪽은 보지 않았다.

"혹시 D.W.Q라는 머리글자를 가진 남자 아시는 분 있습니까?"

매컬리가 천천히 고개를 좌우로 흔들었다.

"아니요, 왜요?" 미미가 대꾸했다.

이제야 길드가 내 쪽을 보았다.

"나도 모르겠습니다."

"왜요?" 미미가 재차 물었다.

"과거로 좀 돌아가서 생각해 보세요. 와이넌트와 거래를 했을 가능성이 있습니다."

길드가 말했다.

"얼마나 과거로요?" 매컬리가 물었다.

"지금은 뭐라 말씀드리기 어렵습니다. 몇 달? 몇 년일 수도 있고요. 꽤 덩치가 크고, 골격도 크고, 배도 많이 나오고…… 아마 다리를 절었을 겁니다."

매컬리가 다시 고개를 흔들었다.

"그런 사람은 기억이 안 납니다."

"저도요. 그런데 궁금해 죽겠어요. 왜 그러시는지 말씀해 주시지 않겠어요?"

미미가 말했다.

"좋아요. 알려드리죠."

그가 조끼 주머니에서 시가 한 대를 꺼내어 쳐다보다가 마음을 고쳐먹은 듯 다시 주머니에 넣었다.

"그런 시신이 와이넌트의 작업실 바닥 아래 매장되어 있었습니다."

"아!"

나의 입에서 터져 나온 소리였다.

미미가 두 손으로 입을 막았다. 그녀의 입에서는 아무 말도 나오지 않았다. 그녀의 눈은 커다랗고 초점이 없었다.

"확실한 겁니까?"

매컬리가 이마를 찌푸리며 물었다.

길드가 한숨을 쉬었다.

"그런 걸 상상할 사람이 어디 있겠습니까."

매컬리가 가볍게 얼굴을 붉히며 수줍은 미소를 지었다.

"바보 같은 질문이었군요. 그는…… 그 시신은 어떻게 찾으셨습니까?"

"음, 여기 계신 찰스 씨가 그 작업실에 조금 더 신경을 써야 한다고 계속해서 언질을 줬습니다. 찰스 씨라면 남들한테 솔직히 털어놓는 것보다 훨씬 더 많은 걸 알고 있을 거라 생각해 오늘 아침에 사람을 몇 명 보냈죠. 우리 쪽에서는 이미 거길 한 차례 훑어보고 아무것도 못 찾았더랬습니다. 그래서 이번에는 샅샅이 뒤지라고 했죠. 여기 계신 찰스 씨께서 말씀하신 덕분이죠. 그리고 찰스 씨가 옳았습니다. 시멘트 바닥 한구석이 다른 곳보다 조금 더 새것처럼 보이는 걸 발견하고 깨서 파보았더니 D.W.Q 씨의 시신이 있더란 말씀입니다. 어떻게 생각하십니까?"

그는 차가운 눈으로 나를 쳐다보았다.

"대단한 추측이군. 어떻게……?" 매컬리가 말했다.

"그런 말씀 하시면 안 되죠. 그렇게 추측이라고 해버리면 여기 계신 찰스 씨께서 얼마나 영리하신 분인지 인정하지 않는 거 아닙니까."

길드가 끼어들었다.

매컬리는 길드의 어투를 듣고 얼떨떨한 표정으로 나를 쳐다보았다.

"와이넌트와의 약속을 미리 알려주지 않았다고 지금 내게 벌을 주시는 중이거든."

내가 대답했다.

"그것 말고 다른 것도 많죠." 길드가 조용히 덧붙였다.

미미가 웃음을 터뜨렸다. 길드가 노려보자 그녀는 머쓱하게 미소 지었다.

"이 D.W.Q 씨는 어떻게 죽었습니까?" 내가 물었다.

길드는 나의 질문에 대답을 해야 할지 말아야 할지 아직 모르겠다는 표정으로 잠시 망설였지만 곧 그 커다란 어깨를 가볍게 으쓱하더니 입을 열었다.

"아직은 모르겠습니다. 언제 그렇게 된 건지도. 아직 남은 시신을 보지 못했으니까요. 그리고 마지막으로 듣기로 검시가 아직 끝나지 않았습니다."

"남은 시신이라뇨?" 매컬리가 되물었다.

"시신이 토막 나 석회에 덮였거든요. 그래서 보고에 따르면 남은 살점이 거의 없다고 합니다. 하지만 옷가지는 한데 뭉쳐져 있고, 뭔가 단서가 될 정도는 남아 있어요. 끝이 고무로 된 지팡이도 일부가 남아서 그가 발을 절었을지도 모른다고 생각한 겁니다. 그리고……."

그때 앤디가 들어왔다.

"어떻게 됐지?"

앤디가 침울한 표정으로 고개를 저었다.

"그가 들어오거나 나가는 걸 본 사람은 없습니다. 왜, 너무 말라서 한 장소에 두 번 서 있어야 그림자가 생기는 사람, 뭐 그런 농담 있잖습니까?"

내가 웃음을 터뜨렸다. 하지만 그 농담 때문이 아니었다.

"와이넌트는 그렇게 깡마르진 않았습니다. 물론 마른 편이기는 하죠. 그러니까…… 그 수표나 사람들한테 보낸 편지 두께 정도랄까?"

내가 말했다.

"무슨 소립니까?"

길드가 버럭 소리를 질렀다. 그의 얼굴은 점점 붉어지고 눈초리는 분노와 의심이 담겨 있었다.

"그는 죽었어요. 벌써 오래 전에 죽었고 편지와 각종 서류상으로만 살아있다 이겁니다. 그 뚱뚱한 남자의 옷에 감싸인 뼈가 그의 것이라는 데 돈을 걸겠어요."

"확실한가, 닉?"

매컬리가 내게로 몸을 기울이며 물었다.

"무슨 수작입니까?"

길드가 나를 향해 내뱉었다.

"원한다면 내기를 해도 좋아요. 시신을 처리하느라 그리 공을 들여놓고선 없애기 가장 쉬운 옷가지를 그렇게 멀쩡히 남겨 두겠습니까?"

"멀쩡하진 않았어요. 옷은……"

"당연히 멀쩡하진 않죠. 그랬다면 이상해 보일 테니까. 어느 정도는 망가졌을 겁니다. 하지만 세상에 보여주어야 할 부분만은 그대로 남아 있었겠죠. 그 머리글자, 꽤 뚜렷이 보이죠?"

"모르겠어요. 허리띠 버클 부분에 있었답니다."

길드가 조금 풀이 죽어 대답했다.

내가 다시 웃음을 터뜨렸다.

"그건 말도 안 돼요, 닉. 어떻게 그게 클라이드일 수 있어요? 오늘 오후에 여기 있었다니까요. 그가……"

미미가 화를 내며 말했다.

"쯧. 그와 이렇게까지 장단을 맞춰주다니, 너무 어리석군요, 미미. 와이넌트는 죽었고, 당신 아이들은 유산을 받게 될 겁니다. 그렇다면 저 서랍에 든 것보다 훨씬 많은 돈이 생기잖아요. 전부를 다 차지할 수 있는데 왜 사기로 빼앗은 돈의 일부에 만족하려고 해요?"

내가 그녀에게 말했다.

"무슨 말인지 모르겠어요."

그녀의 얼굴은 백짓장 같았다.

"닉은 지금 와이넌트가 오늘 오후 여기에 없었다고, 당신에게 이 채권과 수표를 준 건 다른 누군가이거나 아니면 당신이 훔친 거라고 말하고 있는 겁니다. 맞나?"

매컬리가 나를 향해 물었다.

"실질적으로 그렇지."

"하지만 그건 말이 안 된다고요."

그녀가 여전히 고집스럽게 말했다.

"생각해 봐요, 미미. 와이넌트가 이미 석 달 전에 살해당해 그의 시신이 다른 사람의 것으로 위장되었다고 생각해 봐요. 그는 매컬리에게 모든 걸 위임하고 떠난 것으로 되어 있어요. 그렇다면 모든 자산이 영원히 매컬리의 손에 남는 거죠. 아니, 최소한 그가 그걸 흥청망청 탕진할 때까지. 당신은 영원히 그 돈을 보지 못할……"

매컬리가 벌떡 일어섰다.

"무슨 짓을 하는 건지 모르겠군, 닉. 하지만 난……"

"진정하시오. 이야기를 마저 들어봅시다."

길드가 차갑게 말했다.

"매컬리가 와이넌트를 죽이고, 줄리아를 죽이고, 넌하임도 죽인 겁니다. 이제 어떻게 하고 싶어요? 다음 희생자가 되고 싶어요? 지금 와이넌트를 직접 보았다고 증언해 그를 돕고 나서는 건가요? 그는 지난 10월 이후 와이넌트를 보았다고 주장하는 유일한 사람이니까 그게 그에게 가장 큰 약점이긴 하죠. 하지만 그렇게 도와줘도 그는 절대로 당신을 그냥 두지 않을 거예요. 당신이 언제 마음을 고쳐먹을지 모르니까. 당신이 누구보다도 잘 알잖아요. 게다가 지금껏 살인에 쓰인 바로 그 총으로 당신을 해치워버리고 와이넌트에게 뒤집어씌우는 건 식은 죽 먹기보다 쉽죠. 지금 이렇게 구는 이유는 도대체 뭡니까? 서랍에 담긴 보잘 것 없는 채권 몇 장을 위해서? 와이넌트가 죽었다는 게 증명만 되면 아이들을 통해 손에 넣을 수 있는 유산에 비해 아무것도 아닌 돈을 위해?"

"이 개자식!"

미미가 매컬리에게 소리 질렀다.

길드가 입을 쩍 벌렸다. 지금껏 나온 그 어떤 이야기보다도 그 말 한마디에 더 놀란 것 같았다.

그 순간 매컬리가 움직이는 것이 보였다. 나는 그가 무엇을 하려는지 보지도 않고 왼손 주먹으로 그의 턱을 강타했다. 펀치는 정확히 들어가 그를 주저앉혔다. 하지만 그 순간 왼쪽 옆구리에 타는 듯한 통증이 느껴졌다. 총 맞은 부위가 다시 벌어진 것이 분명했다.

"어떻게 해드려요? 끌고 가기 쉽게 포장이라도 해드릴까요?"

내가 길드를 향해 씩씩댔다.

31

노르망디의 아파트로 돌아갔을 때는 새벽 3시가 다 된 시각이었다.

노라와 도로시, 래리 크라울리가 거실에 있었다. 노라와 래리는 백개먼 게임을 하고 있었고 도로시는 신문을 읽는 중이었다.

"매컬리가 정말 그들을 모두 죽인 거예요?"

날 보자마자 노라가 물었다.

"그래. 신문에 와이넌트에 대한 이야기는 없던가?"

"아니, 매컬리가 체포되었다는 것만요. 왜요?"

도로시가 물었다.

"매컬리가 그도 죽였거든."

"정말로요?" 노라가 말했다.

"놀랄 노자로군." 래리가 말했다.

그때 도로시가 울음을 터뜨렸다. 노라가 깜짝 놀라 도로시를 쳐다보았다.

"집에 가고 싶어요."

도로시가 흐느꼈다.

"괜찮다면 내가 데려다드리죠."

래리가 말했지만 그다지 기꺼운 것 같진 않았다.

도로시는 가고 싶다고 했다. 노라가 그녀를 붙들고 법석을 피웠지만 가지 말라고 붙잡지는 않았다. 마지못해 하는 것처럼 보이지 않기 위해 애쓰면서 래리가 모자와 코트를 집어 들었다. 그와 도로시가 함께 나갔다.

노라가 문을 닫고 거기 기대어 섰다.

"설명해 보시죠, 차랄람비데스 씨."

나는 고개를 저었다.

그녀가 내 옆으로 소파에 앉았다.

"얼른 털어놔요. 한 마디라도 빼놓기만 해봐요……."

"무슨 말이든 하려면 먼저 한 잔 해야겠는데."

그녀가 구시렁거리며 술을 가져다주었다.

"매컬리가 자백했나요?"

"왜 그러겠어? 일급 살인은 어차피 유죄를 인정하고 선처를 빌 수도 없는데. 이급 살인으로 해주기에는 살인이 너무 많이 저질러졌고……. 그리고 그 중 최소한 두 건은 사전에 치밀하게 계획된 범죄였잖아. 그가 할 수 있는 거라곤 변호사와 함께 싸우는 것뿐이지."

"하지만 그의 짓은 맞고요?"

"당연하지."

잔을 입에 가져가려 하자 노라가 잔을 끌어당겼다.

"시간 그만 끌고 이야기해 봐요."

"음, 알고 보니 그와 줄리아가 한 편이 되어 오랫동안 와이넌트로부터 돈을 빼돌리고 있었더군. 매컬리가 시장에서 손해를 많이 보았는데 마침 그녀의 과거에 대해 알게 된 거지. 그래서 둘은 힘을 합쳐 와이넌트를 등쳐먹기로 했지. 매컬리와 와이넌트의 장부를 뒤지고 있는데 그가 와이넌트로부터 돈을 빼돌리고 있었다는 증거를 찾기는 그리 힘들지 않을 거야."

"그럼 그가 와이넌트의 돈을 빼돌리고 있었다는 게 아직 확실하진 않은 거네요?"

"물론 확실하지. 그렇지 않고는 이야기가 안 되니까. 아마 와이넌트가 10월 3일에 어디론가 떠나려고 했을 거야. 은행에서 현찰로 5000달러를 인출한 건 그가 맞으니까. 하지만 작업실을 닫지도, 살던 곳을 내놓지도 않았지. 그건 모두 며칠 뒤 매컬리가 한 짓이야. 와이넌트는 3일 날 밤, 스카스데일에 있는 매컬리의 집에서 살해당했어. 그걸 알아낸 건 4일 아침 매컬리의 가정부가 일을 하러 왔더니 매컬리가 현관에서 그녀를 막고 서서 말도 안 되는 핑계로 2주 치 급여를 쥐어주며 그 자리에서 해고를 했기 때문이고. 시신이나 핏자국을 들키지 않기 위해 그녀를 들이지 않았던 거지."

"그건 어떻게 알았어요? 자세한 내용 빼먹지 말라고 했죠!"

"통상적인 확인 절차에서 안 거야. 그를 붙잡은 다음에 당연히 그의 사무실과 집을 뒤졌지. 그런 거 있잖아, '1894년 6월

6일 밤에 어디에 있었소?' 이런 거……. 그랬더니 지금 그 집에서 일하는 가정부가 일을 시작한 게 10월 8일이라고 했거든. 거기에서부터 출발했지. 그리고 제대로 지워지지 않은 희미한 흔적이 묻은 탁자를 발견했는데 우린 그게 사람 피일 거라고 짐작하고 있지. 과학 수사 쪽에서 그걸 긁어내 조사하고 있는 중이고."(결국 그것은 소고기에서 나온 핏자국으로 밝혀졌다.)

"그러면 아직 확실하진 않은……"

"그 말 좀 그만해. 물론 확실하지. 그래야만 말이 된다니까. 와이넌트는 줄리아와 매컬리가 자기를 속이고 있다는 걸 알아냈고, 맞는지 틀리는지는 모르지만 둘이 바람을 피우고 있다고도 생각했지. 그가 질투심이 강했다는 건 우리도 모두 알고 있잖아. 그래서 그는 자기한테 있는 증거를 무기로 그의 집에 찾아가 따진 거지. 감옥에 갈 위기에 놓인 매컬리는 와이넌트를 살해한 거고. 자, 그러니까 확실하지 않다는 말은 이제 그만 하지. 그러면 말이 안 되니까. 자, 이제 그에게는 시신이 한 구 생겼고 그건 다른 어느 것보다도 없애기가 힘든 법이지. 여기서 잠깐 멈추고 한 모금 마셔도 될까?"

"딱 한 모금. 그런데 이건 모두 가설일 뿐이죠?"

"당신 마음대로 생각해. 나로선 이 정도면 충분하니까."

"하지만 죄가 입증될 때까지는 누구나 결백한 거잖아요. 그리고 그가 결백하다는 여지를 남길 이유가 조금이라도 있다면……."

"그건 배심원들의 몫이지, 수사관이 아니라. 수사관이라면 살인자라 믿는 놈을 잡아다 감옥에 처넣고 모든 사람이 그가 범인이라고 믿게 만든 다음에 그의 사진을 신문마다 싣게 하는 법이야. 그러면 가지고 있는 정보를 바탕으로 지방 검사가 최고의 가설을 만들어 내고, 수사관이 여기저기에 추가로 살을 붙이지. 그러면 그가 범인이 아니라고 생각하는 사람뿐 아니라 신문에서 그 사람을 알아본 사람 등이 나타나 우리한테 그 사람에 대한 이야기를 들려주고. 그런 다음에는 곧장 놈을 전기의자에 앉히게 된단 말씀이야." (그로부터 이틀 뒤, 브루클린에 사는 한 여자가 등장해 매컬리가 조지 폴리라는 이름으로 자신의 아파트를 빌린 사실을 증언했다.)

"하지만 그건 빈틈이 너무 많아 보이는데."

"살인이 수학적으로 저질러진다면 해결 역시 논리와 수학으로 가능하겠지. 하지만 대부분이 그렇지 않고, 이 사건 역시 마찬가지야. 옳고 그름에 대한 당신 의견을 반박하는 건 아니지만 그가 가방에 넣어 시내로 들고 가기 쉽도록 시신을 토막 냈을 거라고 말하는 건 그게 가장 그럴듯해 보이기 때문이지. 그건 아마 10월 6일이나 그 이후였을 거야. 왜냐하면 그때야 비로소 작업실에서 일하던 두 명의 기계공 프렌티스와 맥노튼이 해고되고 작업실이 문을 닫았으니까. 그래서 그는 와이넌트에게 뚱뚱한 남자의 옷과 지팡이, 그리고 D.W.Q라는 머리글자가 새겨진 벨트를 걸친 다음 바닥에 묻었지. 시신을 손상시키기 위해 석회를 썼는지 다른 것을 썼는지는 모르겠지만 옷가지는 상하지 않도록 잘 조작되었어. 그런 다음에 그 위로 다시 시멘트를 발랐지. 경찰 조사와 언론 발표가 진행되는 동안 아마 그가 옷과 지팡이, 시멘트 같은 걸 어디에서 구했는지 알아낼 기회가 충분히 있을 거야."(시멘트는 추적할 수 있었다. 주택 지구에 있는 석탄과 목재 거래 업자로부터 산 것이었다. 하지만 다른 것들은 어떻게 구했는지 알아낼 수 없었다.)

"그러길 바라요."

그녀가 말했지만 그리 희망적인 투는 아니었다.

"그렇게 시신이 해결되었지. 와이넌트가 돌아오기를 기다린다는 핑계로 작업실 임대 기간을 연장하고 계속 그곳을 비워두면 아무도 시신을 발견하지 못할 거라고 그는 비교적 자신할 수 있었어. 우연히 발견된다 해도 그때쯤이면 와이넌트의 시신은 뼈만 남았을 테고 그것만으로는 그 사람이 말랐는지 뚱뚱한지 알아낼 수가 없겠지. 오직 뚱뚱한 D.W.Q 씨가 와이넌트의 손에 살해된 것처럼 보일 것이고 그게 와이넌트가 행방을 감춘 이유라고 해석이 되는 거야. 그런 다음 매컬리는 스스로 모든 권한을 위임받은 것처럼 꾸미고 줄리아와 함께 와이넌트의 돈을 조금씩 끌어오는 일에 착수했어. 지금부터는 다시 나의 가설이야. 살인을 마음에 들어 하지 않은 줄리아는 겁에 질렸어. 그리고 매컬리는 그녀가 마음 약해져 모든 걸 불어버리지 않을까 걱정하게 돼. 그게 바로 와이넌트가 싫어한다는 핑계를 대고 그녀와 모렐리 사이를 갈라놓은 이유지. 그녀가 모렐리에게 모든 걸 털어놓을지도 모르니까. 그리고 페이스 페플러가 출소할 때가 가까워지자 그는 점점 더 걱정이 되기 시작해. 페이스가 감옥에 들어앉아 있는 동안에는 모든 게 안전했지. 교도관 손을 거치는 편지에 그녀가 위험한 내용을 적을 리가 없었으니까. 그때 예상치도 못한 일이 터지고 만 거야. 미미와 그녀의 아이들이 나타나 와이넌트를 찾기 시작했고, 나 역시 등장해서 그들과 연락을 하고 지내게 된 거지. 그는 내가 그들을 돕고 있다고 생각했고 마침내 줄리아를 없애 위험 요인을 제거하기로 한 거지. 지금까지 이야기 마음에 들어?"

"그래요. 하지만……"

"갈수록 더 심해진다고. 그날 여기로 점심을 먹으러 오는 길에 그는 와이넌트인 척하고 사무실에 전화를 걸어 플라자에서 만날 약속을 하지. 와이넌트가 이곳에 와 있는 것 같은 분위기를 풍기려고 말이야. 여기를 나선 다음에는 플라자로 가서 사람들한테 와이넌트를 못 보았느냐 묻고 다니기까지 했지. 같은 이유로 사무실에 전화를 걸어 와이넌트한테 전화 온 것 없느냐 묻기도 했고. 그런 다음에는 줄리아에게 전화를 했지. 그런데 그녀가 미미가 오기로 했다고, 와이넌트가 어디에 있는지 모른다고 했지만 그녀가 믿지 않는 것 같다고 겁에 질려 이야기를 한 거야. 그래서 그는 미미가 도착하기 전에 그녀를 없애버려야겠다고 결심하게 돼. 그는 당장 그리로 가 그녀를 제거하지. 그는 사격 솜씨가 정말 형편없어. 전쟁 중에 봐서 알지. 아마 첫 발이 빗나가 전화기를 맞췄을 거고, 나머지 네 발로도 그녀를 즉사시키긴 못했을 거야. 하지만 아마 그녀가 죽었다고 생각했겠지. 어쨌든 미미가 도착하기 전에 그곳을 나가야 했으니 결정적인 증거를 만들기 위해 가져온 와이넌트의 체인을 떨어뜨리고 곧장 허먼의 사무실로 가 알리바이를 만들지. 그가 3개월 동안이나 그 체인을 가지고 있었다는 게 바로 그가 처음부터 줄리아 울프를 죽이려 했다는 증거야. 그런데 그가 예상하지 못한 것이 두 가지 있었지. 하나는 여자한테 접근하려고 주변에서 어슬렁거리고 있던 넌하임이 그가 그녀의 아파트를 나서는 걸 보고 어쩌면 총소리도 들었을 거라는 것, 그리고 두 번째는 미미가 와이넌트를 협박할 목적으로 그 체인을 감췄다는 것이지. 그것 때문에 그는 필라델피아까지 가서 내게 전보를 보내고 자신과 누나 엘리스에게도 편지를 보내야 했어. 와이넌트가 자신을 못 믿게 만들려 하고 있다고 생각하면 미미가 화가 나서 그에게 불리한 증거를 경찰에 넘기리라고 생각한 거지. 하지만 조젠슨에게 해코지를 하고 싶어 했던 그녀의 욕망 때문에 그건 거의 묻힐 뻔하기도 했지. 아, 그건 그렇고 매컬리는 조젠슨이 로즈워터라는 사실을 알고 있었어. 와이넌트를 죽인 직후 탐정을 고용해 유럽에 있는 미미와 그녀의 자식들에 대해 알아보게 했거든. 그들이 와이넌트의 재산에 관심을 보일수록 일이 위험해지니까. 그런데 그 탐정들이 조젠슨의 정체를 알아낸 거지. 매컬리의 서류 중에서 그 보고서를 찾았어. 그는 당연히 와이넌트를 위해 정보를 모으는 척했고. 그런 다음에 그는 나에 대해 걱정하기 시작했어. 내가 와이넌트를 범인으로 보지 않는다는 것을 알았거든. 그리고……"

"당신은 왜 그렇게 생각했는데요?"

"불리한 증거를 숨겨 자신을 도우려 한 미미를 화나게 할 편지를 도대체 왜 보내겠어? 그것 때문에 난 그녀가 체인을 내놓았을 때 그게 조작된 거라고 생각했지. 다만 그걸 거기 심어놓은 것이 그녀일 것이라고만 생각한 것이 문제였지. 매컬리에게는 모렐리도 걱정스러운 대상이었어. 엉뚱한 사람에게 혐의가 갔다가 그것이 해소되면서 오히려 진실이 발각될까 두려웠거든. 미미는 괜찮았지. 그녀 때문에 모든 게 와이넌트의 소행처럼 보일 테니까. 오직 와이넌트가 의심을 받아야만 와이넌트가 죽었다는 사실이 비밀로 지켜질 수 있었어. 사실 매컬리가 와이넌트를 죽이지 않았다면 다른 이들을 죽일 이유도 없었어. 이 모든 음모에서 가장 확실한 것, 그리고 그 모든 음모를 해결할 유일한 열쇠는 와이넌트가 죽었다는 사실이었지."

"그럼 당신은 처음부터 그걸 알고 있었단 말이에요?"

노라가 엄한 눈초리로 따지고 들었다.

"아니, 아니야. 물론 그걸 알아내지 못한 것에 대해 스스로 부끄럽게 여겨야겠지. 하지만 작업실 바닥에 시신이 묻혀 있다는 말을 듣는 순간, 나는 그것이 여자의 것으로 밝혀진다고 해도 끝까지 와이넌트라고 우겼을 거야. 그래야만 했거든. 그것이야말로 유일하게 정확한 사실이니까."

"당신 정말 피곤하겠어요. 그래서 말도 이렇게 우스꽝스럽게 하나봐."

"그 다음에는 넌하임이라는 걱정거리가 생겼지. 경찰에 무슨 이야기든 해야 하니 그는 일단 모렐리를 지목하고 곧장 매컬리를 찾아갔어. 이것도 사실은 내 추측이야. 앨버트 노먼이라는 사람한테 전화를 받은 적이 있는데 기억나? 반대편에서 무슨 소리가 나는 바람에 통화가 끊겼지. 내 생각에 넌하임은 매컬리를 만나러 가서 입을 다무는 대가로 돈을 요구했을 거야. 그런데 매컬리가 그를 쫓아내려 하자 넌하임은 어디 한번 보라고 하면서 내게 전화를 걸어 약속을 잡으려 했지. 내가 그의 정보에 관심을 보일지 알아보려고 말이야. 그러니까 매컬리가 전화기를 뺏고 넌하임한테 돈을 주겠다고 약속했겠지. 그 후에 길드와 내가 넌하임을 찾아갔을 때 그는 도망친 다음 매컬리에게 전화를 걸어 당장 돈을 내놓으라고 했어. 아마 성가신 경찰을 피해 이곳을 영영 떠나겠다면서 큰돈을 요구했겠지. 그가 그날 오후에 매컬리에게 전화한 것을 확인했어. 매컬리의 전화교환수가 앨버트 노먼이라는 사람이 전화를 했고 매컬리가 그 전화를 받자마자 외출한 것을 기억하고 있었거든. 그러니까 나의 사건의 재구성을 얕보지 말라고. 매컬리는 돈으로도 넌 하임의 입을 막을 수 없을 거라 생각했고 결국 미리 계획한 장소로 그를 불러내 죽여 버린 거지. 그 일은 그렇게 마무리가 되는군."

"아마도 그렇겠죠." 노라가 말했다.

"사실 이 업계에서는 '아마도'라는 말을 자주 쓸 수밖에 없어. 길버트에게 편지를 보낸 것도 와이넌트가 여자의 아파트 열쇠를 가지고 있었다는 걸 보여주기 위해서였을 거야. 그리고 길버트를 그리로 보내는 것이야 말로 그가 경찰 손에 들어가게 만들 유일한 길이었고. 경찰이라면 길버트를 쥐어짜 편지와 열쇠에 대한 정보를 캐내고 말았을 테니까. 그런 다음 마침내 미미가 시계 체인을 증거로 내놓았지만 그러는 동안 또 다른 걱정거리가 생기고 말았어. 미미의 거짓말 때문에 길드가 나를 조금 의심하게 된 거지. 와이넌트와 약속을 잡았다며 나를 찾아왔을 때 어쩌면 매컬리는 나를 스카스데일로 꾀어내 제거하려고 했던 걸지도 몰라. 날 와이넌트의 세 번째 희생자로 만드는 거지. 왜 그러지 않았는지는 잘 모르겠어. 어쩌면 그냥 마음을 바꿨을 수도 있고, 어쩌면 경찰도 없이 순순히 따라나서려 했던 내가 미심쩍었을지도 모르지. 그건 그렇고, 길버트가 아버지를 만났다고 거짓말을 한 덕분에 새로운 아이디어가 하나 떠올랐겠지. 누군가 와이넌트를 만났다고 말하게 만들 수만 있다면……. 이 부분이야말로 우리가 확실히 아는 부분이야."

"하느님 감사합니다."

"오후에 그는 미미를 만나러 갔지. 그녀의 아파트보다 두 층 위로 올라간 다음에 걸어 내려가서 엘리베이터 보이가 그를 기억하지 못하게 만들고 말이야. 그런 다음에 그녀에게 한 가지 제안을 해. 와이넌트가 유죄라는 건 의심의 여지가 없다, 하지만 경찰이 그를 붙잡을 수 있을지는 확실치 않다, 그의 자산은 모두 매컬리 자신의 손에 있다, 그걸 자신이 유용할 수는 없지만 자신과 나눠가질 용의가 있다면 그녀가 손을 댈 수 있게 만들 수는 있다, 이렇게 말이지. 그러고는 가지고 있던 채권과 수표를 주는 대신 와이넌트가 직접 준 것이라고 말해야 하고, 역시 그때 가지고 있던 편지를 와이넌트가 보낸 것처럼 매컬리에게 직접 부쳐주어야 한다는 조건을 달아. 그리고 도망자

신세인 와이넌트가 나타나 이 '선물'을 도로 빼앗아갈 수는 없다고 그녀를 안심시켜. 그녀와 아이들 말고는 그의 자산에 권리가 있는 사람은 없기 때문에 이러한 거래에 이의를 제기할 사람도 없다면서. 미미는 돈을 만질 기회만 있으면 논리적인 생각을 못 하는 사람이라 당연히 좋다고 나섰고, 그 결과 그는 자신이 원하는 것을 얻게 되지. 바로 와이넌트가 살아있는 것을 본 목격자 말이야. 물론 매컬리는 그녀가 와이넌트에게 매수됐다고 모두가 의심할 거라 미리 경고했지만 그녀는 확실한 증거가 없으니 부인하기만 하면 된다고 생각하지."

"그러면 그날 아침, 와이넌트가 그녀에게 원하는 만큼 돈을 주라고 했다는 그의 말은 모두 준비 단계였던 거네요?"

"어쩌면. 어쩌면 그 아이디어를 향해 가는 길목에서 우연히 나온 것일 수도 있고. 자, 당신 그러면 이제 우리가 가지고 있는 증거에 만족해?"

"그래요. 어떤 면에서는. 충분한 것 같긴 한데 그래도 여전히 깔끔하게 떨어지진 못 하네요."

"그를 전기의자에 앉힐 정도는 되지. 그게 무엇보다도 중요하고. 그 정도면 거의 모든 각도에서 맞아떨어지고, 그것보다도 더 잘 들어맞는 다른 가설은 생각해 낼 수가 없는 걸? 물론 범행 도구인 총이나 와이넌트의 편지를 조작하는 데 쓴 타자기를 찾아낼 수 있다면 좋겠지. 그건 아마 그가 필요할 때

쉽게 가져다 쓸 수 있는 곳에 있을 테고."(나중에 그가 조지 폴리라는 이름으로 빌려 쓰고 있었던 브루클린의 아파트에서 그것들을 찾아냈다.)

"당신 좋을 대로 하세요. 하지만 난 수사관이라면 언제나 아무리 사소한 조각이라도 다 맞춰질 때까지 기다리는 줄……."

"그러고선 '아니, 놈이 언제 범인 인도 조약이 맺어져 있지 않은 가장 먼 나라로 도망간 거지?' 하고 손가락이나 빨고 있으란 말이야?"

그녀가 웃음을 터뜨렸다.

"알겠어요, 알겠어. 그러면 샌프란시스코로 내일 돌아가고 싶어요?"

"아니. 당신 급한 일이 있는 것만 아니라면. 조금 더 있자고. 난리가 나는 통에 술을 통 못 마셨잖아."

"나야 좋죠. 이제 미미와 도로시, 길버트에겐 무슨 일이 생길까요?"

"새로운 건 없겠지. 우리가 우리이고, 퀸 부부가 퀸 부부인 것처럼 그들도 계속해서 미미와 도로시, 그리고 길버트로 똑같이 살아가겠지. 살해당한 사람과 때론 살인자만 빼놓고 살인 사건이 모두의 삶을 뒤흔드는 건 아니거든."

"그럴지도 모르죠. 음, 모든 게 다 불만족스러워요. 조금만 더 흥미로웠다면 얼마나 좋을까."

　노라가 투덜거렸다.

〈끝〉

옮긴이 | 구세희

한양대학교 관광학과와 호주 호텔경영학교(ICHM) 졸업, 바른번역 아카데미 과정 1기를 수료했다. 여러 가지 분야의 글을 읽고 공부하며 영어를 훌륭한 우리글로 옮기는 데 매진하고 있다. 옮긴 책으로는 소설 『호수 살인자』, 『헤드헌터』, 경제경영 및 자기계발서 『위대함의 법칙』, 『마케팅, 가치에 집중하라』, 에세이 『위건 부두로 가는 길』 등이 있다.

대실 해밋 전집 5
그림자 없는 남자

1판 1쇄 펴냄 2012년 1월 16일
1판 3쇄 펴냄 2025년 12월 15일

지은이 | 대실 해밋
옮긴이 | 구세희
발행인 | 박근섭
편집인 | 김준혁
책임편집 | 김준혁·장은진
펴낸곳 | 황금가지

출판등록 | 2009. 10. 8 (제2009-000273호)
주소 | 06027 서울 강남구 도산대로 1길 62 강남출판문화센터 5층
전화 | 영업부 515-2000 **편집부** 3446-8774 **팩시밀리** 515-2007
홈페이지 | www.goldenbough.co.kr

도서 파본 등의 이유로 반송이 필요할 경우에는 구매처에서 교환하시고
출판사 교환이 필요할 경우에는 아래 주소로 반송 사유를 적어 도서와 함께 보내주세요.
06027 서울 강남구 도산대로 1길 62 강남출판문화센터 6층 민음인 마케팅부

한국어판 ⓒ (주)민음인, 2012. Printed in Seoul, Korea

㈜민음인은 민음사 출판 그룹의 자회사입니다.
황금가지는 ㈜민음인의 픽션 전문 출간 브랜드입니다.